錬金王 イラスト かわく
魔物喰らいの冒険者
まものぐらいのぼうけんしゃ
2
MAMONOGURAI NO BOUKENSHA

CONTENTS

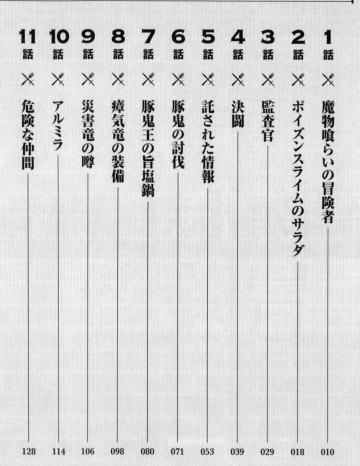

MAMONOGURAI NO BOUKENSHA

1話　魔物喰らいの冒険者

瘴気迷宮の二十五階層。

沼地エリアにある毒沼へと俺は入って探しものをしていた。

どうして毒沼に直接入ることができるのかというと、俺には【状態異常無効化】というユニークスキルがあるからだ。

このスキルはあらゆる状態異常を無効化してくれるので、毒沼に入っても俺は毒状態になることがないのである。

ただそこにいるだけで冒険者の身体とステータスを蝕んでくる瘴気迷宮を探索拠点にしているのも、このユニークスキルがあるからだ。

「扉は見つかった？」

毒々しい液体の中を手でまさぐっていると、金色の髪に葉っぱのような尖った耳をしているエルフの女性が声をかけてくる。

彼女はエリシア。瘴気迷宮で出会った元Sランクの冒険者だ。

「ねえな。前はこの辺りにあったはずだが綺麗になくなってやがる」

「……そう」

つい、先日。俺たちはポイズンラプトルの討伐依頼を受けて、この階層へと足を踏み入れた。

戦闘の最中に毒沼に扉があることに気づき、俺たちは隠し階層へと足を踏み入れ、瘴気竜という
とんでもない魔物と戦うことになった。

その入り口が今も残っているのか確かめにやってきたのだが、あの時の金属扉は見当たらなかっ
た。

「あの隠し階層へ行けるのは一回きりってわけか？」

「そう決めるのは早いわね。迷宮の周期によって扉が再び現れる可能性もあるわ」

「ってことは、瘴気竜もまた生まれるのか!?」

「可能性としては十分にあるけど、あのレベルの魔物が生まれるのは相当な時間がかかると思うわ。

少なくとも十年は必要よ」

「そうか……」

「あら、残念そうね？」

「またすぐに生まれるなら、定期的に瘴気竜の肉が喰えると思ってな」

「ふふ、瘴気竜の素材が手に入るだとか、莫大な経験値が貰えるとは考えないのね。ルードってば
冒険者らしくないわね」

俺の発言を聞いて、エリシアがおかしそうに笑う。

もちろん、その気持ちもないとは言えないが、それよりも先に美味しい食材として手に入る方を

望んでいたことは事実なので否定のしようもない。

隠し階層への扉がないことを確認した俺は毒液を手で払いながら沼から上がる。

「少しジッとしていて。水魔法で落とすわ」

無効化できるとはいえ、毒液がずっと付着したままなのは不快だからな。

陸に上がると、エリシアが水精霊を呼び出した。

小さな魚の姿をした精霊は俺の周囲をくるくると回ると、どこからともなく水を発生させて毒液だけを洗い落としてくれた。

「すげえ。身体が濡れてねえ」

「毒液だけを綺麗に落とすようにお願いしたからね」

エリシアのユニークスキルである【精霊魔法】は、魔力を対価にすることで様々な事象を引き起こすことができる。

精霊との相性があるとはいえ、通常の魔法よりも魔力消費が少ない上にこういった曖昧な事象を起こすことが得意らしい。基本的に魔法が不得意な俺には、魔法による制約やらがよくわからないが、彼女のやっていることはきっとすごいんだと思う。

「さて、確認も終わったことだし、依頼の方をこなしましょうか」

「そうだな」

隠し階層について調査をしたいとはいえ、それだけのために二十五階層にまでやってくるのは勿体ない。冒険者である以上、ここまでやってきたからには稼ぎを出さなければいけない。事前にそのことを話し合っていた俺とエリシアは、ギルドで魔物の討伐依頼を受けていた。

「確かポイズンスライムの討伐だよな？」

「ええ。二十六階層に出現する魔物よ」

まだこの階層よりも下には行ったことがなかったが、この辺りの階層までは一人でも潜ることができた。そこにエリシアが加わったのであれば問題はないだろう。

俺とエリシアはポイズンスライムを探すために二十五階層の奥へ進むことにした。

隠し階層のあった毒沼は元々かなり奥地であったために、二十六階層への螺旋《らせん》階段はすぐに見つかった。

躊躇《ためら》うことなく足を踏み入れ、コツコツと音を立てて下りていく。

螺旋に沿って何度も回ると、俺たちは薄紫色の瘴気の立ち込める沼地へとたどり着いた。

「また瘴気の密度が上がったわ」

エリシアが顔をしかめながら言う。

瘴気迷宮は奥へ進んでいくごとに瘴気の濃度が上がっていく。

二十五階層を越えたことで瘴気の濃度が増したのだろう。

「大丈夫か？」

「ええ。瘴気竜のものに比べれば、優しいものだし」

瘴気竜が生み出す瘴気はとんでもない濃度だったからな。あれと比べれば、この程度の瘴気が可愛いものだと思えるのも無理はない。

俺とエリシアは沼地の中を進んでいく。

「ここの階層、随分と毒沼が多いわね」

「本当だな」

ぬかるんだ地面に腐った大木や石。ぱっと見た限りでは二十五階層とほとんど変わりはなかったが、普通の地面と毒沼の割合が四対六くらいになっている。

前の階層では気を付けていれば毒沼に入ることはないが、この階層ではなにかしらの手段を持って通り越す必要がありそうだ。

俺とエリシアは毒のないぬかるんだ地面を歩いていく。

左右には毒々しい色合いをした沼が広がっているだけで、道の先には魔物は一匹もいない。

とても静かな光景。だからこそ怪しい。

「怪しいことこの上ないわね」

この違和感に経験豊富なエリシアは真っ先に気付いている。

静かすぎる階層内に毒によって制限された一本道。

まるで毒のないルートを歩んでくれと言わんばかりだ。

左右にある毒沼から魔物が襲ってくれれば、冒険者の対処は難しいものになるだろう。

俺は【熱源探査】のスキルを発動。

すると、俺の視界には毒沼の中に潜んでいる十匹のゴブリンが見えていた。

毒ゴブリン
LV32
体力：102
筋力：88
頑強：76
魔力：32
精神：56
俊敏：93
スキル：【毒耐性（中）】【痺気耐性（中）】

まだ俺たちが気づいていないと思っているのだろう。毒の中で武器を手にしながらジッとこちらを窺っている。わざわざ前に進んで相手のペースに乗ってやる必要もない。

「右に五匹、左に五匹。右は任せた」

「ええ」

エリシアにゴブリンの位置を教えると、俺は左の毒沼へと跳躍して大剣を振り下ろした。

ズンッとゴブリンの頭から股下まで一刀両断する手応えが伝わった。

仲間が一匹倒されたのを見て、武器を手にした四匹のゴブリンが慌てて毒沼から姿を現す。

通常のゴブリンは緑色の肌をしているが、毒ゴブリンたちの肌は紫色になっている。恐らく、毒に順応した故の変化なのだろう。

毒ゴブリンの一匹が矢を飛ばしてくるのを大剣の腹で弾く。俺が足を止めた隙に残りの三匹が剣を手にして襲いかかってくる。

一番目に斬り込んできた毒ゴブリンに大剣の面を叩きつけるように振るって吹き飛ばす。

大剣をすぐに引き戻し、横合いからやってきた奴の首を跳ね飛ばした。

太腿を狙ってきた三匹目の攻撃をステップで回避すると、地面に縫い付けるようにして頭から突き刺した。

瞬く間に倒された仲間を見て、矢を射かけてきた毒ゴブリンが慌てて背を向けて逃げ出す。

「【エアルスラッシュ】」

俺は右腕を差し出すと、モルファスのスキルが発動して風の刃が毒ゴブリンの身体を刻んだ。

「お疲れ様」

周囲に敵影がいないことを確認すると、エリシアが声をかけてくる。

呑気な声を上げる彼女の周囲には輪切りになった毒ゴブリンの遺骸がある。

「早いな」

「ルードが居場所を教えてくれたからね」

魔法使いにとって絶好のシチュエーションだったとはいえ、たった一発で終わらせることができるのがすごい。

「ちなみになんだけど、ルードはあれも食べるの？」

あれというのは毒沼に倒れ伏した毒ゴブリンたちであろう。

「いや、さすがにゴブリンは喰わねえよ」

顔を横に振ると、エリシアがちょっと安心したような顔になる。

ゴブリンが臭いことは冒険者であれば、よく知っている。

あれはどう調理しても臭みが抜けることはないだろうな。

ミノタウロスやオークと比べても姿が人と近いし、ゴブリンだけは美味しく調理できるイメージが湧かない。

「……そう。ルードならてっきりなんでも食べちゃうかと思ったわ」

「どうしても必要なスキルがあれば喰うが、そうでもない限り喰いたくねえ魔物もいるぞ」

魔物なら何でも食べる悪食だと思われているのであれば心外だ。俺だって食べる対象くらいは選んでいるのだから。

2話 ポイズンスライムのサラダ

毒ゴブリンを倒し終わると、俺とエリシアはポイズンスライムを探して階層を探索する。

その間にも毒蛙人、スラッグ、人面茸といった魔物を倒していく。

「瘴気竜よりも下の階層だから警戒していたけど、あんまり魔物は強くねえな」

「あの隠し階層にいた瘴気竜が強すぎたのよ。私とルードじゃなければ、出会ってすぐに即死よ？　あれはイレギュラー中のイレギュラーなんだから比べちゃダメよ」

「それもそうか」

先日戦ったばかりの魔物が瘴気竜だったために、つい比較してしまった。

二十六階層の平均レベルの二倍以上のレベルの竜なのだ。比較するのがおかしいだろう。

「でも、前回何とかなったのは本当に運がよかったんだから」

エリシアの言う通りだ。前回は相手が瘴気に特化した竜だったために俺のユニークスキルでゴリ押しすることができた。これが純粋な属性竜などであれば、俺たちはひとたまりもなかっただろう。

「次からは迷宮内で怪しいものがあっても迂闊に触っちゃダメよ？」

「ああ、わかった」

このような小言を言われるのは五回を超えているが、それだけ迂闊なことをしてしまったので仕方がないだろう。

エリシアのありがたいご高説を拝聴しながら迷宮を探索していると、不意に前方にある毒沼が蠢《うごめ》いた。

明らかに挙動のおかしい毒沼を前に足を止めると、蠢いていた毒沼は形状を球体へと変化させた。

「あれってポイズンスライムじゃない？」

念のために鑑定してみると、ポイズンスライムだった。

ポイズンスライム
LV31
体力：98
筋力：92
頑強：102
魔力：28
精神：34
俊敏：120
スキル：【毒無効】【毒液】【胃酸】【打撃耐性（小）】【瘴気耐性（中）】

「そうみてえだな」

「早速、捕まえちゃいましょう！」

今回の依頼主は毒について研究しているらしく、ポイズンスライムの捕獲を依頼してきている。よっていつものように倒して素材を剝ぎ取って納品とはいかない。殺さずに無力化する必要がある。

魔物を捕獲するのは討伐することに比べて遥かに難易度が高い。なぜならば、魔物にできるだけ傷をつけずに無力化するには魔物を上回る実力が必要だからだ。

スライムとはいえ、猛毒を吐き出す魔物を無力化するのは骨が折れるが、ユニークスキルで毒を無効化できる俺にとっては脅威ではない。

ポイズンスライムへと近づいて、そのまま手で摑みかかる。

ポイズンスライムが拘束から逃れようと毒液を吐いてくるが、俺にとって毒は意味を成さない。

「ルード、こっちの瓶に入れて！」

「はいよ」

エリシアがマジックバッグからスライム捕獲用の瓶を取り出してくれる。

俺は抱き上げたポイズンスライムをそのまま瓶に入れてやった。

「ふう、捕獲完了だな」

中から出てこないようにしっかりと蓋を閉めると、これで一匹目の捕獲が完了だ。

同じように二匹目、三匹目と捕まえて、瓶へと押し込んでいく。

「いいわね！　この調子よ！」

毒沼の中を駆け回ってポイズンスライムを捕まえるのは、すべて俺だった。

エリシアは瓶を用意して、周囲に魔物がいないか索敵するだけだ。

随分といいご身分である。

「エリシアも手伝ってくれていいんだぜ？」

「私にはルードみたいなユニークスキルはないから無理よ」

毒を無効化できる俺がサクッと捕まえるのが、もっとも効率がいいのはわかっている。

わかっているのだがどうも労働形態に納得できなかった。

「これで依頼は完了ね」

毒沼を駆け回ることしばらく。俺たちは六匹のポイズンスライムを捕獲することができた。

依頼に必要な数は五匹。これで依頼は完了だ。

「……なあ、余った一匹だが俺が喰ってもいいか？」

「ええ？　思いっきり毒があるけど――って、ルードなら毒があっても問題ないんだったわよね」

「ああ、平気だな」

俺が毒状態になることはないし、過去に毒を持った食材も食べている。

「スライムって美味しいの？」

「わからん。だけど、ぷるぷるしてて美味そうじゃねえか？」

「う、うーん……そんな気がしなくもないけど、どうなのかしら？」

エリシアが怪訝な顔をして瓶に入ったポイズンスライムを見つめる。

人によっては粘りけのある体がどうしても受け付けられないかもしれないが、俺は特に忌避感はなかった。

「まあ、ポイズンスライムを楽に捕獲できたのはルードのお陰だし、食べてもいいわよ」

「ありがとな。それじゃあ、調理してみるぜ」

蓋を開けると、ポイズンスライムが瓶の中から這い出てくる。

とはいっても、その動きは弱っているので非常に鈍く、数分目を離したとしても大した距離も移動できないので逃げることは不可能だろう。

「まずは綺麗に洗わないとな」

泥や毒液に塗《まみ》れているポイズンスライムを水で洗う。

汚れを落としてみると、ポイズンスライムの澄んだ紫色の体表が露わになった。

「綺麗になったけど、まだぬめりがあるな」

触れてみると、スライム独特のぬめりがある。

ゲルネイプにも共通することだが、こういうぬめりは臭みの原因になる。

毒沼にいたことから臭みはしっかりと取り除いた方がいいな。

水洗いしたポイズンスライムを桶の中に入れると、そこに大量の塩を入れて揉み込むことにした。

エリシアが神妙な顔で作業を見つめる中、俺は追加で塩をかけて丹念に揉み込む。

すると、桶の中の塩がどろどろになってきた。

塩によってぬめり成分が分離されているのだろう。

塩揉みが終わると、もう一度水で洗ってから水気を拭う。

「おお、大分ぬめりがなくなった！」

ポイズンスライムに触れてみると、表面がつるつるになっていた。

とても肌触りがよく、永遠に触っていられる心地よさだ。

「とりあえず、焼いてみるか」

下処理が終わったところで魔道コンロを設置して、その上にフライパンを載せる。

油を入れると、そこにスライスしたポイズンスライムを入れた。

すると、フライパンにある油が勢いよく跳ねた。

「どわっ！」

「きゃっ！」

俺とエリシアは慌てて避難。

離れたところから見つめると、フライパンの中では尋常ではないほどに油が跳ねていた。

「めちゃくちゃ油が跳ねるな」

「スライムの体のほとんどは水分で構成されているからじゃない？」

「ああ、そういうことか！」

水と油は仲が悪い。昔から言われていることだ。

高熱の油が入ったフライパンに水を入れればどうなるか。

それに当てはめれば、この現象はとても納得のいくことだった。

俺は【火耐性】スキルを駆使して、高熱の油をシャットアウトし、トングでポイズンスライムを持ち上げてみる。

「ほとんど蒸発してやがる」

熱の通ったスライムの身はかなり縮んでしまい、残っている身らしきものは黒く焦げていた。

「あっ、見て！　ルード！　フライパンがちょっと凹んでる！」

エリシアに言われてフライパンを見ると、中心部に不自然な凹みができていた。

「多分、胃酸で溶けたんだろうな」

ポイズンスライムの所持するスキルには【胃酸】というものがあった。

ぬめりは取れたものの体内に含まれる酸を除去することができていなかったのだろう。

「酸があったら食べるのは難しいんじゃない？」

「一応、【強胃袋】っていう内臓を強化してくれるスキルがあるから食えるとは思う」

が、胃袋の負担になることは確かだろうな。

できれば、ポイズンスライムの酸を中和させたいが、そんな方法が思いつかない。

「こんな時にレシピ本があれば――って、あったな！」

俺はマジックバッグから一冊の本を開く。

「レシピって魔物の調理本なんてあるの？」

「ああ、街の本屋で見つけたんだ」

これは魔物を調理して味わうことに生涯を捧げた貴族の手記。

そこにはオーク、ゴブリン、スライムといった魔物の調理法が書かれていた。

ページをめくってみると、スライムの調理法が書かれているものがあった。

彼が調理したのはただのスライム。しかし、彼には俺のように様々な耐性スキルがなかったために慎重にスライムの酸を除去する方法を試したようだ。

「海藻を燃やした灰から取った、灰汁に浸す？」

「ああ、山菜や木の実を灰汁に浸してアク抜きをするのと同じってことね」

この手記によると、灰汁に含まれる成分がスライムの酸を中和してくれるそうだ。

それによってイータ伯爵は酸を取り除き、スライムを湯煎してサラダで食べたようだ。

加熱しても食べられないことはないが、油がかなり跳ねる上に身が酷く縮んで美味しくないらしい。俺がさっきやった失敗を彼も経験済みのようだ。

「海藻を持っているし、これを燃やして灰を作ってみるか」

マジックバッグから薪を取り出すと、魔法を使って火をつける。

階層全体が湿気ているので多めの薪と高火力の魔法によってゴリ押しの着火だ。

サラダ用に仕入れた海藻を取り出すと、焚火の中に放り込んでしまう。

彼女が手記を読み込んでいる間に俺は海藻を燃やして出来上がった灰を採取して、水を入れた鍋に入れる。

それらを混ぜて灰汁が出来上がると、ポイズンスライムをそこに浸した。

あとは酸が中和されるまで待てばいい。

「そろそろいいか」

小一時間ほど経過すると、俺は灰汁からポイズンスライムを回収。

灰を水で流して水分を拭き取ると、包丁で食べやすい大きさにスライス。

ニンジンとキュウリを細切りにし、レタスをちぎり、トマトを食べやすい大きさにカット。

そして、湯煎したポイズンスライムをスライスして盛り付ける。

最後にオリーブオイルに塩、レモンを加えたドレッシングをかければ……。

「ポイズンスライムのサラダの完成だ！」

色とりどりの野菜の中に薄紫色をしたポイズンスライムが盛り付けられているのが妙に目を引く。

「普通に綺麗なサラダね。黙って出されたらなにも疑わずに食べちゃうかも」

高級レストランにはサラダのワンポイントとして珍味などを加えることもある。

そういったサラダの一種とも思える見た目だ。

「とりあえず、食ってみるか！」

フォークでポイズンスライムを刺して口へと運ぶ。

「おお！　歯応えがいいな！」

スライスされたポイズンスライムを食べていると、コリコリクニクニとしており、とにかく歯応えがよかった。

「美味しい？」

「んんー、ポイズンスライム自体にそこまで味はねえな」

味自体はほんのりと甘みが感じられるくらいのものだ。

「他の食べ物と一緒に食べると、食感の一つとして面白いってことかしら？」

「そうだな」

他の野菜のシャキシャキ感と、その中にあるスライムのコリコリ感が対比となっており、食べていてとても楽しい。

食感を楽しむ料理だったので、オリーブオイルとレモンをベースにしたさっぱりとした仕上がりのドレッシングにしてよかった。

「ふう、美味かった」

サラダだけではあるが、食感がとてもよかったので満足度はとても高かった。

じめじめしていて食欲の湧きにくい瘴気迷宮でも、すんなりと胃袋に収めてしまえるほどの美味しさだ。

「ねえねえ、さっきの手記だけど他のページも読んでいい？」

「いいぜ」

エリシアが興味を抱いているみたいなので手記を渡す。

彼女はパラパラとページをめくると感嘆の息を漏らした。

「すごいわね。ルード以外にも魔物を食べる人っていたのね」

「そうみてえだな」

「ねえ、今度時間を作って著者に会いに行きましょうよ！　魔物の調理法について色々と教えてく

ろう。

れるかもしれないわ！」

その台詞を口にするのは、彼女がイータ伯爵の顚末が書かれているページを読んでいないからだろう。

「最後のページを読んでくれ」

「最後？」

エリシアは小首を傾げてパラパラとページをめくる。

疑問符を浮かべていた彼女は、表情を何とも言えないものにして手記を閉じた。

「やっぱり、ルード以外に魔物を食べられる人はいないってことね」

「まあ、そういうことになるな」

俺もイータ伯爵が生きていれば、本人に会いに行って話を聞いてみたかったものだ。

3話 監査官

「お腹空いたわー。早く『満腹亭』で夕食にしましょう」

「そうだな」

ポイズンスライムを食べたとはいえ、所詮はサラダ。肉体労働である冒険者の胃袋を満たすには足りなかった。

瘴気迷宮の探索を終えて、バロナのギルドで報告を終えた頃にはすっかりと空腹だ。

意見が一致したので俺たちは寄り道をすることなく宿に向かう。

「もしかして、エリシアさんですか？」

「え？」

大通りを歩いていると、後ろからそんな声がかかった。

振り返ると、そこには彼女と同じく木の葉のように耳が長いエルフの男性がいた。

身体は細身ではあるが、しっかりと肉体が鍛え上げられているのがわかる。

腰に細剣を佩《は》いているおり、軽装を纏っていることから彼も冒険者なのだろう。

魔法と弓術を得意としているエルフなのに、弓や杖を装備していないとは珍しい。

「もしかして、エーベルト？」

「そうです！　覚えていただけたとは嬉しいです！」

エリシアがおそるおそる名前を呼ぶと、エーベルトと呼ばれた男性は嬉しそうに顔を綻ばせた。

金色の髪に整った目鼻立ち。

やはり、エルフは男性も容姿に優れているようだ。

「知り合いなのか？」

「ええ。昔に知り合った子なのよ」

どうやらエリシアが『蒼穹の軌跡』の一員として冒険者活動をしていた時に縁のあった冒険者らしい。となると、エリシアの昔のことを知っている知人との再会ということか。

「五年前に蒼穹の軌跡のメンバーが壊滅状態になったと聞いて心配していました。仲間が酷い傷を負っただけでなく、エリシアさんは深淵迷宮の階層主から呪いを受けたと聞きました。もし、俺でよければ、エリシアさんの力に――」

「それについては大丈夫よ。呪いは既に解呪してもらったから」

「――はい？　あの攻略難易度ＳＳを誇る深淵迷宮の階層主の呪いですよ？　一体、誰がそのようなことを……」

エリシアがこちらに視線を向けてくる。

知り合いとの再会なので黙って見守っておこうと思ったんだけどな。

「俺だ」

前に進み出て主張すると、エーベルトが信じられないとばかりの表情を浮かべる。

彼女は五年前に深淵迷宮の攻略に失敗し、階層主からレベルダウンの呪いを受けた。

その呪いを俺が【肩代わり】し、【状態異常無効化】の組み合わせによって解呪したのである。

「エリシアさん、この冴えない男は誰です？」

初対面なのに失礼な物言いだな。まあ、エリシアが特別なだけでエルフは気位の高い種族だ。

こんなことをいちいち気にしていたら仕方がない。

「ルードよ。今、一緒にパーティーを組んでいる仲間よ」

「エリシアさんとパーティーを!?　おい、お前。聞いたことのない名前だが、ランクはいくつだ？」

エーベルトが鋭い視線を向けてくる。

妙に敵意を向けられているが、俺がなにかしたのだろうか？

「Dランクだ」

「Dランク!?　そのような低いランクの者がSランク冒険者のエリシアさんと組んでいるというのか!?」

「待って！　エーベルト、誤解をしているわ！　確かに私の元のランクはSだけど、呪いのせいでステータスも下がっているから昔より大きく実力が落ちているの！」

「ステータスが下がったとしてもエリシアさんの知識、経験、力は健在です！　たとえ、ランクが同レベルであったとしてもエリシアさんの足元にも及ばない！　それぐらいのことは理解して引き下がるべきです！」

確かにエーベルトの言う通りだ。ステータスが下がってもエリシアの魔法技術は健在であり、また精霊魔法による戦闘技術は他の冒険者の追随を許さない。

ステータスはDランク、Cランクに収まっている彼女であるが、実際の実力はそれよりも上だ。

本来ならばエリシアは俺のような落ちこぼれと組めるはずもない。

「お前、エリシアさんに寄生しているんじゃないだろうな？」

寄生というのは、低位の冒険者が高位の冒険者と行動を共にすることによって恩恵を受けてランクを上げる行為だ。獲物を横取りするハイエナと同じく、冒険者の中で蛇蝎《だかつ》の如く嫌われる行いである。

「そんなことはしてねえよ」

エリシアに助けられていることは事実だが、寄生をしている覚えはない。

「シラを切るつもりか。いいだろう。認めないのであれば、こっちにも考えがある。エリシアさんに相応しいのはお前のような冴えない男ではない」

「ちょっとエーベルト!?　きちんと話を聞いて！」

エリシアが話を続けようとするもエーベルトは颯爽と身を翻して去っていく。

「人の話を聞かない奴だな」

いきなり声をかけてきてエリシアと組むのをやめろだとか、寄生をしているに違いないだとか決めつけの激しいエルフだった。もう少しこちらの話を聞いてほしいものだ。

「ごめんなさい。不快な思いをさせて。昔はあんな感じじゃなかったんだけど……」

「エリシアを心配してのことだろう。別に気にしねえよ」

最近はエリシアと行動を共にしているので表立って言われなくなったが、昔はあれよりももっと酷い罵倒を受けていたし、ありもしない疑いをかけられることも多かったからな。

「そんなことより早く飯にしようぜ」

「そうね」

エーベルトのことはひとまず置いて、俺とエリシアは空腹を満たすために満腹亭へと急いだ。


翌朝。エリシアと共にギルドに入ると、冒険者たちから嫌な視線が集まるのを肌で感じた。

いつもは大抵容姿の優れたエリシアに視線が集まるのだが、今日はなぜか俺へと視線が集中している。

「皆の様子が変ね？　なにかあったのかしら？」

「とりあえず、よくないことがあったのは確かだろうな」

冒険者から俺へ向けられる視線は無関心だったり、エリシアと行動を共にしていることへの嫉妬が大半であったが、今日の視線には怒り、蔑みといった強い負の感情が込められていた。

そのような視線を向けられる覚えがない。

掲示板へ向かおうとすると、ガラの悪い冒険者たちが俺の進路を塞ぐ。

名前は知らないがロンドたちと同じく、俺によく罵倒の言葉を投げかけていた低ランクの冒険者だ。

見ただけで顔をしかめそうになる。正直、あまり関わりたくない。

「よお、瘴気漁り。ここ最近羽振りがよかったのは寄生してたからだってな？」

「は？」

「おかしいと思ったんだぜ。お前みたいな落ちこぼれがDランクなんてよお！　男が女に寄生するなんて恥ずかしくねえのか!?」

「女の弱みに付け込んでランクを上げるとは大した奴だぜ！　俺にもその手管を教えてほしいくらいだぜ！」

下卑た笑い声を上げる冒険者たち。

周囲を見れば、他の冒険者も同じようなことを思っているのか、蔑むような視線が集中していた。

これは俺たちの知らない間に面倒な噂が広まったのかもしれない。

「これってエーベルトとかいう奴の仕業か？」

「疑いたくないけど、タイミングからしてその可能性が高いかも」

昨日、エーベルトに寄生だといちゃもんをつけられた翌朝にこれだ。

あのエルフとの関連性があると考えるのが自然だろう。

「ルードさん、少しよろしいでしょうか？」

どうしたものかと悩んでいると、ギルド職員のイルミが声をかけてくる。

この騒動についての話だろう。

「寄生なんかしてねえぞ」

「それは私も承知しています」

「そ、そうか……」

最初にきっぱりと告げると、イルミはまったく疑う様子もなく言った。

もう少し疑いの言葉をかけられると思っていただけに逆に驚いてしまう。

「他の冒険者からルードさんが寄生を行っているような報告は受けておりませんし、お二人の仕事ぶりを見る限り、そのような様子もないのでバロナ支部としてはそのような行いはないと認識しております」

「ってことは、他の人が嫌疑をかけてきているわけね？」

「ええ。実は昨日から監査官がやってきておりまして」

エリシアの疑問にイルミが声を小さくしながら教えてくれる。

「監査官っていうのは？」

「冒険者本部から派遣されるギルド職員よ。冒険者ギルドの支部を見て回って正常に稼働しているか調査する役割を担っているわ」

要は冒険者の支部を見て回る偉い人ってことか。こんな辺境までご苦労なことだと思ったが、そんな辺境まで見て回るのが監査官とやらの仕事なのだろう。

「でも、昨日やってきた監査官とやらが、いきなり俺たちにいちゃもんをつけるなんて――」

「冒険者ギルド本部より派遣された監査官のエーベルトだ！」

監査官について尋ねようとすると、すぐ傍から聞き覚えのある声が響く。

視線を向けると、昨日大通りで絡んできたエルフのエーベルトがいるではないか。

銀色の胸当てや肩当てを装備し、緑を基調したサーコートを纏っている。腰には細剣が佩かれており、胸元にはギルドの紋章が刻まれていた。

ああ、なるほど。寄生だといちゃもんをつけてきたコイツが監査官なのだとすれば、異様な速さで噂が広まるのも納得だった。

エーベルトが監査官だと理解し、エリシアは頭痛をこらえるように眉間に手を当てている。

「Dランク冒険者ルード。お前には寄生行為による不正ランクアップを行っているとの嫌疑がかけられている」

「それは誰からだよ？」

エリシアはそんな申告をしていないし、バロナ支部としてもそのような疑いを持ってはいない。

だとしたら、誰がそのような報告をするというのか。

「詳しくは言えないが善意の冒険者によるものだと言っておこう」

涼しい顔をするエーベルトの後ろでは、先ほど俺に絡んできた冒険者たちが嘲笑を浮かべている。

教えられなくても誰がどんな報告をしたか理解した。

きっと、彼らは悪意のある報告をエーベルトにしたに違いない。

　正義感が強く、やけにエリシアに執着を見せるエーベルトは、彼らの報告をそのまま鵜呑みにしたのだろう。

「エリシア氏は五年前に負傷し、一線を退いたとはいえ、元Sランクの冒険者だ。そんな実力のある冒険者を瘴気漁りなどと呼ばれる底辺の冒険者と組ませては、貴重な人材の損失だとは思わないかね？」

　確かにエリシアほどの実力者は俺のような低ランクの者と組むべきではないのかもしれない。俺よりも強く、ランクの高い奴と組めば、深淵迷宮に挑戦するのももっと早くなる可能性もある。エーベルトの言うことも一理あるのかもしれない。

「ちょっと！　昨日から好きに言わせておけば、私の仲間に好き勝手言ってくれちゃって！　ルードにパーティーを組んでほしいと頼んだのは私の方なのよ!?　私たちのことをよく知らない外野が口を挟まないで！」

　エーベルトの意見にエリシアが毅然とした態度で答える。

　それに対してエーベルトはフッと柔らかい笑みを浮かべる。

「エリシアさん、あなたは昔から優しい人だ。だから、このようなどうしようもない男にも手を差し伸べてしまうのです。俺にはわかります」

「全然違うんだけど!?」

　昔のエリシアは聖人かなにかだったのだろうか？

　信頼した者以外には割と容赦がなく、お酒が大好きで毎夜のように酔っぱらって帰ってくる彼女とは別人だ。

エーベルトの知っているエリシアと、俺の知っているエリシアは大分違う気がする。

「ルードと組んでいるのは同情とか哀れみじゃない。私と組むのに相応しい実力があると判断したから組んでいるの」

「つまり、その男がエリシアさんと組むに値する実力があると？」

「当然よ。五年前ほどの実力はないとはいえ、元はSランクなのよ？　並大抵の冒険者じゃ私と組むに値しないわ」

エリシアが俺に絡んできた冒険者たちの方へ視線を向けながら言う。

それは暗にあいつらには実力がないと言い切っているようなもので。

言葉の意味を理解した冒険者たちは眉間にしわを寄せて、歯を食いしばっていた。

「では、その男にエリシアさんと組むに値する実力があるのか決闘にて見定めさせてもらうことにしましょう！」

「ええ、いいわ！　ルードの実力に疑念があるならそれで確認してみなさいよ！」

売り言葉に買い言葉という奴か。

なぜか俺の意見は聞かれないままに、俺はエーベルトと決闘することになった。

4話 決闘

監査官のエーベルトと戦うことになった俺は、冒険者ギルドの裏手へやってきていた。柵に囲まれ、綺麗に整地されているこの場所は冒険者が訓練をするための演習場である。

「ごめん！　私のせいでこんなことになって！」

演習場にやってくるなり、エリシアが両手を合わせて謝ってくる。

会話の流れから最初からエーベルトは決闘が狙いだったように思う。

彼に挑発され、エリシアがそれに乗る形になってしまった。

流れとしては相手の目論見通りといったところだろう。

「エリシアだけが悪いわけじゃねえよ。結局は俺が不甲斐ないからこうなっただけだ」

俺が瘴気漁りなんて蔑まれていなければ、もっと実力があればエーベルトに寄生だのといちゃもんをつけられることはなかったのだ。一概にエリシアだけのせいとは言えない。

「でも……」

「要はあの監査官に勝って、エリシアとパーティーを組むのに相応しい実力を証明すればいいだけだろ？」

ぐだぐだと冒険者としてのマナーやらを偉そうに説かれるよりも何倍もマシだ。

強いからエリシアと一緒に組んでも問題ない。実にシンプルでいい。

「そうね！　でも、エーベルトもそこそこ強いから気を付けてね！」

「……そこそこってどれくらいだ？」

「前に会った時がCランクだったかしら？　あれから五年が経過しているし、ギルド本部の監査官になってるってことはBランクくらいあるかも？」

「マジか？」

慌てて鑑定してみると、エーベルトのステータスが表記される。

名前：エーベルト
種族：エルフ族
状態：通常
LV56
体力：235
筋力：178
頑強：165
魔力：290
精神：277
俊敏：156
ユニークスキル：【付与魔法】
スキル：【剣術】【細剣術】【体術】【弓術】【棒術】【遠視術】【採取】【演奏】【魔力微増回復】
属性魔法：【風属性】【水属性】【土属性】【光属性】

「おいおい、ちょっと待ってくれ。俺のランクはDなんだが……」

DランクがBランクに勝てる気がしないのだが。

それにコイツ、【付与魔法】とかいうユニークスキルを持ってやがるし。

「ルードには魔物スキルがあるわ！」

不安を露わにする俺にエリシアは大丈夫とばかりに拳を握る。

「いや、これだけ大勢の人に見られている中じゃ、魔物スキルは使えねえだろ……」

「あ」

俺が突っ込みを入れると、エリシアが拳を握りしめたまま固まる。

あっ、そのことを考えてなかったな。

俺が所持する大量の魔物スキルは、格上の魔物や冒険者を相手に通じるだろうし、相手の虚をつくことができる。

しかし、演習場には証人としてギルドマスターのランカースをはじめ、ギルドの職員が大勢いる。

このような場所で魔物しか所持していないスキルを使えばどうなるか。

今度は別の大きな問題が発生しそうである。

「そ、それでも、ルードのステータスはDランクの範疇に収まるものじゃないから！」

仮にステータスが同じか上回っていたとしても、相手の方が知識や経験は何倍も上なんだよな。

とはいえ、今更そのようなことをうじうじ言っても仕方がない。

「俺もエリシアと組めなくなるのは嫌だからな。やれるだけやってみる」

「……ッ！　ええ！」

「エーベルトについて教えてもらっていいか？」

戦闘をする前に情報を収集するのは冒険者の基本だ。

決闘をする相手の情報を仕入れるのはなにも恥ずかしいことではない。

エリシアによると、エーベルトは魔法剣士らしい。

細剣を使って前衛で戦ったり、時に中衛に回って魔法を放ったり、味方を援護したり。

前衛、中衛、後衛として穴がなく、なんでも器用にこなせるようだ。

ただエリシアが評するに彼は『器用貧乏』らしい。

なんでもこなせるがどれも突出した領域には達していない。

元Sランク冒険者からすると、エーベルトほどのステータスや実力があっても、そのような評価に落ち着いてしまうらしい。つくづくSランクの世界は格が違うと思いしらされる。

俺はそんな彼女の横に並び立つために実力を証明し、これからついていかないといけないのか。

大変だな。

だけど、Sランク冒険者になるのは俺の夢でもある。

エリシアと共に冒険を続ければ、その夢に近づくことができる。

だから、ここで負けるわけにはいかない。

「準備はいいな？　冒険者ルード？」

正面に位置するエーベルトが細剣を手にしながら声を張り上げる。

俺の傍からエリシアは離れ、ランカースをはじめとするギルド職員たちが静かに見守っていた。

「ああ、いつでもいけるぜ」

「では、始めるぞ！」

掛け声を上げたエーベルトは身を沈めると、一気に加速して彼我の距離を一気に潰した。

「――ッ！」

想像以上の速度に驚きながらも、俺はエーベルトの繰り出した突きを大剣の腹で受け止めた。

「ほお？　俺の一撃に反応して受け止めるとはな」

鍔迫《つばぜ》り合いをしながらエーベルトが驚いたように目を丸くする。

「これで実力は十分。なんて判断にはなったりはしねえか？」

「抜かせ！」

この戦いの趣旨は俺に実力があるかどうか。別に監査官に勝たなくても問題はないはずだが、エーベルトの反応からちょっと実力を示すだけでは満足してくれなさそうだ。

エーベルトは剣を薙ぎ払って距離を取ると、左手に魔力の光を灯しながら魔法陣を描き出す。

……魔法か？

なら、暴食魔剣グラムで喰らってやれば、俺の力になる。

「ルード！　攻撃魔法じゃない！　付与魔法よ！」

いつでも魔法を吸収できるように大剣を構えていると、離れた場所にいるエリシアからそんな忠告の声が聞こえた。

「『速度上昇』『腕力上昇』」

魔法陣が完成すると、エーベルトの身体を幾重もの光が包み込んだ。

次の瞬間、エーベルトの姿が掻き消える。

いや、そう見えるほどの高速で動いているのだ。

視界では朧気にしか見えないので勘を頼りに大剣を右に振るう。

響き渡る重い金属音。

アベリオ新迷宮、瘴気迷宮で培われた俺の経験は裏切らなかったようだ。

細剣とは思えない攻撃の重さだ。先ほどの一撃とは攻撃の重さが桁違いだ。

付与魔法によって身体能力を強化したからだろう。

「……これも防ぐか。ならこれはどうだ！」

エーベルトが切っ先をこちらに向けてくる。

点としてしか見えないために刀身の長さを計りづらい。

上段からの攻撃を左からの切り払いで受け止める。

火花、金属音と共にすさまじい衝撃が手に伝わる。

跳ね戻された細剣をすぐに切り返すと、エーベルトは凄まじいスピードで攻撃を打ち込んでくる。

零距離での連続攻撃に察知スキルを駆使しながら大剣を振るうが、大剣で斬り合いをするにはあまりにも分が悪い距離。

俺の防御をすり抜けて、次々とエーベルトの剣尖が俺の身体を切り裂いていく。

「くっ……！」

「どうした！　この程度か!?　こんな実力でエリシアさんの隣に立とうなどとおこがましい！　あの方は冒険者の頂点に上り詰めた英雄なのだ！　お前のような薄汚い低ランク冒険者には相応しくない！」

エリシアの昔の友人かなにか知らないが、突然現れて、好き勝手に言ってくれるものだ。

「そんなことは俺が一番わかっている。だから、隣に立ち続けるために俺はお前に勝たなきゃいけないんだ」

知識、剣技、ステータス、どれもが俺はエーベルトに劣っている。

まともに正面から戦っては敵わない。だから、俺が勝てる土俵へと引きずり込む。

エーベルトの猛攻撃を必死に堪えながら、挑発的な言葉を投げかける。

全てを防ぎきる必要はない。致命傷になるものだけを優先して弾く。

「Dランク風情が生意気を！　『フレイムショット』」

格下を相手に中々攻めきれない状況に焦れたのかエーベルトが距離を取りながら魔法を放った。

短文詠唱による高速魔法。

剣で斬り結びながら魔法による攻撃はかなり脅威であるが、グラムを持っている俺にとってはカモだった。

「それを待ってたぜ！」

付与魔法ではなく、こちらに向けられた攻撃魔法であれば、俺の暴食魔剣で吸収することができる。

大剣を水平に構えると、飛来してきた炎弾が刀身へと吸収された。

敵の魔力を吸収したことでグラムが喜ぶように唸り声を漏らすのが聞こえた。

エリシアの魔法ほど魔力は籠っていないが、グラムが十分に満足できるほどの魔力が込められていたらしい。

「なにっ！　魔剣か!?」

「いいや、呪いの剣だ」

魔法を吸収されたことによってエーベルトが驚きの表情を見せた。

相手の魔法を吸収したことによって、その分のステータスが俺に加算される。

身体の内側から力が湧いてくる衝動に身を任せ、俺は地面を蹴ってエーベルトに斬りかかる。

上段からの大剣を振りかぶると、エーベルトが慌てて細剣を掲げるようにして防ぐ。

「なっ!?」

大剣の重みと加算されたステータスによる重みが加わったからかエーベルトが片膝をついてよろめいた。

どうやら今の俺のステータスはエーベルトの腕力を僅かに上回っているらしい。

エーベルトもそれに気づいたのか余裕がなくなる。

「お前……そのような忌まわしい剣を振るうなど正気か!?」

「俺に呪いは効かねえんだよ。俺の呼び名を知ってるならわかるだろ？」

俺には【状態異常無効化】がある。だから、呪いの剣による呪いは受け付けない。

このまま力で押し込もうとするが、エーベルトは地面を転がることで距離を取って回避した。体勢が崩れたところを追撃しようとすると、エーベルトが炎弾を放ってくる。

こちらに向かってくるかと思いきや、炎弾は地面に当たって激しい砂煙を上げた。

咄嗟に大剣を前に掲げて砂煙から視界を守る。

こちらに向けられた攻撃ならば吸収できるが、地面に放たれたものまでは吸収できない。

グラムを持った相手には有効な魔法の使い方だと言えるだろう。

「ちっ、どこだ！」

視界が砂煙で埋め尽くされる。

通常ならばなにも見えない状況だが、俺には【熱源探査】があるのでエーベルトの姿は丸見えだ。

しかし、それを奴に悟られないように大剣を構えて、明後日の方向を警戒してみせる。

すると、熱源反応が俺の死角に当たる位置から回り込んでくるのがわかった。

「シッ！」

短い呼気と共に振るわれる細剣。弓から撃ち出された矢のように鋭い突きは俺の喉元へ迫ってくる。だが、いくら速くても撃ち出されるタイミングと狙いがわかっていれば、対処のしようがあるものだ。

迫りくる細剣を大剣で思いっきり横から叩いた。

「なっ！」

完璧なる弾きによって、エーベルトの右手から細剣が飛んでいき、体勢が大きく崩れた。

「ま、待て！」

「歯を食いしばれよ、エーベルト監査官」

俺は【筋力強化（中）】によってさらにステータスを強化し、左拳を【硬身】によって表面を強化すると、拳を思いっきり握りしめた。

エーベルトの頬に強化された左拳がめり込み、大きく吹き飛ばす。

殴り飛ばされたエーベルトの身体は地面を何度も跳ね、二十メートルほど離れたエリシアの目の前まで吹き飛んだ。

魔物スキルによって強化された俺の一撃をもろに受けたエーベルトは、頬に殴打の跡を残しており、立ち上がることはなかった。

砂煙が完全に収まると、演習場には静寂が訪れる。

まさか、Dランク冒険者がBランクの監査官に勝てるとは微塵も思っていなかったという表情。

表情をあまり露わにしないイルミでさえ、目を丸くしているのが面白い。

「勝者はDランク冒険者のルードだな」

ギルド職員たちが固まる中、ギルドマスターであるランカースだけは落ち着いた様子で勝敗を宣言した。

「さっすが私の相棒ね！」

エリシアがご機嫌の表情で駆け寄ってきて背中をバシバシと叩いてくる。

「ぐっ！　痛え！」

嬉しい気持ちはわかるが、戦闘が終わったばかりで全身が傷だらけだ。

「あ、ごめんなさい！　嬉しくてつい！　すぐに治癒魔法をかけるわ！」

痛みを訴えると、エリシアは今気づいたとばかりに治癒魔法をかけてくれる。

エーベルトによって負傷させられた傷はあっという間に塞がり、焼けるような痛みがなくなった。

「正直、ちょっときつかったぞ」

すべてにおいて上回っているエーベルトに勝つには魔物スキルを駆使するしかない。

しかし、堂々と魔物のスキルを使ってしまえば、ランカースをはじめとするギルド職員に見られることになり面倒なことになる。

穏便に終わらせるためにも魔物スキルの使用は見抜かれないように最小限にする必要があった。

明らかに格上の相手に制限をかけながらの戦闘はかなりしんどかった。

「それでもルードならエーベルトを倒せるって私は信じてた」

やや憔悴した様子を見せてみるも、エリシアは屈託のない笑みを見せる。

パーティーの仲間にそこまで信頼されては悪い気はしないな。

「さて、肝心の嫌疑だが……」

疑いをかけてきたエーベルト本人が完全に気絶していては裁定もなにもなかった。

中途半端な状態で終わりにしては、後日また絡まれる可能性もある。

「しょうがないわね」

エリシアはため息を吐くと、エーベルトに近づいて治癒魔法をかけた。

癒しの光によってエーベルトの頬の腫れが引いていく……が、エリシアは七割ほど治癒をしたところで魔法をストップさせた。

「完全に治してやらねえのか？」

「人の話を聞かない人にはこれくらいで十分よ」

どうやらエリシアもエーベルトの行動にご立腹のようだ。

エリシアはそう言い放つと、水精霊を呼び出してエーベルトの顔に水を落とした。

「ごぶっ、げはっ、ごは！　なにをする!?」

「お目覚めかしらエーベルト監査官？」

「え、エリシアさん……」

怒気を露わにしていたエーベルトであるが、綺麗な笑みを浮かべつつも怒りをにじませるというエリシアの器用な表情を前にして言葉を尻すぼみにさせた。

「エーベルト、あなたの負けよ」

「ば、バカな！　Bランクの俺が！　Dランクの冒険者の、しかも瘴気漁りに負けるなんておかしい！　インチキだ！　なにか卑怯な手を使ったんだ！」

「勝敗は私をはじめとするギルド職員が証人として立ち会っていた。ルードが決闘において卑怯な立ち回りをしたことは確認されていない。むしろ、公正な決闘において砂煙による目つぶしを行った監査官殿の行いの方がグレーだと思われるが？」

事実を受け入れられないのかエーベルトが喚くが、決闘の様子はランカースをはじめとする多くのギルド職員が目にしている。

これだけの証人がいる以上、言い逃れをするのは厳しいだろう。

元高位の冒険者であるランカースだけは俺のスキルを見破っている可能性がある。気づいていないのか、気付いた上で黙っているのか。

とにかく今、口にするつもりはないようだ。

「ぐっ、こんな事実はおかしい！　俺が、俺がDランクに負けるなど――」

見苦しい言葉を吐き出すエーベルトであるが、エリシアが頰を叩いたことで止まった。

しかも、俺が殴って腫れている方の頰を。

「これ以上、私の仲間を侮辱するなら私が相手をするわよ？」

「お、俺は……ただエリシアさんの力になりたかっただけなんです……！　今度こそ、エリシアさんと冒険に……」

痛みに悶絶しながらのエーベルトの言葉。

その言葉を聞いただけでエリシアのことを尊敬し、心から力になりたいのだと理解した。

「あなたの気持ちは嬉しいけど正直に言って迷惑なの。私は既に信頼できる仲間を見つけたから」

俺を仲間に選んだ。だから、エーベルトは不要だとエリシアは残酷に言ってのけた。

「でも、心配してくれてありがとう。これからは一冒険者としてよろしくね」

エリシアの笑みを浮かべながらの言葉にエーベルトは涙を流しながらこくりと頷いた。

5話 託された情報

エーベルトとの決闘に勝利した俺は、無事に寄生の嫌疑を晴らすことができた。

Bランク冒険者を真正面から打ち倒せる冒険者が、寄生などという行いをするメリットが一つもないと証明されたからだ。

それは監査官であるエーベルトの口によって広められ、俺を糾弾していた冒険者たちはその日中には沈静化した。

冒険者の中には疑いの声を上げたことを律儀に謝る者もいたし、監査官に勝利したことで俺の実力を讃える者もいた。

最初に絡んできた冒険者たちは謝罪してくるようなことはなかったが、一人で街を歩いていたり、ギルドにいても絡んでくることはない。どこか気まずそうに視線を逸らして去っていくのだ。

実は自分たちよりも格上の実力であったことがわかり、報復を恐れているのかもしれないが、そのようなつまらない真似はしないで放置だ。

日々の生活が快適になったことを考えれば、エーベルトとの決闘は結果的にやってよかったのかもしれない。

「ルード、今日は呑みましょう！」

「そうだな」

時間もかなり中途半端になってしまったし、エリシアに治癒魔法をかけてもらったとはいえ、失った血液まで戻るわけではない。体力をかなり消耗している状態で無理に依頼を受けるべきではないだろう。

満腹亭に戻ろうとすると、ギルドの出入り口にエーベルトが立っていた。

明らかに俺たちを――いや、俺を待っていたのだろう。

「エリシア、ちょっと先に行っててくれ」

「わかったわ！　ルードも早く来るのよ！」

俺たちだけで話したいことを察したのか、エリシアが先に満腹亭へと歩いていく。

「俺になにか用か？」

「すまなかった」

声をかけると、エーベルトは腰を深く折って謝罪の言葉を口にした。

あのプライドの高いエーベルトが素直に頭を下げたことに素直に驚く。

「エリシアさんから信頼を向けられ、隣に立っているお前が羨ましくて、あのような言いがかりをし、監査官としての職権を乱用してしまった」

「まったくだ。監査官が私情を持ち込んで、職権を乱用するなんてどうなんだ？」

「今回の不祥事は正式にギルド本部に報告し、監査官を辞めるつもりだ」

「いや、俺は別にそこまで求めるつもりは……」

エーベルトの物言いにカチンとくることはあったが、別にそこまで怒ってはいないし、憎んでもいない。今回の決闘の責任をとって、監査官を辞めろなどと求めるつもりはない。

「俺が決めたことでありケジメだ」

「……そうか」

エーベルト自身がそう決めたのならこれ以上口を出すことはない。

「まったく、どうして彼女を救えたのが俺じゃないんだ」

「お前……」

「なんだ？」

「いや、なんでもねえ」

エリシアが好きなのかと尋ねようとしたが、エーベルトの態度からそんなことを尋ねるのも野暮というものだろう。

「俺はギルド本部に戻るために街を出る。その前にお前にこれを渡しておく」

エーベルトが一枚のメモ用紙を渡してくる。

「これは？」

「各地に散っている『蒼穹の軌跡』のメンバーの情報だ。実際に会ったわけではないし、何年も前の情報だ。今もその情報通りの場所にいるかは知らないが、足取りは掴めるはずだ」

「エリシアに直接渡さないのか？」

「……彼女が仲間に会いたがっているとは限らないからな」

「どういうことだ？」

かつては苦楽を共にした仲間だ。そんな仲間たちに会いたくないなんてあるのか？

「それは俺の口から直接言うことじゃない」

「それもそうか」

エリシアに会いたくない事情があったとしたら、それは彼女に直接聞くべきことだろう。

エーベルトから聞くべき情報ではない。

「いいか？　死んでもエリシアさんを守れよ？」

エーベルトが指をつきつけながら念を押すように言う。

「言われなくてもわかってる。それが前衛の役目だからな」

眉間に深く皺を寄せていたエーベルトであるが、俺の返答に満足したのかフッと表情を緩めると踵を返した。

「さて、早くエリシアと合流しねえとな」

今頃、満腹亭の食堂でつまみを口にしながら今か今かと待っているはずだ。

いや、エリシアのことだから待ちきれずに、先に酒杯を重ねているかもしれない。

彼女のそんな姿を想像し、俺は駆け足で満腹亭に向かうのであった。

エーベルトとの決闘を終えた翌日。

マジックバッグの整理をしていると、瘴気竜の素材の使い道を考えていないことに気付いた。

「なあ、瘴気竜の素材はどうすればいいと思う？」

「売るのは論外ね。あれだけレベルの高い魔物の素材は滅多に手に入らないし」

幸いなことに今は懐に困っていないからな。

「だとしたら、なにかに活用するべきか……」

武器にするか、防具にするか、それとも魔道具にするか悩んでいると、エリシアが目の前にやってきて俺の全身を凝視する。

「……防具ね」

「瘴気竜の素材の活用法か？」

「ええ。ルードもレベルが上がってステータスも上昇したことだし、それに見合う防具をつける必要があると思うの。今の防具ってEランクの頃から装備してるものよね？」

「そういえば、そうだな」

「というか、マジックバッグは納得できるとして、防具よりも先に調理道具が充実しているのはおかしくない？」

整理のために周囲に散らばっている調理道具の数々を指しながらエリシアが言う。

Eランク時代から変わらぬ防具とは反対に、俺の扱う調理道具は明らかにランクアップしていた。

マナタイトを使用した熱伝導率の高いフライパンをはじめとし、折り畳み式魔道コンロ、魔力を流すだけで食材を粉砕するミキサー、ハイスケルトンの骨を使用したボーンズナイフなどなど。最新式の魔道具がたくさん並んでおり、中には魔道具も交ざっているほどである。

防具に比べると、明らかに調理道具の方が充実していた。

「いやー、いい調理道具を見つけるとつい欲しくなってなぁ」

調理道具の罪深いところは一つ欲しいものができると、あれもこれもと欲しいものが増えてしまうことだ。次の依頼ではどんな調理道具を使って魔物を調理しようかと考えているだけでも楽しい。

「たとえ、そうでも冒険者として先に揃えるべきものがあるでしょ!?　そういうわけで今日はルードの防具を作りに行くわ！」

「そ、そうだな」

呆れと怒りをにじませながらのエリシアの言葉に俺は素直に頷くことしかできなかった。

瘴気竜の素材を使って防具を作ることになったので、俺とエリシアは宿を出て南下していく。

中央区画に比べると、やや趣のある建物が増え、職人がこしらえた武具屋、細工屋などが並びだす。

あちこちで鉄を打つような音が響き渡り、見習い職人が作品を喧伝する声を上げている。

「へー、こっちの方は職人街になってるのね」

エリシアは南区画にやってくるのが初めてらしくキョロキョロと周囲を眺めていた。

「こっちの方はあんまりこねえのか？」

「杖のメンテナンスは自分でできるし、頼むとしても鍛冶師じゃなくて魔道具師に頼むのが一般的だから」

どうやら魔法使いの杖は魔法使いの職人――魔道具師と呼ばれる者に製作や調整を頼むらしい。ただ特別なギミックなどを付与したい場合は鍛冶師にも加工を頼むようだ。

魔法なんてほとんど使えないし、稀少な魔法使いとの関わりなんてなかったので知らなかった。

「ルードさん！　今日も面白い調理道具が入ったよ！」

エリシアから杖の話を聞いていると、露店の顔馴染みとなった店員から声をかけられる。

「え？　どんなやつだ？」

「ホットサンドフライさ！」

店員が見せてくれたのは、直角形になっている鉄のフライパンを二枚向かい合わせにしたものだ。

「どうやって使うんだ？」

尋ねると、店員は待ってましたとばかりに懐から食材を取り出す。

「こうやって食パンを入れて、好きな具材を載せて蓋を閉じるだけ。スイッチを押したら内部で加熱されて、あっという間にホットサンドの出来上がりさ！」

工程を説明しながら店員が蓋を持ち上げると、パンの両目にしっかりと焼き目のついたホットサンドが出来上がっていた。

「おお！　すげえ！」

「普段から料理をするルードさんならこのお手軽さがわかるだろ？」

「ああ」

食堂や冒険中の昼飯にホットサンドはたまに食べるが、こんなにも早く作り上げることはできない。

食パンを押し付けながら両面をしっかり焼く必要があるのでどうしても時間がかかってしまうのだ。

しかし、このホットサンドフライを使えば、食パンとカットした具材を入れて挟んで焼くだけだ。

料理のそこまで得意じゃないエリシアでもできる。

「気になるのは実際の仕上がりだな」

「なら食べて確かめてくれ」

店員はホットサンドをまな板の上に置くと、包丁で半分に切ってくれた。

「いただくぜ」

「エルフのお姉さんもどうぞ」

「わ、私も？　いただくわ」

後ろで見守っていたエリシアもおそるおそるといった様子でホットサンドに手を伸ばした。

食パンの表面はとても香ばしく、歯を突き立てるとザクッとした小気味のいい音を立てた。

中に挟まれているハムはしっかりと加熱されており柔らかく、ジューシーだ。間に挟まっているチーズはとろけており、キャベツはしんなりとしつつも歯応えが残っている。

ハム、チーズ、キャベツ、マスタードソースというシンプルな味わいだが、出来立てなのでかなり美味しい。満腹亭の食堂で提供されるのと大差のない仕上がりだ。

「美味いな」

「ええ！　具材を入れて挟むだけだからとても手軽ね！　冒険中でも使えるわ！」

ホットサンドの出来栄えと、その調理の簡単さにエリシアも感嘆の声を上げた。

冒険中の食事として用意しがちなのがサンドイッチなのだが、毎度サンドイッチではさすがに飽きてしまう。でも、このホットサンドがあれば、冒険中でも気軽に挟んで温かなものが食べられるし、具材のバリエーションも増えるのでいいこと尽くしだ。

「火の魔石を使った自動加熱式と、直火で焼き上げるタイプがあるがどうする？」

「両方一つずつ貰おう」

「毎度！　ちなみにちょっと値段は張るんだが、電気の魔石を使った圧力鍋っていうのがあってだな」

「そっちも見せてくれ！」

店員から次の商品を見せてもらおうとしたところで裾を引っ張られる。

「ダメ！　先に防具！　このままじゃいつもと同じで調理道具を買い漁るだけになっちゃうじゃない！」

「いや、エリシアもホットサンドフライには感激してたじゃねえか？」

俺と一緒にノリノリでホットサンドフライの説明を聞いていたのに、今更どの口が言うんだ。

「そ、そうだけどこれ以上はダメよ！　今日は防具を作る日！」

指摘すると、気まずげな顔をするが彼女の言っていることは至極正しい。

店員が魅力的な調理道具を紹介してくるので、つい夢中になってしまった。

「悪い。今日はこの辺にしとく」

「またいい商品を仕入れて待ってるさ」

ホットサンドフライを購入すると、俺とエリシアは移動を再開するのだった。


小さな路地を何度か曲がって突き進んでいくと、石造りの建物が見えてきた。

扉には『鉱人の槌』と書かれた看板が吊るされている。

ここはドエムの工房だ。

瘴気竜の素材となると並大抵の鍛冶師では加工することができない。この街でそんな技量を持っている職人をドエム以外に俺は知らないからな。

「ここにルードがお世話になってる鍛冶師がいるの？」

「ああ、そうだ。気難しい性格をしたおっさんだけど適当に流してくれ」

気に入らない客はすぐに追い出すし、初対面の相手だろうと遠慮のない物言いをする。

言動をいちいち気にしていたら疲れてしまうからな。

「ドエムのおっさん、入るぞー」

声をかけながら木製の扉を開けて中に入る。

作業部屋から槌を振るう音は聞こえない。前回は武器の製作の途中だったために待たされるはめになったが今回はそうでもないようだ。

「ここにあるものすごく業物《わざもの》だわ」

「そうなのか？」

「さすがは高位の冒険者だけはある。Ｅランクで燻っていた奴とは見る目が違うな」

奥の部屋からドエムがやってくる。

見る目がないと言われているが、俺には実際にドエムの技量がどれくらいなのかも測れないので言い返せなかった。

「はじめまして、ルードの仲間のエリシアよ」

「……ドエムだ」

エリシアが手を差し伸ばすと、ドエムはぶっきらぼうな表情をしながらも応じる。

あまり友好的な態度を見せることの少ないドエムが握手に応じるとは驚きだ。

「こんな奴と組んでいいのか？　お前さんならもっと他の奴とも組めるだろ？」

「……おい」

つい最近、散々言われてきた言葉だが自覚があるだけに胸に突き刺さる。

「ルードだから組みたいって思ったのよ」

「そうか」

屈託のない笑みを浮かべながらのエリシアの言葉に、ドエムは言葉は少ないものの満足そうに頷いた。

「ったく、おっさんはいつも余計なことを言いやがる」

「ルードのことを心配しているのよ」

「あれでか？」

さっきのドエムの言動のどこに俺を心配する要素があったのかわからない。

眉を顰めるとエリシアは答えることなくクスクスと笑った。

「おい。大剣なら試作品ができているぞ」

「おお、本当か？」

小首を傾げていると、ドエムが後ろにかけてある壁から漆黒の刀身をした大剣を持ってくる。

今は暴食剣グラムがあるので何とかなっているが、今のやり方が正しい用途だとは思えないし、場所によっては呪いの剣を持ち込めないこともある。グラム以外に魔素の使用に耐えられる武器を用意するのは俺にとって急務であり、ドエムに魔素の使用に耐えられる大剣の製作を依頼していたのだ。

防具の製作は一旦後にして、ドエムの作ってくれた試作品を確認する。

「エルディライト鉱石をベースにバフォメットの爪、ミノタウロスの角を加工して混ぜた。魔素を宿した魔物素材を半分ほど使用しているから、魔素を流しても問題はないはずだ」

「少し魔素を流してみてもいいか？」

「ああ」

室内だと前回のように破損した場合危険なので工房の裏庭に出る。

ドエムとエリシアが少し離れたところから見守る中、俺は大剣を握りしめて魔素を纏わせてみる。

前回の破損事故があって少な目に纏わせてみたのだが、今回は刀身に対する不安感はない。そのまま魔素を流し込んでみるも刀身にヒビが入ったり、不気味な音を立てるようなことはなかった。

ある程度流したところで大剣がブルブルと震え出した。

恐らく魔素の保有できる量が限界を迎えたのだろう。

このまま流し続けることは危険と判断して、俺は大剣を地面に叩きつけた。

地面がバターのようにあっさりと割れ、大剣の切っ先から衝撃波が生まれる。

解放された魔素が地面を荒れ狂い、深い谷を築いた。

舞い上がった砂煙をエリシアの魔法が散らしてくれる。

「どうだ？」

視界が晴れると、ドエムがこちらに近づいてくる。

柄を持ち上げてみると、刀身には傷一つついていない。

「問題ねえけど、魔素を込める量を手加減しねえと壊れそうだ」

「何割くらいだ？」

「三割ってところだ」

「予想よりも保有できる割合が少ないな」

魔素を込められる割合を告げると、ドエムが渋い顔をする。

彼の中ではもう少し多くの魔素を保有できる計算だったのだろう。

「あれからたくさんの魔物を倒して喰らったからな」

前回よりも保有する魔素の質と量が増えているのが何となくわかる。

「魔素の使用に耐えられるようにするには魔石を使用するのが一番なんだがなあ」

「できねえのか？」

「魔素の扱い方を知らねえ素人が迂闊にいじってみろ！　前に渡した大剣の二の舞になる！」

俺の脳裏に粉々に砕け散ったエルディライト鉱石の大剣が思い浮かんだ。

「それもそうだな」

「希望があるとすれば、お前さんが魔素の操作をやってのけることなんだが……」

「繊細な操作については無理だ」

なにせ魔法スキルを手に入れているにもかかわらず、魔素の操作ができない故に使用することができないでいる。そんな状態で武器に対しての魔素の調整をするなんて無謀もいいところだろう。

「とりあえず、今は他の魔物素材を使っていくことで保有量を高める方向でいく。お前さんは魔素の扱いを練習しておけ」

「……わかった」

頷いたものの魔素の扱いを上達させるのは難しそうだな。

「それじゃあ、俺は製作に戻る」

「待ってくれ。今日は別の用件もあるんだ」

「あん？」

工房に戻ろうとするドエムを引き留める。

「武器と平行になって悪いんだが、防具も作ってほしい」

「そっちも魔素を纏うとか言わねえだろうな？」

「こっちは普通の防具でいい」

先に取り掛かっている大剣でさえまだ未完成なのに、防具も魔素に耐えうるものを頼むのは鬼畜過ぎるだろう。魔素を纏う防御法は特に確立されていないし、今のところは普通の性能でいい。

「素材は？」

「瘴気竜の素材を使ってほしい」

マジックバッグから取り出した瘴気竜の鱗を渡すと、ドエムは真剣な表情で確認し始めた。

「お前さんのレベルと魔素が上昇した理由はコイツか。こんな化け物どこにいやがった？」

「瘴気迷宮に隠し階層があってな。そこにいた」

「そうか」

どこに存在するか気にはなってもドエムはそれを言い触らす奴ではない。

「できるか？」

「誰に言ってやがる！　竜の素材の加工くらい当たり前にできるわい！」

思わず尋ねると、ドエムが大きな声で言い返してきた。

大剣の製作と平行して問題ないかという意味での問いなのだが、ドエムには逆効果だったようだ。

相変わらずこのおっさんは気難しい。

長い付き合いをしているが、未だに怒るポイントがよくわからない。

「じゃあ、任せたぜ」

「防具を先に作るが問題ないな？」

ドエムの言葉に俺は頷く。

試作品を一つ貰ったことだし、今は武器を作るよりも質のいい防具を作る方が先決だからな。

「他にも素材があるなら一通り出せ。大剣の方にも使えるかもしれん」

「わかった」

瘴気竜の鱗、爪、牙、翼膜、皮といった一通りの素材をドエムに渡した。

しかし、ドエムはなおも右手を差し出し、さらなるなにかを要求してくるではないか。

まだ瘴気竜の素材があると思っているのか？

「瘴気竜の素材はひととおり渡したぜ？」

「違う。追加の研究費用じゃ」

「おいおい、前に百万レギンを渡したじゃねえか？」

「それが底を尽きそうだから要求してるんだ」

「…………」

ドエムの口から放たれた言葉に俺は絶句する。

あれだけの大金がそんなにもすぐになくなってしまうものなのか。

「冒険者にとって一番お金がかかるのは装備だからね。頼んでいるものがものだし、高額なのは仕方がないわよ」

「お、おお」

一瞬、ドエムの無駄遣いや着服を疑いそうになるが、このおっさんは曲がったことが大嫌いだし、物作りにおいて妥協しないことを俺は知っている。

「……五十万レギンでいいか？」

「まあ、そんだけあれば大丈夫だな」

貨幣を数えながらのドエムの言葉にホッとする。

全然足りないなどと言われたらかなり困るからな。

「言っておくが防具の製作費用は別だ。そっちも用意しておけよ？」

「ちなみに金額は……？」

「二百万レギンだな」

おそるおそる尋ねると、ドエムがきっぱりと言った。

鋭い眼光からみるに、値切りでもしたら殺されそうだ。

俺も強くなってランクが上がったとはいえ、短期間にこれだけの出費が重なるのはきつい。

「大丈夫？　お金なら余裕あるし、私が出してあげましょうか？」

「いや、自分の装備なんだ。自分の金から出す」

エリシアの気持ちは嬉しいが男として、一人の冒険者としてその提案を受け入れるわけにはいかなかった。

「嬢ちゃんのお金を借りたら蹴り飛ばしているところだ」

ついでに目の前のおっさんもそんな行いは許してくれない。

財布から五十万レギンを取り出して渡すと、ドエムは丁寧に数えてから頷いた。

「エリシアは――今の装備があるから大丈夫か」

「ええ。私にはこのローブがあるから大丈夫よ」

エリシアの纏っているローブは一見してかなり薄いのだが、その生地はそこらの魔物の攻撃を通さないことを知っている。

恐らく、俺なんかが見たこともない魔物の素材を使用しており、かなりの一級品なのだろう。

彼女の装備については当分の間は新調する必要はなさそうだ。

6話 豚鬼の討伐

ドエムの工房にて防具の発注を済ませた俺は、そのまま冒険者ギルドにやってきていた。

ギルドにやってくると、今日も冒険者が掲示板を前にしてたむろしていた。

依頼を吟味する者や、パーティーを募集する者、テーブルにて依頼書を広げながら作戦会議をしている者など非常に賑やかだ。

フロアに入ると、エリシアが一直線に掲示板に進んでいく。

別に彼女が選ぶ係になっているわけではないが、依頼が報酬に見合っているか、ギルドの評価点が高いかは元Sランクのエリシアの方が理解しているので基本的に彼女に任せている。

依頼の選別をエリシアに任せて俺は長椅子に座ると、なんとも言えない視線が突き刺さる。

既に寄生騒動は終わったことだが、監査官であるエーベルトや、ガラの悪い冒険者の言葉を鵜呑みにして誹謗中傷してきた者もいる。

謝罪をした者もいるとはいえ、やはり気まずいのだろう。

俺としては気にせずに放置してくれればいいんだけどな。

「ルード！　依頼を持ってきたわよ！」

微妙な視線に居心地の悪さを感じていると、エリシアが一枚の依頼書を持ってきた。

「豚鬼の群れの討伐！」

「構わねえけど、珍しくランクが低いじゃねえか？」

豚鬼とは、豚の頭をした人型の大きな魔物である。

二メートルを超える体格から繰り出される一撃はかなりの破壊力を秘めており、まともに攻撃を受けてしまえば一撃で戦闘不能となる。

分厚い脂肪を纏っているために刃も通りにくく、防御面でもタフさを発揮する。

また精力が旺盛で、異種族の雌をさらって孕《はら》ませることから忌避される一面もある。

討伐ランクはD。

駆け出しの冒険者には荷が重い相手であるが、慣れているものであればそこまで苦労することなく狩れる魔物だ。俺たちレベルなら楽に屠ることができるだろう。

ギリギリの難易度を持ってくるエリシアにしては温かい選択だ。

「この依頼の内容を読んでみて」

エリシアに言われて、俺は依頼内容を読み込んでみる。

どうやらバロナから東に位置する森で豚鬼の群れが発生したようだ。

群れの規模はかなり大きいらしく、このまま放置しておくと王などの上位個体が発生し、街に襲いかかってくる可能性があるらしい。

「結構、緊急性が高いみたいだな」

「そう！　こういった緊急性が高いものを引き受けると、ギルドからの評価がいいのよね！　それに平時よりも報酬が高いし！」

有事の際に貢献してくれる冒険者というのは、ギルド側からすればとてもありがたい存在だろう。

そんな冒険者への報酬に多少の色をつけるのも当然というわけか。

さすがは冒険者歴が長いだけあって、ギルドの事情にも精通している。

「わかった。その依頼を受けよう」

「決まりね！」

ここ最近は魔物の肉料理を食べていなかったしな。

豚鬼の肉を堪能するとしよう。

受付に向かうと、イルミがいたのでそちらの列に並んだ。

すると、エリシアがじっとりとした視線を向けてくる。

「なになに？　ルードってば、ああいう子がタイプなの？」

「そういうわけじゃねえよ。先日の礼を言っておこうと思ってな」

「なるほど」

わざわざ列に並んだ理由を説明すると、エリシアは納得したように頷いた。

やがて前にいた冒険者たちが手続きを終えて、俺たちの順番となる。

「この間の件は助かった。改めて礼を言わせてくれ」

「いえ、担当職員として当然の主張をしたまでです。ルードさんが摘発されていれば、寄生を見過ごしていたとして私にも責任が降りかかりますから」

ドライな返答だ。

まあ、この職員に特別な正義感や冒険者に対する入れ込みなどがないことはわかっていたことなので驚くことでもない。

「それにしてもルードさんの実力があそこまであるとは思いませんでした。まさか、Bランクの監査官を真正面から打ち倒してしまうとは……このような短期間でどうやってあそこまで実力を上げたのです？」

魔物を食べて、そのスキルを手に入れているからです、なんてバカ正直に告げるわけにもいかない。

「成長期……的な？」

苦し紛れながらも誤魔化しの言葉を吐くと、イルミの視線がとても冷たいものになった。

「まあ、報告する義務もないのでいいですが、強くなったからといって無茶はしないでくださいね」

「ああ、わかってる」

「では、本日の用件をお願いします」

「豚鬼の群れの討伐を頼む」

依頼書を差し出すと、イルミは黙々と受注の手続きを進めてくれるのであった。

豚鬼の討伐依頼を受注した俺とエリシアは、街から東に半日ほど歩いたところに位置する森にやってきた。


豚鬼の見た目は非常にわかりやすい。

豚の頭をくっつけた肥満体型の魔物だ。

背丈は二メートルを超えており、森の中にいても非常に目立つ。

俺の【音波感知】とエリシアの風精霊による索敵を駆使しながら鬱蒼とした森の中を進んでいくと、あっという間に豚鬼を見つけることができた。

豚鬼が三体。

鑑定してみると、豚鬼のステータスが表示された。

豚鬼
LV28
体力：120
筋力：76
頑強：75
魔力：22
精神：36
俊敏：54
スキル：【棍棒術】【痛覚耐性（小）】【精力増強（中）】

レベルは瘴気迷宮の二十五階層の魔物と変わらないくらいだ。

体力、筋力、頑強の数値がやや高いくらいだろう。

豚鬼の手には木々を削り出して作ったと思われる棍棒や、どこかの冒険者や木こりから強奪したのか鉄製の斧を持っている者もいる。

基本的なステータスに変わりはなく、スキル構成は【棍棒術】が【斧術】だったりとそれぞれの武器の特性によって少し違いがある程度。スキルによる脅威は小さいと言っていい。

「私が仕留めましょうか？」

索敵スキルによってこちらが一方的に存在を知覚しており、豚鬼たちはこちらに気付いていない。

エリシアが精霊魔法をぶっ放せば、一撃で決着がつくだろう。

「二体は残してくれ。新しく手に入れた大剣とスキルを試したい」

「わかったわ」

ハイポイズンラプトル、瘴気竜を喰らったことによって新しいスキルを手に入れていたのだが、ここ最近は瘴気迷宮を攻略していたり、エーベルトと戦ったりで実践する機会がなかった。豚鬼であれば、どちらのスキルも効果がありそうなので試してみたい。

エリシアは風精霊を呼び出す。虚空から現れたのは翡翠《ひすい》色のイタチだ。

その周囲には透明な鎌が浮遊しており、可愛らしい見た目の割に少しおっかない。

「お願い！」

エリシアが魔力を譲渡すると、風精霊は一回転して透明な鎌を振るった。

不自然な風圧を感じたのか豚鬼が振り返った。

「フゴオオオオッ！」

そこでようやく俺たちを発見したらしく、先頭にいた豚鬼が棍棒を手にして前に進もうとするがずるりと上半身と下半身が分かれた。

「フゴオッ!?」

綺麗すぎる切断面を晒しながら沈んでいく。

あの豚鬼はいつ自らの体が切り裂かれたのか理解する暇もなかっただろうな。

俺は背中から大剣を引き抜き、動揺している豚鬼の一体へと肉薄。

大剣を振るうと、豚鬼が反応して棍棒で迎撃してくる。

ただの棍棒でドエムの作った大剣を弾こうなどと舐め過ぎだ。

俺の大剣は棍棒をバターのように切り裂き、そのまま大剣を切り返して豚鬼の右腕を跳ね飛ばした。

豚鬼が苦悶の声を漏らして隙を晒している内に大剣を薙ぎ払って左足を落とす。

豚鬼がバランスを崩して尻もちをつくと、ちょうどいい位置に首がきたので止《とど》めとばかりに首を飛ばした。

「さすがの切れ味と頑丈さだな」

ステータスが高くても皮下脂肪と頑強な骨のある豚鬼の首を一撃で吹き飛ばすことは中々に難しい。それを成し遂げたということは、この大剣にかなりの切れ味と頑強さがあることの証明だ。

あっさりと豚鬼を沈めると、残っていた一体が斧を手にして猛然と駆け寄ってくる。

その動きはかなり鈍重であり、瘴気竜に比べると迫力も足りない。

「【猛毒爪】」

ハイポイズンラプトルから手に入れたスキルを使用すると、俺の右手の爪が濃紫色へと変化し、十センチほど伸びた。

魔素を込める量を調節すると爪を短くしたり、さらに長くしたりもできる。

油断すると自分に刺さってしまいそうなほどに長いが、俺には【状態異常無効】があるので万が一刺さってしまっても問題はないだろう。

豚鬼が振り下ろしてきた斧を回避すると、俺は長く伸びた爪を相手の左腹部に突き刺した。

分厚い脂肪に包まれた豚鬼がその程度の傷で倒れることはない。

懐に潜り込んだ俺を排除するように斧を薙ぎ払ってくるので後退して回避する。

どのくらいで毒が効果を発揮するのだろうと思っていると、豚鬼の左腹部がじんわりと濃紫色に変色した。

すると、豚鬼は左腹部を左手で押さえ、もがき苦しむ。

どうやら毒が効いてきたようだ。

濃紫色の範囲が拡大するにつれて豚鬼は苦しみ、吐血する。

やがて毒が全身に回ると豚鬼はピクリとも動かなくなった。

「ルード、今のは？」

「ハイポイズンラプトルのスキルだ」

「猛毒の爪……えげつないわね」

全身が濃紫色に染まった豚鬼を見下ろしながらエリシアが言った。

致命傷にもならないたった一突きでこれだからな。これが猛毒の恐ろしさだろう。

どれだけ高い体力、頑強の数値を誇っていようと、どれだけ分厚い外皮や脂肪を纏っていようが内部から破壊されれば意味はない。

対人戦でもかなり有用だろうが、毒の匙加減ができないのですぐに【肩代わり】をしてやるか、殺す覚悟がないと使えないスキルだろう。

7話 豚鬼王の旨塩鍋

スキルの検証をしていると、木々をベキベキとへし折るような音が聞こえた。

慌ててそちらに視線を向けると、ひと際大きな豚鬼がいた。

通常の豚鬼は簡素な布を纏っているだけだが、この大きな豚鬼は冒険者のように兜や鎧を身に着けており、武器は長大な剣を手にしている。

「豚鬼王よ！」

「マジか！」

豚鬼の異常発生により、存在する可能性も高いと示唆されていたが、まさか遭遇するとは思っていなかった。

豚鬼王
LV42
体力：430
筋力：302
頑強：298
魔力：158
精神：136
俊敏：225
スキル：【長剣術】【体術】【痛覚耐性（中）】【絶倫】【嗅覚】【統率】【物理攻撃耐性（中）】【強胃袋】【配下強化】【皮下脂肪】

鑑定してみると、レベルも高く、ステータスも豚鬼と大違いだった。

以前であれば、レベル差に絶望、あるいはその重圧に身動きすら取れなくなっていただろう。

だが、ＬＶ75とかいう化け物と戦ったお陰か怯えることはなかった。

これが経験というものだろう。

「フゴオオオオオオオオオッ！」

豚鬼王は地に沈んだ配下を一瞥すると、空に向かって雄叫びを上げた。

鼓膜と内臓を揺さぶられるような声量だ。

あちこちの方角で豚鬼が呼応するかのような声が響いてくる。

「増援を呼ばれたみたい！　他の豚鬼たちが集まってくるわ！」

エリシアが風精霊による索敵で情報を共有してくれる。

豚鬼王と睨み合っている内にあちこちの方角から豚鬼が現れ、俺とエリシアはあっという間に囲まれてしまった。

数はざっと見たところで四十体以上はいる。

豚鬼の数が異常に発生していたのは、この豚鬼王のせいであろう。

「俺がスキルを使って全体の足止めをする！」

「わかったわ！」

俺の短い一言でエリシアは意図を理解してくれたようだ。

さすがにこれだけの数を相手に真正面から戦うのは分が悪い。

一度、豚鬼の数を減らしておく必要があるだろう。

エリシアがシルフィードを呼び出した。

魔力を譲渡し、シルフィードが豚鬼たちを殲滅するための力を溜める。

しかし、相手はそれをむざむざ許したりはしない。

豚鬼王の指示のもと、豚鬼たちが一斉に襲いかかってくる。

二メートルを超す巨体が地面を力強く踏みしめ、地面が激しく振動する。

いくらステータスが相手を上回っていても、四方から押し寄せる豚鬼のすべてを蹴散らすことはできない。だから、そのために必要なスキルを行使する。

「【瘴気の波動】」

瘴気竜のスキルを発動させると、俺の身体から濃紫色の霧が発生。

それを波動として飛ばそうとするが、思うように広がらない。

どうやらこのスキルを発動するにはかなりの魔素を必要とするようだ。

俺は体内にある魔素をかき集めるようにして一気に解放するイメージをすると、濃霧はしっかりと波動となって豚鬼たちに襲いかかった。

濃密な瘴気の波動に呑まれた豚鬼たちがあちこちで膝をつく。

中には走り方を忘れたかのように派手に転倒し、昏倒したような個体も続出した。

豚鬼王　瘴気状態
LV42
体力：430→320
筋力：302→209
頑強：298→195
魔力：158→78
精神：136→67
俊敏：225→114
スキル：【長剣術】【体術】【痛覚耐性（中）】【絶倫】【嗅覚】【統率】【物理攻撃耐性（中）】【強胃袋】【配下強化】【皮下脂肪】

豚鬼　瘴気状態
LV28
体力：120→65
筋力：76→39
頑強：75→36
魔力：22→10
精神：36→18
俊敏：54→28
スキル：【棒術】【痛覚耐性（小）】【精力増強（中）】

鑑定してみると、豚鬼王を含む豚鬼たちのすべてが瘴気状態となっていた。

豚鬼たちの動きを阻害できれば十分だと考えていたが、まさかこれほどの威力があるとは。

豚鬼たちは死んだわけではないが、そのほとんどが瘴気に身を蝕まれてまともに動くことができない。

「『妖精の嵐！』」

そんな好機をエリシアが逃すはずもない。シルフィードの身体に渦巻いていた風が解放される。

豚鬼たちが竜巻《サイクロン》に呑み込まれ、その巨体は上空へと舞い上げられた。

中で渦巻く風の刃は豚鬼たちの肉体を容易く切り裂き、落下してくる頃には五体満足な豚鬼は一体もいなかった。

シルフィードによる嵐が止むと、その中心部には豚鬼王が長剣を地面に突き刺しながらも立っている姿が見えた。

「……まだ王が生きているみたいね」

自らの精霊魔法で仕留めきれなかったことが不満なのだろう。エリシアが唇を尖らせながら言う。

まだ生きているとは言うものの豚鬼王の左腕はなくなっており、全身が風の刃で切り裂かれて多くの血を流している。

多くの傷ができたことにより、傷口から瘴気が入り込んでその身をさらに蝕む。

こうやっている今も豚鬼王のステータスが下がり続けていた。

ただ立っているので精一杯といったところ。出会った当初の覇気はなかった。

肉体はもう限界で王の矜持だけで立っているに違いない。

俺が大剣を持って近づくと、豚鬼王は荒い息を吐きながらも残った片腕で長剣を引っこ抜き、こちらへ振るってくる。

恐らく最後の悪あがきだとわかっていながらの行動だろう。

俺は大剣を切り上げることで長剣を弾き、素早く剣を切り返して豚鬼王の首を刎《は》ねた。

重苦しい音を立てて、豚鬼王の身体が崩れ落ちる。

増援の豚鬼や、他の魔物がきていないことをしっかりと確認した上で息を吐く。

「さっきのは瘴気竜のスキルよね？」

「ああ、まさかこれほどの威力があるとは……」

瘴気によって豚鬼たちの足を止めることができれば十分、くらいに思っていたが予想以上だった。

「状態異常っていうのは、相手の強さにかかわらず窮地へと追いやることのできる凶悪な攻撃よ。どれだけランクの高い冒険者でも対策ができていないと全滅しちゃうんだから」

エリシアの言葉はどこか自分に言い聞かせているようだった。

そういえば、エリシアのパーティーも深淵迷宮の階層主の呪いをはじめとする状態異常にやられたんだっけ。

俺には【状態異常無効化】というユニークスキルがあるので大した攻撃ではないと思っていたが、エリシアはそうではない。

俺は大丈夫かもしれないが、仲間にとっては脅威となる攻撃なのだ。

これからはそのことを肝に銘じて、立ち回らないといけないな。

「それにしてもすごいスキルじゃない。そのスキルがあれば大勢の魔物に囲まれて平気だし、戦闘も大分楽になりそうね。豚鬼王だってこんなにも簡単に仕留めることができたし」

「それなんだがこのスキルは連発するのが難しい」

「もしかして、魔素をすごく消費するの？」

エリシアの言う通り、この瘴気竜のスキルはとんでもないほどに魔素を消費するのだ。

特に今回のような広範囲に広げるとなるとかなりの魔素を消費する。

さっきと同程度の波動を放てと言われたらできはするものの、戦闘不能になるほど消耗する可能性が高い。

「切り札の一つとして考えておく方がいいわね」

とはいえ、瘴気を纏うくらいであれば、魔素の消費はそれほどでもないので狭い範囲で使うのなら消耗は抑えられそうだ。その辺りの運用法は今後の課題といったところだろう。

「あともう一つ欠点がある」

「……なにかしら？」

「めちゃくちゃ腹が減る」

至極真面目な表情で伝えた俺の言葉にエリシアは目を丸くしてから笑うのだった。

豚鬼王と四十五体の豚鬼を討伐した俺とエリシアは、念のため森の中を探索。

森の中腹ほどまで足を延ばして探索してみたが豚鬼の群れは確認できず。

豚鬼王を倒したことから群れはほぼ掃討できたと判断し、依頼を切り上げることにした。

ギルドが定めた討伐数は十体。

その四倍以上の数を討伐しているし十分な成果だろう。

さらに豚鬼王を討伐したことから特別に報奨金なども貰える可能性も高い。

装備の費用がかさんでいた身としては非常に嬉しい結果だ。

さて、仕事のことはバロナに帰ってから考えるとして、瘴気竜のスキルを使ったせいで俺の胃袋が限界だ。

そんなわけで俺とエリシアは森の中で昼食を摂ることに。

昼食のメイン食材となるのは豚鬼王と豚鬼だ。

「豚鬼って食べられるの？」

「イータ伯爵の手記によると美味いらしいぜ」

豚鬼の分厚い筋肉は魔素によって強化されているらしく、その味は豚肉を遥かに超える甘みと旨みがあるらしい。

「へー」

「とりあえず、下処理だな」

俺は豚鬼王と綺麗な死体の豚鬼を並べると、頸部を切り裂いて血抜き処理をする。

豚鬼王の方が身体は大きいが、喪失した腕の方からも血液は抜けているので時間差はほぼないだろう。

「今回はどうやって食べるの？」

「今、それを考えてる。シンプルにステーキにしてそれぞれの食材の味を食べ比べるべきか……いや、瘴気竜の時にもステーキにしたしなぁ」

またステーキで味わうっていうのも面白くない。

「鍋にするっていうのはどう？　あれなら色々な具材も食べられるわよ？」

「アリだな。よし、鍋にしよう」

「決まりね！　私もお昼は豚鍋にするわ！」

俺が鍋に決めると、エリシアもマジックバッグから鍋を取り出して準備をし出す。

「うん？　別に俺に合わせる必要はねえぞ？」

「同じものが食べられないから、せめて同じ料理にして雰囲気を味わいたいの！」

「ああ、そうか。すまん」

どうやら俺に気を遣っているのではなく、彼女の気持ちの問題だったようだ。

普通の人間には魔物を食べることはできない。

そのため冒険中はエリシアと同じ料理を食べることはできないので少し寂しいのだが、それを埋めるために同じメニューにしているようだ。

「なんとかエリシアも食べられるようになればいいんだけどなぁ」

「こればっかりはルードのようなユニークスキルがない限りは無理よ」

なんとか普通の人でも魔物を食べられる方法はないものか？

イータ伯爵も生涯をかけて研究したが、そんな方法は見つからなかったので不可能なのかもしれない。

「お肉だけっていうのもバランスが悪いし、ちょっと食材を採取してくるわ」

「ああ」

返事をすると、エリシアがふらっと森の中に入っていく。

エリシアも一応は自然と共に生きるエルフなので森の恵みを採取することは得意だ。

道すがら薬草や木の実を採取して、追加で依頼をこなしていることも多いし、きっとすぐに大量の食材を持って戻ってくるだろう。

豚鬼王の血抜きが終えると背中から刃を引く。

臓物などを抜いてロース、ヒレ、バラ、モモといった必要な部位だけを切り取る。

イータ伯爵の手記によると、睾丸がとても珍味で食べると絶倫能力を発揮すると書いてあるのだが、そんな状態になってしまえば料理を味わうどころではない。

今回は鍋にするためコクのあるバラ肉を使用。鍋に入れやすいようにスライスしていく。

「山菜とキノコを採ってきたわよ」

「おお、美味そうだな」

エリシアの持っているザルの中には大きなキノコやセリなどといった山菜が入っていた。

鍋に入れたらとても美味しそうだ。

「火を起こしましょうか？」

「いや、それには及ばねえ」

エリシアの提案を断り、マジックバッグから魔道コンロを取り出した。

「……これってもしかして魔道コンロ？」

「そうだ」

魔道コンロとは、内部に火の魔石が内蔵されている携帯コンロである。

とてもコンパクトでいつでも安全に火を起こすことができる。

魔道コンロは魔道具なので高級品だ。

「二つも買ったの？」

お金が足りないと嘆いているタイミングでのお披露目とあって、エリシアがジットリとした目を向けてくる。

「エリシアも使うだろうし、あればこれからの冒険でも便利だろ？」

「まあ、買ったのは少し前のことだし、いずれは必要なものだものね。ありがとう」

ちょっと怒られるかと思ったけど大丈夫だった。

ちゃんと二人分買っておいたのが功を奏したのかもしれない。

鍋の中にゴマ油を引き、スライスしたニンニクを炒める。

ニンニクが狐色になり風味が油に移ったら、酒、水、砂糖、塩を入れて、鶏ガラスープを投入。

「今の鶏ガラ出汁よね？　どこかで買っておいたの？」

「いや、宿で暇な時に作っておいたものだ」

さすがにこの場で出汁を作っていたらとんでもない時間がかかるからな。

時短するために作っておいたものだと説明すると、エリシアはとても感心していた。

昔からこういったコツコツとやることは好きだったからな。こういう準備は得意だ。

スープを煮込んでいる間に俺とエリシアはニンジン、ネギ、白菜、キノコ、セリなどの具材をカットする。

スープが沸騰したところで先ほどカットした具材を入れて、最後にスライスした豚鬼王の肉を盛り付ける。

エリシアの鍋には魔物の食材を入れるわけにはいかないので普通の豚バラ肉を載せて、他の野菜を多めに盛り付けてあげた。

あとは蓋をして中火で五分ほど煮込むと。

「豚鬼王バラ肉と山菜の旨塩鍋の完成だ！」

蓋を取ると、こんもりと湯気が上がった。

加熱されて薄ピンク色に染まった豚鬼王のバラ肉が沸騰したスープの泡で震えている。

ニンジン、ネギ、白菜などの具材も加熱されたことにより色彩が鮮やかになっていた。

「うわあ、美味しそうね！」

「早速、食べようぜ！」

空腹だった俺とエリシアは己の茶碗に取り分けると、すぐに食べることにした。

まずはメインである豚鬼王の肉をいただく。

「んっ！　美味えっ！」

「こっちのお鍋も美味しいわ！」

解体していた時は硬かったバラ肉だが、魔素が少し抜けて加熱されたことにより信じられないくらいの柔らかさとなっていた。

噛み締めると、豚鬼王の強い甘みと旨みが口内で弾け出る。

「普通の豚肉とどう違うの？」

「そりゃもう甘みと旨みが段違いだ」

「なにそれ！　食べてみたいんだけど！」

「食うか？」

「食べられないわよ!?」

などという戯れをしながら俺は豚鬼王の肉を味わう。

あっさりとした鶏ガラとの相性が抜群でこってりとした脂がスープに深いコクを与えていた。その旨みを柔らかく煮込まれたニンジン、白菜、ネギたちがしっかりと吸っている。

エリシアの採取してくれたキノコも香り高い。

セリを食べると程よい苦みが広がり、口の中がスッキリとする。

それぞれの具材に豚鬼王の肉の旨みやコクが染み込んでおり、どれを食べてもメイン級の美味しさを発揮していた。

時間が経過しても魔道コンロが加熱し続けているお陰でずっと熱々だ。

やっぱり魔道コンロを買っておいてよかった。

「ふう、美味しかったぜ」

「ごちそうさま」

空腹だったこともあり、俺とエリシアはあっという間に鍋を平らげた。

豚鬼王の肉は鍋でも強い存在感を発揮し、とても満足できる食べ応えだった。

次は炒め物や揚げ物なんかでがっつりと食べてみるのもいいかもしれない。

「ねえ、豚鬼王からはどんなスキルが得られたの？」

満足感に浸っていると、エリシアからの問いかけが飛んでくる。

名前：ルード
種族：人間族
状態：通常
LV58
体力：334
筋力：290
頑強：264
魔力：215
精神：193
俊敏：223
ユニークスキル：【状態異常無効化】
スキル：【剣術】【長剣術】【体術】【咆哮】【戦斧術】【筋力強化（中）】【吸血】【音波感知】【熱源探査】【麻痺吐息】【操糸】【槍術】【隠密】【硬身】【棘皮】【強胃袋】【健康体】【威圧】【暗視】【敏捷強化（小）】【頑強強化（小）】【打撃耐性（小）】【気配遮断】【火炎】【火耐性（大）】【大剣術】【棍棒術】【纏雷】【遠見】【鑑定】【片手剣術】【指揮】【盾術】【肩代わり】【瞬歩】【毒液】【胃酸】【変温】【毒耐性（中）】【毒の鱗粉】【麻痺の鱗粉】【エアルスラッシュ】【火魔法の理】【土魔法の理】【精神力強化（小）】【鋼爪】【魔力回復速度上昇（小）】【猛毒牙】【猛毒爪】【瘴気無効】【毒無効】【麻痺耐性（中）】【雷耐性（中）】【土耐性（中）】【龍鱗】【猛毒針】【瘴気の波動】【闇魔法の理】【闇耐性（中）】【石化耐性（小）】【腐食耐性（中）】【痛覚耐性（中）】【絶倫】【嗅覚】【統率】【物理攻撃耐性（中）】【配下強化】【皮下脂肪】【高速遊泳】【水弾】【狙撃】【蔓操作】【種子弾】【擬態】
属性魔法：【火属性】

ハイポイズンラプトル、瘴気竜、豚鬼王などの戦闘を経て、俺のステータスはこのような感じへと変化していた。

「まあ、【長剣術】【痛覚耐性（中）】【嗅覚】【統率】【物理攻撃耐性（中）】【配下強化】【皮下脂肪】とかだな」

「とかってなによ？　他にもあるならちゃんと言ってちょうだい」

エリシアがメモ用紙にスキルを記入しながら不満そうな顔をする。

彼女の希望によって俺が手に入れた魔物スキルは報告する決まりになっている。

当然だ。味方がどのようなスキルを持っており、なにができてなにができないのかわかっていないと円滑に戦闘をしにくい。

しかし、今回手に入れた【絶倫】というスキルを年頃の女性に伝えるのは少し躊躇われる。

「その、なんだ、豚鬼っぽいスキルだ」

「豚鬼っぽいスキル？　……もしかして、【精力増強】とか？」

「……もっと上というか、いっぱいできるというか……」

「もしかして、【絶倫】!?」

こくりと頷くと、エリシアが顔を真っ赤に染めた。

気まずい。

異性とまともにパーティーを組んだのは初めてなので、こういう時になにを言ったらいいかわからない。

エリシアもセンシティブなスキルにどう反応したらいいかわからない様子だ。

俺よりも長生きしているので経験が豊富なんじゃないかと思っていたが、意外と初心なのかもしれない。

「そ、それにしてもバロナの外の魔物って意外とレベルが低いんだな」

「そうね。こういう大きな街の傍だと危険な魔物が出現すると冒険者がすぐに討伐に向かうから」

慌てて話題を変えると、エリシアがすぐに乗ってくれる。

王の上位個体なのでもっとレベルが高いかと思っていたが、意外と低くてそこまで強い敵じゃなかった。

まあ、直前に戦ったのがＬＶ75の瘴気竜というのもあったが、少し拍子抜けだったのは事実だ。

憧れのＳランク冒険者になるために、もっと強い魔物と戦い、喰らってみたいものだ。

「強くなるためにもっと深くまで瘴気迷宮に潜るか、あるいはアベリオ新迷宮に潜るべきか……」

「それもいいけど、私としては思い切って場所を変えることを提案するわ」

「場所を変える？」

「ルードは強くなった。だけど、急激に強くなり過ぎて経験が追いついていないわ。圧倒的に場数が足りない」

「それは確かにそうだな」

以前の俺は誰ともパーティーを組んでもらえなかったせいで【状態異常無効化】を活かし、細々と瘴気迷宮に潜るだけの毎日だった。バロナから遠方の土地に赴いた経験も少なく、他の迷宮を攻略した経験も少ない。

エーベルトとの決闘でも魔物スキルがなければまったく歯が立たなかった。それは俺に対戦経験が不足しているというのもあるが、純粋に冒険者としての技量や経験が足りないということだろう。

「それにルードのユニークスキルのことを考えると、幅広い魔物のスキルを獲得しておく方がいいと思うの」

ずっと同じ迷宮に潜っていると出現する魔物に偏りが出てしまう。

瘴気迷宮などは特にそのいい例で瘴気や毒といった状態異常に関係する魔物に偏りがちだ。

改めて獲得したスキルを確認してみると、随分と偏っているように感じる。

土地が変われば魔物もガラリと変わる。今とは違った方向性の魔物スキルも手に入れた方が、総合力が上がるんじゃないだろうか。

「そうだな。エリシアの言う通りだ。俺も別の迷宮を攻略してみたい」

「決まりね」

「近くの街にちょうどいい迷宮はあるか？」

「この辺りだとイスキアの海底迷宮なんていいんじゃないかしら？　バロナから一週間ほど南下したところにある港町よ」

「港町!?　っていうことは、新鮮な海鮮料理が食べられるのか!?」

港町ということは、そこに海がある。

海があるということは新鮮な魚や貝といった海鮮料理がたくさんあるはずだ。

魚の塩焼き、貝のバター焼き、海鮮スープ……想像するだけでお腹が空いてくる。

「新しい魔物のスキルや海底迷宮が目当てじゃないのかしら？」

「あ、いや、もちろん海底迷宮っていうのも気になるぜ？」

慌てたように言うと、エリシアがクスリと笑う。

冒険よりもつい食い気の方が出てしまった。少しだけ恥ずかしい。

海底迷宮ということは海の魔物が多いのだろう。

陸地の魔物とは違った系統のスキルを手に入れることができそうなので楽しみだ。

8話 瘴気竜の装備

新しい迷宮に向かうことにした俺とエリシアは、イスキアに向かうための準備を進める。

そのために必要なのはお金だ。

ドエムが作ってくれた装備の代金を支払うために、俺とエリシアは討伐依頼を受けた。実入りのいい依頼を率先して受けては、売値のいい素材を獲得するためにアベリオ新迷宮や瘴気迷宮に潜る。

そんな日々を一週間ほど過ごすと俺は防具の代金として金貨二百枚以上を用意することができたのでドエムの工房へと向かった。

「ドエムのおっさん、俺の防具はできてるか？」

「できとるわ。お前こそしっかり金は用意してきたんだろうな？」

工房に入ると、ドエムが工具の手入れをしながらしっかりと待ち受けていた。

「ああ、金貨二百枚以上はあるぜ」

「ならいいだろう」

自信を持って頷くと、ドエムは奥の部屋に引っ込む。

程なくして俺の装備を抱えてドエムが戻ってきた。

装備のシルエット自体は今と変わらないが、胸や肩といった部分に瘴気竜の鱗がふんだんに使われている。脇腹や関節の部分には伸縮性のある翼膜が使われており、鎧の内部には皮が使われていた。

「これが瘴気竜の装備か？」

「そうだ」

「なんだかちょっと悪人っぽいわね」

俺の心の声を代弁するかのようにエリシアが言った。

黒、紫を基調としているせいだろうな。それにちょっと凶悪なフォルムをしているし。

まあ、使っているのが凶悪な瘴気竜の素材だから仕方がないか。

「とりあえず、装備してみろ」

「わかった」

ドエムに促されて俺は古い防具を脱ぎ、新しい瘴気竜の防具へと着替えた。

「どうだ？」

腕を上に伸ばしてみても、肩を回してみてもまったく邪魔になることはない。

身体を捻ったり、腰を落としてみたりしても動きがまったく阻害されることはなかった。

「まったく違和感はねえな」

ドエムの作ってくれた防具は俺の身体にピッタリだった。

長年、俺の装備を作ってくれていただけあって調整もほとんどいらない。

「前よりも防具の重さは上がってるが平気か？」

「ああ、むしろちょうどいいくらいだぜ」

ドエムによると防具の重さは増しているようだが、レベルが上がって各ステータスが上昇しているせいかまったくそのような影響は感じない。

「へー、冒険者らしくなったじゃない」

「そ、そうか？」

エリシアがまじまじとこちらを見つめながら褒めてくれる。

これで少しはDランク冒険者らしく見えるようになっただろうか？　そうだと嬉しいものだ。

「全体的に防具の強度が上がっている上に瘴気竜の鱗も使っている。前のものとは防御力が桁違いになってるはずだ」

「いいものを作ってくれて感謝するぜ。金額はいくらだ？」

「二百三十四万レギンだ。少し足が出た」

「問題ねえ」

マジックバッグから金貨の入った革袋を取り出して、そこから金貨二百三十四枚を支払う。

「……ちゃんと二百枚以上稼いできたか」

「ドエムのおっさんは凝り性だからな」

あくまでドエムが前に伝えてくれたのは最低金額だ。

ドエムはとてもいいものを作るが凝り性なので、超過することを考えて多めに稼いでおいてよか

った。

ドエムはしっかりと二百三十四枚を数えると、満足げに頷いて奥のカウンターへと置いた。それからドエムが懐から濃紫色の腕輪を取り出す。

「少し足が出ちまった詫びだ。嬢ちゃんにこれをやろう」

「これは?」

「瘴気竜の爪を使った腕輪だ。今の魔道具よりも瘴気を大きく軽減してくれるはずだ」

「ありがとう。とても助かるわ」

エリシアは俺と違って瘴気を無効化することができないので彼女にとっては大変ありがたい代物だろう。俺もエリシアのステータスを逐一気にする必要がなくなるので助かる。

「俺にはねえのか?」

「お前には必要のない代物だろうが」

それもそうだった。俺には無効化するスキルがあるので必要はまったくない。

「おっと」

「おいおい、ドエムのおっさん大丈夫か?」

なんて笑っていると、ドエムが急に身体をふらつかせたので俺は慌てて支えてやる。

「大丈夫だ。平気だ」

長い髪と髭のせいで見えにくかったが、ドエムの顔色が少し悪い。

念のために鑑定してみる。彼は軽度の瘴気状態に陥っていることがわかった。

「おい、おっさん。瘴気状態になってるじゃねえか？」

「ええ？　どうして？」

「瘴気竜の素材のせいだと思う」

死して素材となっても瘴気竜の瘴気が宿っており、ドエムの身体をゆっくりと蝕んでいたのだろう。

軽度なのでゆっくりと休んでおけば自然回復するが、それでも数時間ほどは頭痛や倦怠感などに苛まれることになる。俺の持ち込んだ素材を加工してくれたドエムにそんな苦しみを味わってほしくない。

俺は【肩代わり】を発動し、ドエムの瘴気を受け入れる。

そして、俺の【状態異常無効化】が瘴気状態を瞬時に無効化した。

「な、なんだ？　急に俺の身体が軽くなったぞ」

「俺のスキルで肩代わりして、無効化したんだよ」

「お前、そんなことまでできるのか」

瘴気を無効化してやると、ドエムの身体から疲労が抜けたのか彼はむくりと起き上がった。

まだ少し顔色が悪いが、ほんの少し休めばすぐに健康状態になるはずだ。

「神殿の連中にバレたら面倒くさそうなスキルだな」

神殿勢力は人々の怪我や病気、状態異常などを治癒させることで資金を得ている。

どのような状態異常であろうと瞬時に治癒させてしまう俺は神殿にとって面白くない存在だろう

な。だからといって大切な人のために使用を躊躇うようなことはしたくない。

「魔物を喰ってる時点で今更だ」

「それもそうか」


防具を新調した俺はエリシアと共に冒険者ギルドに寄ることにした。

イスキアに向かう準備が整ったので道中で片付けられる依頼がないかの確認だ。

「一応、イスキアに向かう商隊の護衛依頼もあるけど、ルードの食事のことを考えるとデメリットの方が多そうね」

「そうだな」

護衛を受けるということは商人や従業員だけでなく、他にも護衛として冒険者がいる可能性がある。

他人の目があっては倒した魔物を喰らうこともできず、スキルの獲得もできない。

スキルの獲得はまだ妥協できるのだが、俺にとって美味なる食事である魔物料理を一切味わえないというのが大きなストレスだ。

「他にめぼしい依頼もないし、今回は依頼を受けずに行きましょう」

「……すまんな」

普通の冒険者であれば、遠出する際は護衛依頼を受けてお金を稼いだりするものだ。

それが俺の都合でできないので単純に稼ぐ機会が減ってしまっていると言える。

「気にしないで。私もここ数年は追われることが多かったし、ゆったりできて嬉しいの」

五年ほどは呪いに身体を蝕まれ、冒険者狩りなどに追われては身を隠すことが多かったようなので彼女としてものんびりとした旅は歓迎のようだった。

よかった。彼女が気にしていないのであれば、俺も気が軽くなるというものだ。

俺たちは依頼を受けず、ギルドで馬車を借りるとそのままイスキアに向かうことにした。

乗り合い馬車にすれば安くはなるが、そちらも護衛依頼と同じデメリットが発生するので豪華に貸し切りだ。

壊したりすれば弁償費用がかかるので、できるだけ丁寧に使わないとな。

アイラに頼んで満腹亭の部屋のキープはお願いしてもらっているし、必要なものは準備期間中に用意しておりマジックバッグに入っているので問題はない。

そんなわけで俺たちはギルドが手配してくれた馬車に乗って移動し、大通りを南下していく。

バロナの外に出ると、平原と整備された街道が視界に入る。

いつもなら北上するのであるが、今日の目的地は南なので反対側の道へと進む。

ここ最近は瘴気迷宮やアベリオ新迷宮にばかり行っていたので、他の道に進むのがかなり新鮮だ。

港町イスキアか……どんなところか楽しみだ。

9話 災害竜の噂

「ルード、今日はこの辺りで野宿にしましょう」

「わかった」

バロナを出て、三日後の夕方。

エリシアの指示により、俺たちは少し開けた森の中で野宿をすることに決めた。

馬車を魔物たちの目につきにくいように停車させる。

馬の手綱を緩め、水と食料を与えていると、エリシアが土精霊を呼び出していた。

エリシアの魔力を受け取ると、土精霊が土を生やして馬車を囲い、さらに植物が上に覆い被さることでカモフラージュしていた。

「やけに入念だな?」

この三日間で二回ほど野宿を行ったが、エリシアがここまで入念に偽装を施しているところは見たことがなかった。

「この辺りにはちょっと危険な魔物がいるからね」

エリシアがここまで警戒するということは、かなり危険な魔物なのだろう。

「なにがいるんだ？」

「災害竜よ」

「聞いたことがあるぜ。確か世界を創生したとかいう最強種の竜だったよな？　でも、あれは御伽噺の存在じゃねえのか？」

「いいえ、災害竜は存在するわ。私も過去に一度だけ遠目に見たことがあるもの。あれは私たちじゃ到底敵わない存在だわ」

あれは御伽噺で実際には存在しないと思っていたが、元Sランク冒険者であったエリシアが言うのであれば本当なのかもしれない。

瘴気迷宮の隠し階層にだって竜はいたんだ。伝説の竜だって存在するに違いない。

「なんだかワクワクする話だな」

「災害竜の多くは縄張り争いによって数を減らしたと聞いているし、五十年の中でも目撃例は数えるほどしかないしね」

「へー、五十年か……」

「人の話から年齢を推測するなんてデリカシーがないわよ」

なんてことのない呟きだったが、エリシアには俺がなにを考えていたかお見通しのようだ。

「……すまん」

見た目は二十代なのに、その倍以上を生きているというのだから不思議なものだ。

「まあ、実際に災害竜なんて現れるはずもないけど、注意はしておくに越したことはないわ」

「わかった」

元Sランクのエリシアでさえも、敵わないと許する相手だ。Sランクになっただけじゃ足りないかもしれないが、いつかは討伐して喰らってみたいものだ。

そんなことを考えながら俺は野宿の準備を進めていく。

馬の世話が終わり、テントの設営が終わる頃にはすっかりと空は薄暗くなっていた。

「夕食はなにかしら？」

「今日はとんかつだ」

イスキアにたどり着いたら海鮮料理が中心となり、肉料理を食べる機会が減るので今のうちに堪能しようと思っている。

「とんかつ！　いいわね！　私はヒレの部位でお願いするわ！」

「わかった」

付け合わせのキャベツやトマトをエリシアにお願いすると、俺はマジックバッグから豚鬼の肉を取り出す。

とんかつなので使う部位はロースにし、エリシアは普通の豚肉のヒレにした。

それぞれの肉を用意すると、赤身と脂身の境目を包丁で筋切りをする。

これをすることで加熱した際の反り返しが小さくなり、熱が均等に入って、見栄えがよくなるのだ。

さらに棒で肉を叩き、形を整えたら、塩、胡椒を振って全体に味をつける。

下味がついたら肉に薄力粉をつける。

余分な薄力粉を払い落としたら、溶いた卵につける。

もう一度薄力粉、溶いた卵につけてと繰り返す……こうすることでより衣がサクサクになるのだ。

衣を馴染ませるために十分ほど放置。

その間に二台の魔道コンロを用意し、それぞれの鍋に大量の油を入れて加熱。

少し衣を入れて高熱になったことを確認したら、それぞれの肉を油へ投入。

ジュウウウウウッという音が鳴り、ボコボコと泡の音が鳴る。

「いい音ね」

とんかつを揚げる様子をエリシアが傍から眺めてくる。

既に付け合わせの調理は終わったようでお皿には千切りのキャベツとカットされたトマトが盛り付けられていた。

四分ほど経過すると、とんかつが狐色になってきたのでトングで裏返す。

さらに時間が経過すると衣が茶色に染まったので油から上げる。

まな板の上で少し余熱を通すと、包丁で食べやすい大きさに切ってやる。

後はお皿に盛り付けて塩を用意すれば。

「とんかつの完成だ！」

「美味しそう！　早速、いただきましょう！」

「ああ！」

フォークに手を伸ばすと、早速とばかりにとんかつを口へ運んだ。

カリッとした厚めの衣の表面を嚙むと、肉の柔らかさとよい香りが口の中に広がった。

豚鬼の力強い旨みと甘みが弾ける。

中までしっかりと火が通りつつも、お肉の水分が程よく残っていてジューシーだ。

「おお、豚鬼の肉も美味いな！」

豚鬼王に比べると味のコクは低いが、味のバランスがよくまとまっている。

これはこれで美味しい。

「衣がサクサクで中はジューシーね！　キャベツと一緒に食べるとより旨みが引き立つわ！」

あちらは普通の豚肉を使っているが、エリシアもとんかつを気に入ってくれたようだ。

フォークでとんかつを突き刺して頰張りつつ、千切りされたキャベツを口いっぱいに頰張った。

それからエリシアは水を飲み、どこか物足りなさそうな顔をする。

「ねえ、ルード……」

「ダメだ」

「まだなにも言ってないんだけど？」

だとしても、その表情からなにを考えているかは手に取るようにわかる。

「どうせ酒が吞みたいから後で俺に【肩代わり】をしろとか言うんだろ？」

「せ、正解よ」

「ダメだ。ここは災害竜がいるかもしれねえんだろ？」

「だって、ルードがこんなにもお酒に合いそうな料理を作るのが悪いのよ！　とんかつを前にして水ってありえないわ！　とんかつといったらエールでしょ⁉　それに災害竜なんて何十年も現れていないのよ⁉　今更出てくるわけないわ！」

「知るか！　あと六日ほどしたらイスキアに着くんだろう？　それまで我慢しろ！」

「そんなにも呑まずにいたら気が狂っちゃうわ！　ルードがいれば、お酒に酔うことはないんだからお願い！」

エリシアが俺の傍に寄ってきて懇願してくる。

「一緒に装備費用集めも協力してあげたわよね？」

「ぬっ」

そう言われると弱いところだ。

エリシアには俺の装備費用を稼ぐためにかなり協力してもらったからな。

お酒を呑んだとしても、すぐに俺が【肩代わり】して無効化できるんだ。

彼女が呑んでいる間は俺がしっかりと警戒すればいいか。

「わかった。【肩代わり】してやるから呑んでいいぞ」

「やったー！　ルードとパーティーを組めて最高だわ！」

俺が許可をすると、エリシアは嬉しそうに笑みを浮かべてマジックバッグから大きな樽を取り出した。

蛇口を捻って酒杯に黄金色の液体をなみなみと注ぐと、そのまま一気にあおる。

「ぷっはぁ！　美味しぃー！」

口の周りに泡をつけながらエリシアは豪快に息を吐いた。

エリシアは樽から二杯目のエールを注ぎ入れて、とんかつを口にしながら流し込んだ。

「やばいわ、ルード！　冒険中に呑むエールが最高に背徳的で美味しいんだけど！　私これにハマりそう！」

そりゃ、冒険中に酒を呑むなんてありえない行いだからな。

状況的背徳感もあって美味しさが倍増しているのだろう。

「絶対にやめてくれ」

そんな酒の呑み方にハマって欲しくない。

エーベルト、お前はエリシアを強くて聡明で優しいと評していたが、実際はこんなもんだぞ。

頭がピンク色に染まっている彼に見せてやりたい現実だった。

俺はそこまで酒に興味のあるタイプじゃないが、エリシアの呑みっぷりを見ていると俺もちょっと呑みたくなるな。

いかんいかん。

いくらスキルで無効化できるとはいえ、冒険中に二人してお酒を呑むなんてご法度だ。

万が一のことがあったら死にきれない。

むくむくと湧き上がってくる欲望を抑えて、俺は豚鬼のとんかつを食べ続けることにした。

うん。塩と一緒に食べると、塩気のお陰で豚鬼の甘みが際立つな。

瑞々しいキャベツと一緒に食べると、口の中がさっぱりとしていくらでも食べられそうだ。

「なにやら美味しそうなものを食べておるなぁ」

エリシアと共にとんかつを堪能していると、不意に見知らぬ少女の声が響いた。

10話 アルミラ

第三者の声に慌てて振り返ると、真っ赤な髪をした少女がいた。

長い髪は金具によって後頭部で二つに結われている。

控えめなサイズの胸を黒い布で覆っており、黒のホットパンツにタイツを穿いている。背丈はエリシアより小さく、健康的な小麦色の肌をしていた。

見た目の年齢は十代後半から二十代前半といったところだろうか？

俺はすぐに大剣を構えた。

チラリと視線をやると、エリシアは既に酒杯を置いて杖を手にしている。

先ほどまですっかりお酒の美味しさに酔いしれていた彼女であるが、突然の闖入者によってすぐに切り替えたようだ。ちょっとだけ安心した。

「そのように警戒せずともよいではないか」

臨戦態勢とも言える俺たちを見るも、赤毛の少女は一切動じることなく苦笑していた。

佇まいには落ち着きがあり、話し方も見た目にはそぐわない老獪さを感じる。妙だ。

「いや、警戒するなっていうのが無理な話だろ」

「こんな時間帯に女の子が一人で森にいるとか怪しさしかないわ」

これが街や村なのであれば違和感はないが、この付近には村や集落もない深い森の中。

そんなところに若い少女が一人でいるはずがない。

それにこの距離まで近づかれているのにまったく気づかなかった。

俺はスキルを発動していなかったのもあるし、エリシアもお酒に夢中だったという原因もあるが、冒険者二人の感知を潜り抜けて近づいてくるなんて一般人なはずがない。

俺たちと同じ冒険者か、あるいは以前エリシアを狙っていた冒険者狩りの一味か……。

俺たちが警戒心を漲らせると赤毛の少女がため息を吐いた。

「そのように敵意をむき出しにするではない。害意があるのであれば、声をかけずにとっくに襲っておる」

「それは確かにそうだが……」

じゃあ、なんでこんな日暮れ時の時間帯に一人で森をうろついているんだ？

そんな疑問を尋ねようとしたが、それよりも前に赤毛の少女が動いた。

「ところで、お主のこの料理、とても美味そうだな？　なんという料理だ？」

「とんかつだ」

「ほう！　とんかつというのか！　衣の匂いが香ばしく実に美味そうだ！」

普通の食材を使ったとんかつじゃなくて、豚鬼の肉を使ったものなんだよなぁ。

と言いたいところであるが、名前もどのような奴かも知らない相手に魔物を使った料理だとは教えるわけにはいかないしなぁ。

「ひとつ貰うぞ」

どうにかして赤毛の少女の興味を別のものに誘導しなければと思っていると、彼女がパクリと豚鬼のとんかつを口にした。

「あああああああっ！」

これが普通の豚肉を使用していれば問題ないが、使用しているのは豚鬼の肉。

魔物の肉だ。

俺以外の者が食べてしまえば、腹を下し、頭痛、熱、倦怠感に苛まれ、最悪の場合は魔物化してしまう。

見ず知らずの怪しい少女とはいえ、俺が原因でそのような事態になるのは嫌だ。

「エリシア！　吐かせるぞ！」

「え、ええ！」

豚鬼のとんかつを咀嚼している少女をエリシアに羽交い絞めにしてもらうと、俺は少女の口元に指を突っ込む。が、赤毛の少女が激しく抵抗をして突っ込むことができない。

コイツ思っていた以上に力が強いな。

「こら！　お主たちなにをする！」

「今、お前が食べたのは魔物の肉なんだ！　普通の人が食べたらお腹を壊したり、最悪は魔物になる可能性がある！　だからすぐに吐き出せ！」

「だから、我は普通の人間じゃ――」

「ごめんね。あなたのためだからジッとしてちょうだい」

「ええい！　人の話を聞かんか！」

強引に吐き出させようとすると、赤毛の少女の身体が赤く発光し、俺たちは衝撃によって吹き飛ばされた。

加減をしていたとはいえ、俺とエリシアの二人で押さえつけられないなんて何者なんだ。

ええい、そんなことよりも今は吐き出させてやらないと。

「おい！　ただの豚肉じゃなくて、豚鬼の肉なんだぞ！」

「そんなのはわかっておる！」

「わかってるって普通の人間が魔物を食べると身体にどんな異常が起こるかわかるだろ!?」

「それは人間の話であろう？　魔物である我には関係のない話じゃ」

俺が声を張り上げると、赤毛の少女はそれを理解した上で言った。

「は？　魔物？」

「そうだ。我は人間ではない」

「人間じゃないってどういうこと？」

名前：アルミラ
種族：人間族

「鑑定をしてみたがお前は人間だぞ？」

先ほど表示された種族名は人間族だった。これで魔物だと言われても無理がある。

「む？　偽装を解いていなかったか。少し解除してやろう。ほれ、もう一度鑑定してみるがよい」

名前：災害竜（アルミラ）
種族：魔物

アルミラに言われてもう一度鑑定をしてみると、確かにステータスの種族欄が変化していた。

「災害竜だって!?」

「ええ？　嘘……ッ!?」

野宿をする際にエリシアがここにいるかもしれないと話していた伝説の竜。

災害竜と呼ばれる存在が目の前で人の姿をして立っていた。

「ふふふ！　我が名はアルミラ！　世間では災害竜と呼ばれておる！」

驚く俺たちを前に偉そうに薄い胸を張って告げるアルミラ。

「本当にこんな小さな子が災害竜だっていうの？」

エリシアの気持ちは非常にわかる。

鑑定スキルによる保証はあれど、こんな少女が災害竜だと言われても正直ピンとこない。

特にエリシアは以前別の個体を見たせいか、そのギャップもあって信じがたいようだ。

「ふむ、信じられんか？　ならばしょうがない」

面倒くさそうにため息を吐くアルミラ。

そして、次の瞬間――

――アルミラを中心に全方位に灼熱が展開されたかのようだった。

渦巻く炎の正体は魔素。

瘴気竜の瘴気、魔素を源にしたブレスが児戯に思えるほどの濃密で莫大な魔素が怒濤のように押し寄せてくる。

生物としての格が違う。瞬時にそれを理解させられる。

アルミラはなにもしていない。

ただそこに佇んでいるだけ。

それなのに彼女から放出された魔素が炎の力となって顕現し、木々を焼滅させていく。

背筋が凍り、心臓が握られているかのような圧迫感。

同じく魔素を宿しているからこそ、目の前にいる相手がどれだけ強大な力を秘めているか理解できた。いや、実際には途方もない高さの塔を見上げているだけで、彼我の力量差すら理解はできていないのだろう。

あまりにも強大で、理不尽な力で、相対しているだけで逃げ出したくなる。

が、必死に大剣を握りしめて耐える。

相手がどれだけ理不尽な相手だろうか知ったことか。死ぬのであれば、俺は冒険者として死にたい。背中を向けて死ぬよりも、相手に立ち向かって死んだ方がいい。

そんな想いを込めて大剣を握り直すと、濃密な魔素がフッと消失した。

「わはははは！　我の魔素に当てられて気を失わないとは二人とも心が強いの！」

アルミラの呑気な笑い声が響いた。

俺は荒い息で何とか呼吸を繰り返して落ち着かせる。

アルミラを見てみると、さきほどの濃密な魔素は嘘のようになくなっていた。

どうやらアルミラが魔素を引っ込めたらしい。

そのことをようやく認識すると安堵の息が漏れた。

隣に視線をやると、エリシアが青白い顔で杖を支えにしながら荒い呼吸をしていた。

さすがの彼女も災害竜の魔素に当てられるのはきつかったらしい。

「……ふ、ふざけんな、この野郎」

「きちんと力を示しておかねば、お主たちは信じないであろう？」

そうかもしれないが、もっと別の方法でも証明できた気がする。

まあ、今更終わったことを言っても仕方がない。

「お主たちの名は？」

「……ルードだ」

「エリシアよ」

「ルードとエリシアだな。覚えておこう」

息を整えて名前を告げると、アルミラが満足そうに頷いた。

「で、お前が――」

「アルミラじゃ」

「……アルミラが災害竜なのはわかったが、俺たちに何の用なんだ？」

人々に畏れられる災害竜が何故俺たちに寄ってきたのか。

襲うでもなく、わざわざ人間の姿に化けてやってくる意図がわからない。

「山で眠っていたらとてもいい匂いがしたものでな！」

ここから見える範囲での山は遠くに見えるものだけなのだが。どれだけ嗅覚が鋭敏なんだ。

「それで様子を見に行ってみると、人間でありながら魔物を調理して食べている人間がいるではないか。お主こそどうして人の身でありながら魔物を食べることができる？」

アルミラの赤い瞳が爛々と光っている。

魔物食が人体にどのような影響を与えるかは俺の口から語ったばかりだ。

今さらしらばっくれることはできないだろう。

目の前の災害竜の機嫌を損ねれば、どうなるかわからない。

エリシアに視線を向けると、彼女も仕方ないとばかりに頷いた。

「……俺には【状態異常無効化】というユニークスキルがあってな。どんな状態異常も効かないんだ」

「なるほど！　そのユニークスキルのお陰で魔化現象を無効化しているというわけか！　しかし、スキルがあるとはいえ、よくそれを実行に移せたものじゃな？　もし、スキルが思うように機能しなければ死んでおったかもしれぬのに」

「だから、この年齢になるまでふんぎりがつかなかったんだ」

確証もない実験で死ぬのはゴメンだった。

アベリオ新迷宮で死にかけなければ、一生それを試すことなく人生を終えていたかもしれない。

「お主、実に面白い人生を歩んでおるなぁ」

「そりゃどうも」

そんな玩具を見るような目で褒められても微塵も嬉しくなかった。

「俺が魔物を食べられる理由はわかっただろ？　満足したなら帰ってくれ」

俺とエリシアが束になっても敵わない相手が目の前にいては、野宿をすることもできない。

しっしと手を払う仕草をしてみせるが、アルミラは動くことはない。

「嫌じゃ。我は腹が減っている。とんかつが食べたい」

「さっき一つ食べたじゃねえか」

「あれだけで足りるものか。それにお主たちのせいで呑み込んでしまって味がわからなかったんじゃ。今度こそきちんと食べたい。我は人間の調理した魔物料理に興味がある」

どうやら俺の作った豚鬼のとんかつが気になって仕方がないらしい。

食い意地の張っている竜だ。

「わかった。作ってやるから大人しく待ってろ」

「うむ！　楽しみだ！」

アルミラの騒動のせいでとんかつはすっかりと冷めてしまっていた。

冷めた俺の食べかけを渡して満足するとは思えないし、新しく作るしかない。

「ルード、災害竜を相手によく平然と話せるわね？」

調理の準備を始めると、エリシアが寄ってきて声を潜めながら言う。

そういえば、エリシアはアルミラとほとんど会話をしていない。

まだ先ほどの恐怖心が残っているようだ。

「これだけ実力に差があると、逆に一周回って吹っ切れたぜ」

「そ、そう。意外と心臓が強いのね」

俺は常に弱者側の人間だったからな。こういった状態には慣れている。

強い相手全員にビクビクと怯えていたらキリがないから。

「アルミラは俺の作る魔物料理に興味を示しているみたいだからな。とりあえず、食わせてやれば満足してどこかに行くだろう」

「それもそうね」

行動すべき方針が決まっていれば迷いもない。

エリシアはアルミラの座る場所を確保し、食器などを並べ始める。

俺はマジックバッグから追加の豚鬼の肉を取り出して、先ほどと同じように筋切りをしていく。

「……肉を包丁で突き刺して、それに何の意味があるのだ？」

大人しく待っていろと言ったのに、アルミラは俺の傍にやってきた。

「肉の反り返しをなくして、火が均一に通るようにしているんだ。他には見栄えなんかもよくなる」

「ほう。そのような利点があるのか」

筋切りを終えると棒で肉を叩いて形を整え、塩、胡椒を振って全体に味をつける。

そうやって調理を進める度にアルミラは疑問を口にしてきた。

料理をまったくやったことのないアルミラにとって、ひとつひとつの工程が気になるらしい。

まあ、なにもせずに作業するだけというのも味気ないので説明してやりながら調理を進めていく。

豚鬼の肉に衣を馴染ませたら、高熱の油へとくぐらせる。

しっかりと衣が茶色く染まり熱が通ったら、とんかつの完成だ。

「はいよ。豚鬼のとんかつだ」

「うおおおお！　美味そうじゃな！」

とんかつを差し出すと、アルミラは目を輝かせてフォークを手にした。

もっとも大きなど真ん中の部分をフォークで突き刺すと、豪快に頬張る。

「うっ……」

「どうした？」

「うまああああああああああああああいのだ！」

硬直したと思ったらアルミラが目を見開いて叫んだ。

いや、叫んだというより竜の咆哮だった。

「なんじゃこれは！　豚鬼の肉を調理しただけでこのように美味しくなるとは！」

アルミラはそのような言葉を吐くと、ガツガツとんかつを食べ進める。

魔物の口に合うかは不明だったが、アルミラは俺の作った料理を気に入ってくれたようだ。

「こんなものでは足りん！　足りんぞ！　ルード！」

「へいへい、今揚げている最中だから待ってろ」

その勢いから一つでは足りないと思っていたので、既に追加のとんかつを二枚揚げていた。

揚げ終わったものを食べやすいように切ろうとすると、それが瞬時に消えてしまう。

視線を向けると、アルミラが豪快にフォークでとんかつを突き刺して食べていた。

少し行儀が悪いが、魔物を相手に人の作法を説いても仕方がない。

「切り分ける必要はない！　もっと！　もっととんかつをくれ！」

アルミラはすっかりとんかつを気に入ってしまったらしい。

大きめに作ったとんかつが次々と彼女の胃袋へと収まっていく。

災害竜のご所望を断れるわけもなく、俺は黙々と豚鬼のとんかつを揚げ続けるのだった。

11話 危険な仲間

「ルード、とんかつはもうないのか？」

「さっきので最後だ。これ以上は勘弁してくれ」

先日、豚鬼の群れの討伐で手に入れた豚鬼の肉は、かなりの量があったにもかかわらずすべてなくなってしまった。

「そうか。ならば仕方がない。これくらいにしておくか」

食材が切れたことを報告すると、アルミラは残念そうにしながらも頷いた。

その様子を見る限り、まだお腹がいっぱいというわけでもないようだ。

「どんだけ食べるのよ」

アルミラの果てしない食欲を見て、エリシアは胸やけしたかのような表情をしていた。

それだけの量を彼女は食べていたからな。

俺もずっととんかつを揚げ続けていたので、すっかりと衣服が油臭くなってしまっている。

当分はとんかつを見たくない。

とはいえ、これだけの量の魔物料理を食べたんだ。彼女も満足して、帰ってくれるだろう。

「ルードといったか、お主のことが気に入った！　しばらくは我も同行することにする！」

「「はあ!?」」

と思ったのだが、アルミラはなぜかそんなことを言いだした。

衝撃的過ぎて俺とエリシアから素っ頓狂な声が漏れる。

「俺たちについてくるって、一体なにが目的なんだ？」

「単純にお主らの行く末が気になったのと、ルードと一緒にいれば美味しい魔物料理がたくさん食べられると思ってな」

どうやら魔物料理を振る舞ったことが裏目に出てしまったらしい。

料理を気に入ってくれていたことはわかったが、まさかそんなことを言い出すとは。

「とはいうが、人間の中で生活することの大変さがわかってんのか？」

「今までもちょくちょくは人の街で暮らしていた。わずらわしさは理解しているつもりじゃよ」

現にこうして人の姿をとっているわけだし、仕草だって人間そのものだ。

人の街で暮らしていくこと自体は不可能ではないか。

「そう嫌そうな顔をするでない。我が冒険に同行することにもメリットはあるぞ」

「一応聞いておこうかしら？」

「一つ目は単純に戦力が増強することじゃ。今の我は事情があって魔素を大きく減らしてはいるが、そこらの冒険者よりは強いぞ？」

あれだけの魔素を宿しておきながら全盛期ほどではないというのか。つくづく災害竜という生き物は規格外だと思わされる。

「二つ目は？」

「ルードに魔素の扱いを教えてやれる」

「――ッ！」

「ルードは魔素を宿しているが後天的に手に入れた力のせいか魔素の扱いがなってない」

「なんでわかるんだ？」

「身体から魔素がだだ漏れじゃ」

どうやらアルミラには俺の宿している魔素がくっきりとわかるようだ。

彼女の言う通り、俺は魔素を制御することができていない。

「そのままにしていると無駄に魔素を消費するだけでなく、人の世で生活している時にいらぬいちゃもんをつけられそうじゃの？　特に神殿とか……」

神殿は創生の女神アルテナを主神として掲げており、魔物は悪しきものといった教えを広めている。

ただ普通に生活していれば、うるさくしてくることはないが、人でありながら魔素を宿している者がいるとわかればなにをしてくるかわからない。

彼女の言う通り、平和に冒険者生活を過ごすためにも魔素の制御は最重要課題だ。

「あなたならルードに魔素の扱いを教えられるってわけ？」

「我は災害竜であり魔物。生まれながらにして魔素の扱いは心得ている」

先天的に魔素を身に付けているアルミラにとって、魔素の扱いはお手の物なのだろう。

「ど、どうする？」

アルミラの言うメリットはもっともであるが、災害竜という人外をパーティーに加えるのだ。即答することはできない。

「ルードが強くなる上で魔素を扱えるようになるのは外せないわ。魔素の扱いを教えてもらうのに彼女以上の適役はいないでしょうね」

災害竜をパーティーに加えるなんてゴメンなのだが、その大きな利点を考えると加えざるを得ないというのが俺とエリシアの共有認識であった。

「おお！　メリットならばもう一つあったぞ！」

エリシアと話し合っていると、アルミラが急に立ち上がって言う。

「なんだ？」

「お主の夜の相手をしてやれる」

「却下！」

なにを言っているのかと言おうとすると、エリシアが強い声音で否定した。

「なんじゃ？　エリシアと番《つがい》であったか？」

「つ、つがいって、ルードとはそんな関係じゃないから！」

アルミラの直球な表現にエリシアが顔を真っ赤にする。

俺なんかがエリシアと釣り合うわけがないだろう。

「ぬ？　ならば我とルードがまぐわおうと別にいいではないか？」

「ダメ！　パーティー内でのふしだらな行為は禁止なんだから！」

「特にエリシアは潔癖でそういうのを嫌っているし、パーティー内での男女関係は冒険に支障をきたす可能性が大きいから俺も反対だな」

冒険者におけるパーティー瓦解の大きな原因は怪我、金銭の次に男女関係といった問題が挙げられる。長年冒険者をやってきたのでそういった男女関係のもつれが原因で解散するパーティーをいくつも見てきたので同じ轍を踏みたくはない。

今の関係が心地いいと思えるので猶更《なおさら》だ。

「ふむ。そこのエルフが潔癖のぉ……いや、お主がそう考えているのであれば別にいい。あくまで我はメリットの一つとして提示しただけじゃからな」

妙に含んだ言葉が気になるが、特に積極的にそういった関係を結びたいわけではないようだ。ちょっと安心した。

「で、我が同行することについてはどうじゃ？」

「受け入れるぜ」

「ほお、そうかそうか！」

「ただし、私たちの言うことはしっかり聞いてよね？」

「過剰な期待をされるのは困るが、しっかりとパーティーの一員として見合う活躍はすると約束しよう」

こうして俺たちは災害竜アルミラをパーティーの一員として加えることにした。

12話 ホットサンド

朝日によって暗闇に包まれていた森の中が照らされる。

外で見張りをしていた俺は明るい光に目を細めながら、へし折った薪を焚火に追加した。

「飯でも作るか」

見張りを終えた俺はそのまま朝食の準備にとりかかることにした。

エリシアとアルミラは馬車の中で眠っている。

朝食ができるまで起こす必要はないだろう。

時間があまりない朝に凝った料理は作らない。

バロナの露店で買ったホットサンドフライを使わせてもらおう。

ホットサンドといえば、レタス、卵、チーズ、ハムなどが定番だが、それは試食させてもらった時に食べたので同じというのもつまらない。

今回は少しだけ俺流にアレンジしてみよう。

ホットサンドフライの片面をフライパン代わりにしてソーセージを焼く。

食パンを半分に切ると、一枚を片面に置きスライスチーズを載せ、その上にトマトソースを塗る。

その上にコーンを敷き詰めると、最初に焼いたソーセージを横に並べる。

さらにチーズを載せてもう一枚のパンを入れれば、あとは挟んで焼いてやるだけだ。

焚火の炎を使って焼いていくと、小麦のかぐわしい匂いとソーセージの香ばしい匂いが漂い始めた。

「美味しそうな匂いね」

その匂いに誘われたのかエリシアが馬車から出てくる。

アルミラも起きてくるかと思ったが、彼女はまだ熟睡しているようだ。

「昨日は眠れたか？」

「最初はドキドキして眠れなかったけど、お腹を出して爆睡している彼女の姿を見たら吹っ切れたわ」

災害竜と共に眠ることに緊張していたようだが、なんとか眠ることができたようだ。

顔色も悪いわけではないし、今日の活動にも支障はなさそうだ。

そのことに安心しつつホットサンドフライを裏返す。

裏面も焼き上がると、俺はホットサンドフライをまな板の上に引き上げる。

片面の蓋を開けると、表面がしっかりと焼けたホットサンドがお出迎えだ。

包丁を入れると、並べたソーセージの断面が綺麗に見えた。

「わあ、可愛らしいわね！　これは私の分？」

「ああ、普通のソーセージだから食べてもいいぜ」

「それじゃあ、お先にいただくわね」

出来立てのホットサンドを熱そうにしながらも持ち上げて、エリシアがぱくりと頬張る。

「うん！　ソーセージとトマトソースがよく合うわね！　ちりばめられたコーンがアクセントになってて楽しいわ！」

即席で作ったものだがエリシアの評判はいいようだ。

俺も自分の分を作ってしまおう。

淀みなく手順を進め、もう一枚を焼き上げたところで馬車の扉が勢いよく開いた。

「我も食べるぞ！」

実にいいタイミングの起床だ。ちょっとだけ腹立たしい。

「魔物の肉を使ってねえが、それでもいいか？」

「……ふむ、昼か夜に食べさせてくれるのであれば、普通のものでも問題ない」

アルミラは少し悩む素振りを見せたものの、こくりと素直に頷いてくれた。

「ほい」

「うむ。いただこう」

半分にカットしてやると、アルミラは熱々のものを豪快に手にして頬張った。

「おお！　この温かいサンドイッチも中々に美味いのじゃ！」

「ホットサンドな」

俺が訂正するも、アルミラは食べるのに夢中でまったく聞いていなかった。

さて、俺も自分のものを食べるか。

綺麗な断面を覗かせるホットサンドを口へ運ぶ。

パンの表面がさっくりとしており、香ばしい小麦の風味が鼻孔をくすぐる。

どっしりと入ったソーセージが強い存在感を主張しながらも、トマトソースの甘みと酸味が中和してくれる。

ちりばめられたトウモロコシの粒がぷちりと弾けて、瑞々しくも甘い。

実に食べ応えがあり、パンとの相性もばっちりだ。

「うん、美味いな」

即席で作った割には結構いい味をしているんじゃないだろうか。

チキンを挟んだらもう少しあっさりとした味わいを楽しめそうだし、クリームソースなんかを挟んでも合いそうだ。

シンプルだが具材を変えるだけで色々な味を再現できる。

我ながらいい調理道具を買ったものだ。

「お代わりじゃ」

他のレシピを考えていると、アルミラが口の端にトマトソースをつけながら言ってくる。

「お代わりならそこにあるぞ」

二人が起き出してからはホットサンドフライを二台稼働して焼いている。

アルミラのお代わりも予測して、多めに焼いてある。

「それも食べた」

「なっ」

もう一つのホットサンドフライを覗いてみると、確かに空っぽだった。

「我はもっと食べたい。十枚ぐらいは焼いてほしい」

「マジかよ」

寝起きな上に空腹なせいか剣呑な空気を漂わせるアルミラ。

どうやら彼女は朝も食欲が旺盛らしい。

エリシアにも手伝ってもらい、俺は彼女の胃袋を満たすためにひたすらにホットサンドを焼いていく。

「うむ。こんなものでいいじゃろう。我はもうひと眠りする」

追加で二十枚ほど胃袋に収めたところでアルミラはそれなりに満足したのか、欠伸をしながら馬車の中に戻っていった。

「朝からよく食べるわね」

「俺たちとは身体の造りが違うからな」

人間の食欲を基準として考えてはいけない。

俺たちは手早く後片づけを済ませ馬車へ乗り込む。

後ろの荷台ではアルミラがお腹をさらけ出すようにしていびきをかいていた。

確かにこの姿を見ては、災害竜の威厳もあったものじゃないな。

苦笑しながら俺は馬車を発進させた。


「さすがに彼女に働いてもらいましょう！」

アルミラをパーティーに加えて進むこと二日。

彼女は移動中のほとんどの時間を寝て過ごしており、食事の時間になるとフラッと起きてきて、食べ終わると眠るといったサイクルを送っていた。

そんな身勝手な彼女の振る舞いについにエリシアが怒ったというわけだ。

「馬の世話は私がしておくからルードはアルミラを起こして、魔素の操作を教えてもらいなさい」

「そうする」

食べて、寝てを繰り返すアルミラの行動に俺も思うところはあったし、魔素の操作を教えてもらいたいと思っていたからな。

俺とエリシアは荷台で眠っているアルミラのところへ移動。

「おい、起きてくれ」

「……ぬう？　飯か？」

「ご飯の時間じゃないわ！　寝てばっかりいないで、そろそろルードに魔素の使い方を教えてあげて！」

「そういうわけで頼む」

「まだ眠いのじゃが、約束だし仕方がないのぉ」

アルミラはやや怠そうにしながらも起き上がって馬車の外に出た。

俺とエリシアもその後ろを追いかける。

両腕を上に伸ばして身体の筋肉をほぐすと、彼女はふうと息を吐いてこちらに向き直った。

「魔素の使い方を教えるんじゃったな。ルード、まずは魔素を纏ってみよ」

「纏う？　やったことがないんだが……」

「じゃあ、今できる魔素を使った攻撃をやってみよ」

アルミラに言われて、俺は大剣に魔素を纏わせる。

そして、渦巻く魔素の力を解放するようにして地面に叩きつけた。

衝撃で地面が割れ、周囲の木々にとまっていた野鳥たちが一斉に飛び立った。

「こんな感じだ」

「無駄が多いの」

「魔素を無駄に消費してるってことか？」

「うむ。剣を貸してみよ」

アルミラに渡すと、彼女は大剣に魔素を纏わせる。

その量は俺よりも少ないが魔素に揺らぎはまったくない。

彼女は大剣を振り上げると、乱雑に地面に叩きつけた。

その衝撃で地面が深く沈み、両断され、内包された魔素が解放されて、間欠泉のように衝撃が発生し、爆砕する。

あまりの威力に思わず目を見開いた。

土煙が晴れると、二十メートル以上先までの地面が切り裂かれていた。

「……マジか」

「と、とんでもない威力ね」

五メートルを浅く切り裂いた俺とは大違いだ。

思わず俺とエリシアから呆然とした声が漏れる。

「先ほど込めた魔素がルードの込めたものよりも少ないことは感じ取れたであろう？」

「あ、ああ。無駄を抑えるためにはどうしたらいい？」

「まずは魔素を制御することじゃな。我と同じように全身に魔素を纏ってみよ」

アルミラの身体から魔素が放出され、薄紫色の光が全身を包み込む。

俺も真似をするように体内にある魔素を放出し、全身を覆ってみる。

しかし、アルミラのように綺麗に全身を包み込むことができない。

「……難しいな」

魔素の濃度も違って、あちこちで色合いが違う上に歪な形をしていた。

「もっと魔素の出力を抑えるんじゃ」

アルミラを覆っている魔素はもっと出力が低い。綺麗な薄紫色をしており、身体の輪郭から大きくはみ出ることもない。

目の前にある理想形を意識して、魔素の出力を絞りながら覆ってみる。

「抑えすぎ、今度は強すぎじゃ」

しかし、やってみると意外と上手くいかない。

魔素の出力を抑えすぎると纏うのを維持できなくなってしまい、ちょうどいい具合に調整しようとすると、今度は別のところが強くなってしまう。中々に上手くできない。

「ふむ、我の中では初歩の初歩なのじゃが、これができぬか……」

苦戦する俺を見て、アルミラが困惑する。

なんか本気で困っているような感じが伝わってくる。

普通にできないことをなじられるよりも、いたたまれなくなるな。

「魔力操作の練習法と同じように、まずは指の一本ずつを覆っていくのはどうかしら?」

エリシアの提案を受けて、俺は右手の人差し指だけに魔素を集中させてみる。

すると、薄っすらと魔素が指一本を包んだ。

「おお、これならできる！」

「そこから手、腕、足って感じに範囲を広げて徐々に全身に覆っていくの」

エリシアに言われて魔素で包む範囲を広げる。

手を包むことまではできたが、纏わせる際に大きな揺らぎが出るし、ずっと維持することが難しい。だが、やれなくはない。魔素操作の確かな希望が見えた瞬間だった。

「なるほど。いい練習法を教えてくれてありがとな」

「役に立てたみたいでよかったわ」

「教えていたのは我なのになー」

エリシアに礼を言うと、アルミラがいじけた表情になる。

魔素の扱い方を実演してくれたのはアルミラなのに、礼を言わないのは失礼だな。

「アルミラもありがとうな。めちゃくちゃ参考になったぜ」

「そうか。道のりは長いが精進するんじゃな」

アルミラにも礼を言うと、彼女は嬉しそうに口元を緩ませた。

災害竜というおっかない存在ではあるが意外と可愛いところがあるものだ。

13話 魔素の訓練

馬車の操作をエリシアに任せ、俺は荷台で魔素を指に纏わせる訓練をしていた。

冒険者とは準備がものを言う職業だ。

武具、魔道具、アイテム、ポーション、医薬品の準備をはじめ、筋トレ、対人戦、魔法の訓練、武具の扱い……それらはすべてが冒険をする前の準備であり、それらを欠かさないものが勝利する。

だから、こういう冒険をしていない時間にこそ準備をする必要がある。

魔素の制御ができるようになるための訓練もその一環だ。

しかし、そんな俺の準備活動を邪魔する者がいた。

「さわさわさわー」

右手に魔素を纏わせていると、アルミラがすり寄ってきた。

アルミラはにんまりと笑みを浮かべると、ちょんちょんと俺の腕に触れてくる。

完全に集中を乱しにきているな。

くすぐったいのを我慢しながら俺は魔素を纏わせることに集中。

俺が反応を示さないことをいいことに、アルミラは好き勝手に俺の身体を触ってくる。

指先がツーッと肩の方へ上がっていき、首筋から胸へと下りると次にお腹へと下りていく。

「おー、おー、魔素が乱れておるのぉ？」

アルミラの吐息が耳にかかって、魔素がさらに大きく乱れた。

それでも何とか維持をしようと集中していると、アルミラは俺の服の裾を捲り上げて直にお腹に触れた。

妙な快感と罪悪感でぞくりと背筋が冷え、完全に魔素から意識が逸れる。

「それはダメだろ!?」

「わははは！　これしきのことで魔素を乱すとはまだまだじゃのぉ！」

手を振り払うとアルミラが愉快な声を上げて笑った。

ちくしょう。明らかに俺を玩具にして楽しんでいる。

いつもは暇な時間は眠っているというのに、どうしてこういう時だけ起きているのか。

「冒険者であれば、いついかなる時であろうとも冷静でいなければいけない。そうじゃろう？」

「あんな状況で魔素を纏うことなんかねえよ！」

とはいえ、冒険をしている時は魔物と戦闘をしながら、負傷し痛みを堪えながら瞬時に纏うくらいのことはしないといけない。アルミラの言うことは決して間違ってはいない。

だけど、それを試すにしろやり方がいやらしいと思う。

ちょっかいをかけてくるアルミラを無視しながら魔素の訓練をしていると、馬車がゆっくりと止まった。

「この辺りで野営するわ！」

御者席からエリシアが降りて言う。

荷台から出ると、開けた森の中に綺麗な湖が広がっていた。

見晴らしもよく、俺のスキルを使って探索してみたが魔物の気配も少なかった。

まだ日は高い位置にあるが、この先にいい野営地点がないのであれば、万全を期して安全なところでする方がいい。

マジックバッグからテントを取り出して組み立てていると、エリシアが尋ねてくる。

「訓練の調子はどう？」

「魔素を纏えるのは右手が限界だ」

なんとなく力のコツは摑めてきたが、まだまだ制御できているとは言い難い。

「右手だけでこれだけ苦戦しているのであれば、全身を纏うにはまだまだ時間がかかりそうだぜ」

「そうかしら？　たった二日でそれだけ纏えるようになるのはすごいことだと思うけど？　魔力操作が苦手な人はそこまでのレベルにいくのに一か月とかかかるし」

「確かに俺も魔法を発動できるまでかなり時間がかかった気がする」

俺が扱えるのは火魔法であり、ちょっとした生活魔法程度の規模でしか発動できないが、そこに到達するまでに一か月くらいは時間がかかった気がする。

そう考えると、たった二日で右手に纏えるくらいのところまでいっているのはかなり順調だ。

「ちなみにエリシアもそうだったのか？」

「え？　わ、私は最初からできたタイプだから……」

気になって尋ねると、エリシアがちょっと気まずそうに答える。

どうやら彼女も天才側のようだ。

エリシアは魔法に適性のあるエルフだ。

凡庸な人間と比べることが間違いなのだろう。

「にしても、右手一本じゃなにもできねえよ」

「そのようなことはないぞ。右手を魔素で覆うことができれば、拳で並の魔物を屠るくらいは容易じゃ」

「そうなのか？」

「信じられぬのであれば、森に入って魔物を狩ってみてはどうじゃ？」

「実戦に勝る訓練はないって言うし、いいんじゃないかしら？」

ここのところずっと馬車での移動が多かったし、歯応えのある魔物と遭遇することもなかった。

ずっと馬車に籠っているだけでは身体が鈍りそうだし、気分転換にいいだろう。

「そうだな。アルミラのせいで食料不足も深刻だし」

チラリと視線を向けると、アルミラが気まずそうに視線を逸らした。

実はこっちの方が深刻な問題だったりする。

イスキアまであと二日でたどり着くのだが、彼女の食欲がとにかく旺盛でマジックバッグの食料が尽きそうだ。早急に食材を確保する必要がある。

「それじゃあ、ちょっくら行ってくる。アルミラは留守を頼むぜ」

「任せるのじゃ」

そんなわけで見張りを彼女に任せ、俺とエリシアは食材の確保のために森に入ることにした。

鬱蒼とした森の中を俺とエリシアは進んでいく。

水辺の近くとあってか草食動物はちょくちょくと見かけるが、ただの動物じゃ俺もアルミラも満足できない。

やはり、魔物の宿している魔素を喰らうことが俺たちにとって重要なのだろうな。

「エリシア、索敵を頼む」

「任せて」

迷宮内であれば、俺の【音波感知】や【熱源探査】が役に立つが、こういった障害物が多く開けた場所では彼女の風精霊による索敵の方が精度が高い。

エリシアが翡翠色の光を纏った風精霊を呼び出すと、彼女の意を汲んで彼方へと飛んでいく。程なくすると、風精霊が戻ってきてエリシアに何事かを囁く。

「二時の方角に大きな猪の魔物がいるみたい」

「行ってみるか」

エリシアの案内に従って進んでいくと、苔が繁茂したエリアに巨大な猪が一体と、小さな猪が五体ほどいた。

どちらも青みがかった綺麗な毛皮を纏っている。

ブルーファンゴ
LV37
体力：155
筋力：136
頑強：116
魔力：55
精神：32
俊敏：98
スキル：【嗅覚】【興奮】【外皮強化】

鑑定してみると、ステータスが表示された。

大きな猪はそれなりに高いレベルだが、今の俺たちにとってそこまで脅威となる魔物ではない。

小さな猪はそれよりもレベルが低いのだから猶更だ。魔素の訓練相手としてはちょうどいい。

「ブルーファンゴね。毛皮を綺麗に剝ぐことができれば、それなりの売値になるわ」

「食料にもなることだし、できるだけ傷つけないように倒そう」

可食部を傷つけては大事な食材が台無しだからな。

俺たちが方針を決めていると、スーッと俺たちの後ろから風が流れた。

すると、地面を掘り返すのに夢中になっていたブルーファンゴが鼻をスンスンと鳴らしてこちらを向いた。

ブルーファンゴが勢いよくこちらに突進してくる。

恐らく、今の風で俺たちの匂いが流れ、存在を知覚し、位置を特定したのだろう。

俺とエリシアは即座にその場を離れる。

ブルーファンゴは俺たちがいた位置を通り過ぎ、派手に木々に衝突し、倒壊させたところでようやく足を止めた。

「とんでもねえ破壊力だな」

ステータスに差はあるが、あの巨体から速度を乗せた一撃をまともに貰えば大怪我を負いかねないだろう。

ブルーファンゴの突進を回避したところで、今度はファンゴからの突進がやってくる。

こちらは派手な破壊力はないが、体が小さいせいか小回りが利いている。

上に鋭く反り返った牙が太腿などの脚部を執拗に狙ってくるので厄介だ。

大剣を抜こうにも回避に専念させられて、その暇がない。

必死に突進を回避していると、後方から雷が飛来してファンゴたちに直撃した。

チラリと後方に視線をやると、エリシアが雷精霊を呼び出していた。

珍しい属性の精霊を使役しているのは、ファンゴたちの毛皮を傷つけないためだろう。

雷精霊が次々と雷を放射し、散らばっていたファンゴたちが倒れていく。

ファンゴたちがいないのであれば、俺もブルーファンゴの相手に専念できる。

視線を前に戻すと、ちょうどブルーファンゴが身を低くして、後ろ脚で地面を蹴り出していた。

咄嗟に大剣を抜いて迎え撃ちそうになるが、今回の狩りの趣旨は実戦での魔素の使用だ。

いつも通りに倒しては意味がない。

ブルーファンゴが地面を蹴って、こちらに肉薄してくる。

見上げるほどに巨大な猪が猛然と迫ってくるのは中々の迫力であるが、瘴気竜ほどのプレッシャーはない。

「【硬身】」

俺はスキルで身体を硬質化させる。

すると、以前よりもすんなりとスキルが発動し、身体に馴染む感じがした。

その感触に違和感を覚えつつも、それが悪い感触ではないと理解できたのでそのまま硬質化した両腕でブルーファンゴの牙を掴んだ。

ズシンッとした衝撃が身体に響く。

先ほどの突進よりも速度が乗った一撃だけあってかなり重い。

俺の身体が後ろに流されて木に衝突するが、【硬身】を発動しているため平気だ。

両腕に力を込めると、ブルーファンゴの突進は止まった。

「ブモオオオオッ!?」

ブルーファンゴが必死に押し込もうとするが、筋力は俺の方が上のためにピクリとも動かない。

速度というエネルギーを失ってしまえば、片手で押さえることも可能だった。

確か右手一本でも魔素を纏えば、それなりに威力を発揮するんだったか。

俺は左手でブルーファンゴの牙を掴みながら、右手へと魔素を集める。

手刀の形を作って魔素を纏わせると、俺はそのまま振りかぶって牙へと叩きつけた。

「プギイイイッ!?」

魔素を纏わせた俺の手刀はあっさりとブルーファンゴの牙を粉砕した。

その衝撃でブルーファンゴが横倒しになり、痛みによって悶絶する。

その威力に唖然とするが、相手が隙を晒しているのでチャンスだ。

右手に魔素を纏わせたままブルーファンゴへと接近すると、柔らかそうな白い腹部に拳を叩き込んだ。

あばら骨を粉砕する音が響き、二メートルを超える巨体が派手に吹き飛んだ。

吹き飛ばされたブルーファンゴが立ち上がることはなかった。

「すごいわね。あんな巨大な魔物を素手で倒しちゃうなんて」

エリシアが駆け寄ってきて呟く。

俺も同じ気持ちだ。魔素を纏うだけで拳がこんなにも強化されるなんて。

まだ右手に覆うくらいしかできないが、魔素の制御が上手くできるようになれば、頼もしい武器となりそうだ。

「帰ってきたぞー」

「おお、待ちくたびれたのじゃ」

魔物を倒して野営地に戻ってくると、大きな石の上に寝転んでいたアルミラがむくりと身を起こした。

眠っているんじゃないかと心配していたが、ちゃんと起きて見張りをしてくれていたらしい。

「なんか焦げ臭くない？」

エリシアがスンスンと鼻を鳴らしながら言う。

まだ焚火も焚いていないのに野営地では炭のような匂いがしていた。

「ああ、魔物が少し寄ってきたから追い払ってやったまでじゃ」

アルミラが指し示す方角を見ると、その辺りだけが地面が炭化しており、木々が消失していた。

なにもかもが燃やし尽くされている。

恐らく、寄ってきた魔物を炎で消し炭にしたのだろう。

どんな攻撃をすれば、あんな風になるのやら。

「それよりも食料は獲れたか？」

「ああ、問題なくな」

マジックバッグからブルーファンゴたちの遺骸を取り出すと、アルミラは満足そうな笑みを浮かべた。

ブルーファンゴたち以外にもいくつかの魔物を狩っておいたので、これだけあればイスキアまでの道のりは問題ないと思う。

「あと実戦でも魔素を使ってみたぞ」

「ん？　おお、どうじゃった？」

訓練の報告をすると、アルミラが疑問符を浮かべた後に思い出したように尋ねる。

自分で訓練を提案しておきながら忘れるのか。

「アルミラの言う通り、右手一本覆うだけで十分な攻撃手段になったぞ」

「うむ。人間が魔力で肉体を強化するように、魔物は魔素によって己の肉体を強化することができるからの」

ブルーファンゴの牙を素手で砕いたこと、腹部への攻撃で巨体を吹き飛ばすほどの一撃だったことなどを報告すると、アルミラは補足するように言った。

「それと一つ気になったことがあるんだが……」

「なんじゃ？　言ってみろ？」

「魔素の訓練をしてから魔物のスキルの精度が上がったような気がするんだ」

ブルーファンゴの突進を受け止める際に【硬身】を発動したが、その発動が今まで以上にスムーズであり、硬度が高かった気がした。

俺とブルーファンゴにはステータスに差があるが、あれほどの巨体の一撃を真正面から受ければ、スキルを使用したとはいえ、多少の傷はつくはずだった。

スキルの質が向上したことを述べると、アルミラは思案の表情を浮かべた後に口を開く。

「……魔物のスキルも魔素を源にしたものじゃからな。魔素の質が高まり、制御ができるようになったことで効率化されたのじゃろう」

「そういうものなのか？」

「理屈で考えればそうであろう。まあ、魔素を宿した人間なぞ、我も初めてじゃから確証を持って言えることではないがの」

ということは、魔素の質や制御を向上させることで俺の持っている様々な魔物のスキルはさらなる飛躍を見せることになる。

これは増々訓練に手を抜くことができなくなったな。

「訓練についてはもういいじゃろ。我は腹が減った」

先ほどの凛々しい表情が消え失せ、アルミラの表情がだらりとしたものになる。

「そうだな。今日はこの辺りにして飯にするか」

魔素を制御することが強くなることへの道になる。

それが実感できただけで大きな収穫なのだから。

14話 初めての海

アルミラに魔素の制御訓練をつけてもらいながら移動すること二日後。

「……潮の匂いじゃな」

荷台で寝転がっているアルミラがスンスンと鼻を鳴らしながら呟いた。

潮の匂いがしたということは、海が近いのだろうか？

首を伸ばして周囲を見渡してみるが、まだ海が見えない。

きっとアルミラの嗅覚だからこそかぎ分けることができるのだろう。

「そろそろ海が見える頃よ」

程なくして隣に座っているエリシアが右側を向きながら言った。

手綱を握りながらそちらに視線を向けると、木々を抜けた先には目が痛くなるような鮮やかな海が広がっていた。

「おお！　海だ！」

「ルードは海を見るのは初めて？」

「一度だけ見たことがあるけど、こんなに広いのは初めてだ！」

俺が過去に見たことのある海は辺境にある漁村の入り江くらいのものだ。こんなにも視界いっぱいに広がる海は見たことがなかった。

海原の上にはいくつもの船が出ていっては、戻ってきてといった光景が見える。

あれらの船はすべて漁船で毎日のように街に新鮮な海鮮食材が運び込まれているのだろう。

海魚、貝、甲殻類……味わうのが非常に楽しみだ。

彼方まで広がる海を横目に街道を進んでいくと俺たちは城壁の前にたどり着き、ギルドカードを提示して中に入ることができた。

イスキアの大通りにはたくさんの人々が行き来していた。

種族は人間が最も多く、その次に獣人、ドワーフといったところか。

漁師が多いからか浅黒い肌をした者やガタイのいい者が多く、ぱっと見で誰が冒険者かわからないくらいだ。

「わはは！　人間たちがたくさんいるのじゃ！」

荷台にいるアルミラが窓から顔を出して無邪気な声を上げる。

「街だからな」

「我が元気にこの辺りを飛び回っていた頃はこんな街はなかったのじゃ！」

そりゃ、災害竜が元気に飛び回っているところに街を作ろうとは思わないだろう。

大通りの端には白塗りの建物が並んでいる。

「イスキアの建物はやたらと白塗りのものが多いな」

「石灰で白塗りにすることで潮風による劣化を防いでいるって聞いたことがあるわ」

素朴な疑問を抱いていると、エリシアが答えてくれる。

「ところどころ生えているあの変な木はなんだ？」

「ヤシの木ね。熱帯気候の土地や海辺でよく生えている植物よ。観賞用として植えられることも多いけど、あんな風に屋根代わりに使われることも多いわ」

エリシアが指さす先ではヤシの木の大きな葉っぱを組み合わせて作ったと思われる民家や露店が並んでいた。

簡易的な屋根になって便利そうだ。

街の外に生えていたら何枚か採取して、マジックバッグに入れておきたいものだ。

そんな風に気になったものを尋ねていくと、エリシアはすらすらと答えてくれる。

色々な場所を旅してきた経験もあってか彼女の知識はとても豊富だ。

新しい街にやってくると、右も左もわからないので街を知る人間がいると非常に心強い。

「二人とも最初にやるべきことはわかってるわよね？」

馬車を走らせているとエリシアが念を押すように尋ねてくる。

港町にたどり着いて最初にやるべきことなんて決まっているじゃないか。

俺とアルミラは顔を見合わせて頷く。

「「ああ！　海鮮食材の食べ歩きだな！（じゃな）」」

「違うでしょ！」

至極当然の主張をすると、なぜかエリシアに怒られた。

港町にきたんだ。美味しい海鮮食材を食べる以外になにがあるというのか。

大通りにはたくさんの屋台が並んでおり、そこかしこで海の食材の香りがしている。

この暴力的な香りを前にして食べ歩き以外の選択肢があろうか？　いや、ない！

「まずは冒険者ギルドに顔を出して依頼の確認。それと拠点にする宿の確保。食べ歩きはその後よ！」

「用事を後にするのじゃダメなのか？　エリシア？」

「我らは今すぐに魚を食べたいのじゃ！」

「どうして私がワガママ言ってるみたいな扱いなの？　新しい街にやってきたらすぐにギルドに顔を出す！　冒険者の暗黙のルールなんだからね！」

たとえ、その土地で依頼を受けるつもりがなくても冒険者ギルドがあれば、顔を出しておかなければいけないらしい。顔を出していないとなにか事件を起こした時にギルドとしても仲裁に入るのも難しくなったり、なにかやましいことを考えていると勘繰られたりするようだ。

「しょうがねえな。さくっと用事を済ませようぜ」

「これが人間世界の洗礼じゃな。煩わしい」

俺は品行方正な冒険者を心掛けているので、エリシアの言う通り先に用事を済ませてしまおう。

先にやるべきことを済ませた方が飯も美味しくなるからな。

そんなわけで俺たちは冒険者ギルドへと向かった。

イスキアの冒険者ギルドは港から少し離れた海上に浮かんでいた。

さすがに馬車のまま進むわけにはいかないので港の端に馬車を停めさせてもらって徒歩で向かう。

水上に組まれた足場の上に立ち並ぶ木製の円形の建物。周囲にはいくつもの桟橋が伸びており、大小様々な船が停泊していた。

「バロナにあるギルドとは随分と雰囲気が違うな」

「冒険者ギルドはその土地の特色を受けやすいからね。特にここは港町とあって独特よ」

足を進める度にギシギシと音が鳴り、海水の流れる音や波のぶつかり合う音が聞こえる。

やがてギルドらしき建物にやってくると、俺たちは両開きの扉を押して中に入った。

フロアに入ると、冒険者たちの視線が一斉にこちらに突き刺さった。

港町で生活しているからか冒険者の多くは日に焼けている。

しかし、俺たちはほとんど日に焼けていない。一発で他所からきた冒険者だとわかるんだろうな。

他所者を疎むようなもの、値踏みするようなもの……様々な視線が突き刺さる。

露骨なまでの情欲の視線はエリシアやアルミラへ向けられたものだろうな。

エリシアは容姿端麗なエルフだし、アルミラはやや肉感的に乏しさはあるものの妖艶な美しさを秘めている。男たちの視線がいってしまうのも無理はないだろう。

「とりあえず、掲示板を確認するか？」

「その前に受付でパーティー申請をしておきましょう。道中でアルミラも加わったことだし——って、そもそもあなたギルドカードは持ってるの？」

「持っておるぞ」

懐からギルドカードを取り出してみせるアルミラ。

「なんで持ってるんだ？」

「昔、暇つぶしに人里に降りた時にな」

そういえば、気晴らしに人間の街で生活をしていたこともあると言っていた。

実力に問題のない彼女が稼ぐ手段として冒険者登録するのは理に適っていると言えるか。

「にしても、このギルドカードかなり古いわね」

「登録したのはかなり昔じゃからの」

「それって大丈夫なのか？　確か長い間依頼を受けていないと冒険者資格が失効するんだろ？」

冒険者の資格を維持するには、一定期間に規定された数の依頼をこなさなければいけないルールがある。

冒険者には最低限の身分保障、宿の割引、関税の軽減といった特典がある。その庇護を受けながら国や街や村に貢献しない者をギルドは冒険者とは認めないのだ。

「確かにそうだけど、私みたいにランクが高いと失効とまではいかないはずよ」

エリシアによると、S、Aになると失効することがなくなるそうだ。

彼女が逃亡生活中に長期間依頼を受けなくても問題なかったのは、そういったランクによる優遇処置があったからだそうだ。

「前に活動していた時のランクは覚えてる？」

「随分と前じゃ。もう覚えていない」

「せめてBランクぐらいまでいっていれば、何とかなるかも……」

「そうなのか？」

「このくらいのランクになれば過去にそれなりの貢献があるだろうし、一発で失効にはならないと思うわ。まあ、罰則によってランクダウンくらいはあると思うけど」

最新のギルドカードとは素材が違うので、俺とエリシアではどのランクを示すのかわからない。

その辺りは職員に見てもらって判断してもらうしかないだろう。

「まあ、最悪失効してFランクからの登録になっても問題ないだろう」

「それもそうね」

アルミラは災害竜だ。

ワケあって全力は出せないみたいだが、それでも今の俺たちよりも強い。

Fランクになっても、すぐに駆け上がるだろう。

「それよりも心配なのは、ギルドに災害竜とバレないかよ」

災害竜が人間に化けて人里に降りてきているなんて知られれば、とんでもない騒ぎになるからな。

「安心せい。ギルドの所有する魔道具ごときで我の【隠蔽】を見破ることは不可能じゃ」

自らのスキルにかなりの自信があるらしい。

ならば、俺たちはアルミラを信じるまでだ。

事前確認を済ませた俺たちはギルドのカウンターへと向かう。

カウンターには五人の受付嬢がいる。

バロナに比べて、服装が涼しそうなのは気候に合わせているからだろう。

健康的な肌が覗いていて眩しいものだ。

「こんにちは、イスキア支部へようこそ。本日は顔見せでしょうか？」

俺たちの順番になると、受付嬢が見事な営業スマイルを浮かべながら言う。

「ああ、ついさっきバロナからやってきたばかりでな。Dランク冒険者のルードだ」

ギルドカードを提示しながらDランクと告げた瞬間、近くのテーブルでたむろしていた冒険者たちが嘲るように鼻を鳴らした。

こういう奴はどこにでもいるんだな。少しイラッとするが、低ランクなのは事実だ。

やってきたばかりの土地で喧嘩を吹っ掛けるわけにはいかない。

「エリシアよ。ランクはSだけど、事情があって受けられないから察してちょうだい」

我慢していると、エリシアがギルドカードを提示しながら、わざと周囲に聞こえるように言った。

「はあ？　Sランクだぁ!?」

「なあ、エリシアってあの翠嵐じゃねえか？」

「蒼穹の軌跡の一員だったか？　壊滅したって聞いたが……」

エリシアのギルドランクを耳にして、どよめきの声を上げる冒険者たち。

俺のランクを鼻で笑った冒険者は顔を青くし、そそくさと立ち上がってギルドを出ていった。

「……おい」

「舐められないようによ」

元とはいえ、Ｓランクがパーティーにいるとなれば、周囲の冒険者も侮ることもないか。

「それと道中で仲間が増えてな。パーティーの追加を頼みたい」

「かしこまりました。では、追加する方のギルドカードをお願いします」

「うむ。アルミラじゃ」

アルミラが前に出て、ギルドカードを提示する。

「え？　これは？」

が、今のギルドカードとはまったく違った材質のものに受付嬢は困惑しているようだ。

「ギルドに登録したのが、かなり昔でなぁ。しばらく依頼も受けてなかったんじゃが、どうにかなるかの？」

「う、上の者に確認してまいりますので少々お待ちください」

アルミラが事情を説明すると、受付嬢はカウンターを出て奥の部屋へと行ってしまう。

やや時間がかかっているのは上司が捕まらないのか、情報の照合に時間がかかってしまっているからか。

数十分ほど待っていると、先ほどの受付嬢が初老の男性職員を連れて戻ってきた。

「こちらは二百十年ほど前に発行されたギルドカードですな。稀に人間族の中にも長寿な方がいますが、そういった類《たぐい》のスキルをお持ちで？」

「まあ、そんなものだ」

しれっと嘘をついている。

ちなみにアルミラのギルドカードには、アポイライトという鉱石が素材として使用されているのだが、産出量が極端に減ったことによって廃止されてしまったらしく、この素材が使用されているカードはかなりの旧式らしい。

「で、アルミラの登録はどうなるんだ？」

「魔道具に情報がなかったので名前と特徴を頼りに文献を漁り、功績を確認したところ過去にBランクの依頼をいくつか受けておられたことを確認できました」

「おー、かなり昔にじゃが飛竜の群れを追い返してやったことや、大墳墓での死霊王の討伐をしてやったことがあるぞ」

「ご本人の口から確認がとれましたので、それらを本人の正式な功績として認めましょう。ただし、Bランクとはいえ、ギルドに所属している以上は依頼を受けるのが冒険者の義務。長期間の依頼未達成の罰則として、アルミラさんは降格処分となり、そこからの再出発になりますがよろしいでしょうか？」

「構わぬ。冒険者として再活動させてもらえることに感謝じゃ」

過去の功績もあり、アルミラの冒険者資格は失効しないようだ。

エリシアが予想していた落としどころに上手いこと落ち着いたようだ。

このままでは不便ということもあり、アルミラのギルドカードは最新式のもので再発行されることになった。

「見ろ！　ルードたちと同じギルドカードじゃぞ！　これで我も若者じゃな！」

最新式のギルドカードを貰えて嬉しいのか、アルミラがギルドカードを掲げてはしゃぐ。

懸念していたギルドの魔道具による【鑑定】はアルミラの【隠蔽】を見破ることはできなかったようで、種族欄にはしっかりと人間族と記載されていた。

ギルドの魔道具がしっかりと仕事をしていないな。

「ランクはいくつなんだ？」

「ドラゴンのＤじゃ！」

「俺と同じかよ」

苦労して上がったというのに、降格処分を受けた奴と同じランクというのは、ちょっと複雑だ。

「災害竜がＤランクだなんて詐欺だわ……」

アルミラの認定ランクを聞いて、エリシアが詐欺を目撃したかのような顔になる。

そうは言うが、事情があるとはいえ元ＳランクのエリシアがＤランクのような扱いなのも詐欺だと思うけどな。

そんな感じで俺とエリシアのパーティーにアルミラが正式に加わることになった。


顔見せとして正式なパーティー登録が終わると、俺たちはフロアに貼り出されている掲示板を確認する。

荷運び、露店の手伝い、海岸に現れた魔物の討伐、海の食材の採取などがある。この辺りはどこにでもある普通の依頼だが、漁の手伝い、魚の下処理、船団の護衛といった依頼は海の町らしさを感じさせるものだ。

他には深海探索の依頼や、沈没船の調査などがあり、俺たちのメインである海底迷宮に存在する魔物素材の納品などもある。

バロナとは求められる依頼の質がかなり違うが、海という広大な資源や海底迷宮が存在するだけあって依頼はかなり豊富だと言えるだろう。

「ギルドの人からオススメの宿を聞いてきたわよ！」

俺たちが宿に求める条件は部屋が清潔であり、併設されている酒場の飯と酒が美味いことだ。その条件に見合う宿をエリシアが聞き出してくれたみたいだ。

道順は地図に書いているので、それを頼りして移動。

ギルドから徒歩で十分ほど歩くと、白塗りの壁で造られた三階建ての民家があった。

周囲には高い壁が立てられ、ヤシの木が生えている。

「ここよ！『南風亭』ってところで店主が漁師でもあるみたい。毎日新鮮な魚介類を獲って提供してくれるらしいわ」

「それはいいな！　早速、ここで部屋をとろう！」

店主が漁師というのは心強い。

漁で獲ってきたばかりの新鮮な魚介を味わうことができるし、イスキアならではの郷土料理を味わうことができそうだ。

宿に入ると、カウンターに従業員がいたので名前を記入した。

ひとまず、十日分の料金を前払いすると、それぞれの部屋の鍵を受け取る。

「残念ながら二部屋しか空いてなかった」

「ならば、我とルードが同じ部屋でいいじゃろ」

「よくないでしょ。私とあなたが同じ部屋だからこっちにきなさい」

俺についていこうとしたアルミラをエリシアが引っ張る。

「えー、エリシアは小言がうるさいので嫌なのじゃ」

「うるさいってなによ！　あなたが非常識なことをするからでしょ！」

災害竜ということですっかりと怯えていたエリシアだが、一緒に過ごすことでアルミラの扱い方がわかってきたようだ。

あの様子なら同室でも仲良くできるだろう。

エリシアたちが三階に上がっていくのを見送ると、俺は二階にある割り当てられた部屋に入る。

中央にはベッドがあり、ローテーブルとチェアが設置されている。

一人用なので部屋はそんなに広くはないが、大きな窓からは綺麗な青い海が見えていて景色がよかった。夜になったら静かな波音を聞きながら晩酌なんて乙な時間を過ごすこともできるだろう。

「お？　なんだここは？」

部屋の中を確認していると、小さな扉があった。

扉を開けてみると、大人が一人入れるだけのスペースがあった。

床面には排水溝があり、壁にはホースのようなものが取り付けられている。

壁に書かれている使用方法を見ると、どうやら水魔石を設置することで水が流れる魔道具らしい。

海風には塩が含まれているために歩いているだけで肌に付着してべたつく。それを洗い流すためのもののようだ。

試しに水魔石を設置してレバーを捻ってみると、ホースの先端についている穴から水が出てきた。

火魔石も同時に設置すると、温水が出てくる仕組みのようだ。

これはとても便利だ。

部屋の中でいつでも温水を浴びることができるのは助かる。

エリシアに頼めばいつでもお風呂に入ることができるとはいえ、毎度頼むのは気が引けるからな。

特にこのように別々の部屋に泊まっている時は猶更だ。

俺がしっかりと魔素を制御できれば、温水くらい自分で作れ……いや、俺には水魔法を扱う適性がないから無理か。

しかし、イスキアの海には水魔法を扱う魔物だっているはずだ。そいつを喰らえば、バフォメットのように魔法スキルを手に入れられるかもしれない。

もし、そのような魔物がいたら率先して倒して喰らうことにしよう。

軽く温水を浴びて汗を流すと、俺はエリシアたちの部屋に向かって合流しようとする。

「ひゃいん！」

「わははは！　エリシアがビクッてしたのじゃ！」

「ちょっと勝手に冷水に変えないでよ！」

どうやらエリシアたちも例の魔道具で汗を流しているようだ。

部屋に入れてもらって中で待たせてもらうわけにもいかないな。

まだ時間がかかりそうなので階段を下りて、外で待つことにする。

宿の外に出ると、強い潮の匂いを漂わせた青いエプロンをつけた男性が荷車を引いてやってきた。

「見ねえ顔だな？　新しくやってきた客か？」

「ああ、今日からお世話になることになった。冒険者のルードだ」

「そうか。俺は店主のバートだ。とはいっても、もっぱら漁師が中心で宿のほとんどは娘たちに任せているがな」

受付にいた従業員たちは、どうやらバートの娘のようだ。

宿の経営は主に娘夫婦が担当しており、バートは主に漁や、獲ってきた食材での調理を担当しているようだ。

「冒険で獲れた食材を持ち込んで調理してもらうことは可能か？」

「ああ、少し値引いた上で提供してやるよ」

「ちなみにだが魚の下処理や調理法を教えてもらうことってできるか？」

「……それは構わねえが、どうしてだ？」

バートがこちらを見定めるような視線を向ける。

一般的な認識では冒険者はあまり料理をしないものと思われがちだ。

そんな冒険者である俺が、調理を教えてくれと頼んでくるのが不思議なのだろう。

「料理が好きなんだ。こっちの食材も扱えるようになりてえ」

「そうか。いい食材を持ってきたら教えてやるよ」

「わかった。その時はよろしく頼むぜ」

海の魚の調理法を学ぶことができれば、魔物を調理する際にも役立つからな。

バートに調理を教えてもらえるようにいい食材を確保しよう。

バートが去っていき、それと入れ替わる形でエリシアとアルミラがやってきた。

「ねえ、部屋に設置されている魔道具見た!?」

「お湯を浴びられる魔道具のことだろ？　エリシアが前にきた時はなかったのか？」

「ええ、なかったわ。人間の街って、たった数年経つだけで色々と変わるものだからすごいわよね」

「エリシアの故郷はそうじゃねえのか？」

「エルフはよくも悪くも安定した生活をおくりがちだから」

俺の疑問に苦笑しながら答えるエリシア。

長い寿命を誇るエルフはとにかく平穏を好むようだ。

ただでさえ長い時間を生きるのに、いつもと同じ生活をして楽しいのだろうか。

「それよりも早く食べ歩きに行くのじゃ！」

などとエルフの生態について考えていると、アルミラが待ちきれないとばかりに言う。

宿を確保したら食べ歩きをすると決めていた。

ギルドでの登録と、宿の確保を先にやったせいで既に時刻はお昼を大幅に過ぎていた。

いい加減腹が減って仕方がない。

「それもそうだな！　行くぞ！」

「うむ！」


『南風亭』を出発すると、俺たちは中央市場の傍にある屋台通りへとやってきた。

中央市場の近くとあって大通りは多くの人で溢れかえっている。

観光客にも人気のようで、この大通りだけは様々な種族がいる。

「うおおおおお！　どれも美味そうだな！」

「どれもバロナじゃお目にかかれない食材ばかりね」

屋台に視線を向けると、あちこちで魚や貝、蟹、海老などの海鮮食材の焼かれる匂いが漂っていて美味しそうだな。暴力的なまでの磯の匂いが胃袋に効く。

「あそこにある串焼きが食べたいのじゃ！」

アルミラが指さしたのは、大きな貝、海老、魚などが串に刺さったものだ。網の上で豪快に焼かれ、実に香ばしい匂いを放っている。

「いいぜ。あれを買うか」

「いいわね」

珍しい海鮮食材を食べるより、まずは王道的なものを味わいたかったからな。

「おやじ、三種類の串焼きを三本ずつ頼む」

「ホタテに大海老に紅魚だな。わかった。全部で二千レギンだ」

「安いな！」

「ははは、ここは港町だからな」

これだけの魚介類を他の街で頼んだら、この倍以上の値段はするだろう。

銀貨二枚を渡すと、店主のおやじは海鮮串を渡してくれた。

一本多いのは多く買ってくれたことへのサービスだろう。

「美味そうだな。早速、食うか！」

空腹だった俺たちは屋台を離れると、すぐに海鮮串を食べることにした。

ここは屋台が多く立ち並ぶ屋台街。明らかに邪魔な場所にいない限り、誰も食べ歩きを咎める者はいない。

まずはホタテと呼ばれる大きな貝から。これほど大きな貝は初めてだ。

大きく口を開けて頬張る。

「うめえ！」
プリプリとした食感だ。噛み締める度に身がほぐれ、貝の旨みが口の中で広がる。
故郷の川や、バロナ周辺の川に棲息する沼貝などとは味の濃厚さが段違いだ。
変な臭みや泥臭さはまったくなく、磯の香りが鼻孔をくすぐる。
ホタテの次は大海老を味わう。
熱によって甲殻が真っ赤になっており、とても美味しそうだ。
殻ごとそのまま食べられるとのことなので、頭から思いっきりかぶりつく。
パリパリッとした音が鳴り響き、中から赤模様の入った白い身が出てくる。
甲殻の下にある身はとても柔らかく、独特な甘みがあった。
振りかけられた塩味との相性が絶妙で美味しい。
大海老を平らげると、次は紅魚だ。
しっかりと焼き目のついた皮はパリッとしており香ばしい。
中にある身はしっとりとしており、やや脂身の強い味わいだ。
「おー！　どれも美味いのじゃ！　特に黒いソースとの相性が抜群じゃのう！」
「さすがはイスキアね！」
アルミラとエリシアも串焼きを頬張り、それぞれの感想を漏らしていた。
俺が気になったのはホタテにかけられた黒いソース。
甘くもあり、苦くもあり、香ばしくもある、この不思議なソースは一体なんなのか。

エリシアなら知っているかもしれないが、海鮮串を堪能しているみたいなので先ほどの屋台に戻って聞いてみることにした。

「それは醬油だぜ」

「醬油？」

「和国の調味料らしくてな。これが海鮮食材によく合うんだ」

おやじが足元にある大きな壺を見せてくれる。その中には真っ黒な液体が入っている。

これがホタテに塗られている醬油とやらの正体らしい。

すぐ傍の露店で売っているとのことなので、俺はすぐにその露店に移動して醬油を購入した。

一壺で銀貨五枚ほどと中々の値段がしたが、海を越えた先にある国から仕入れているので仕方がないのだろう。

これだけ深い味わいが出るならば、炒め物や煮物に活用することができそうだ。

普通の料理だけでなく、魔物料理の幅も広がった気がする。

いい調味料を手に入れて気分はホクホクだ。

元の場所に戻ると、エリシアとアルミラが待ってくれていた。

待っている間にエリシアはエールを買い込んでおり、アルミラは海鮮串を追加で買って食べていた。

「どこに行ってたの？」

「すまん。ちょっと醬油を買っていた」

「あー、数年前に和国から輸入されるようになった調味料ね」

「エリシアは和国に行ったことがあるのか？」

「行ったことはないけど、仲間の一人の故郷だったわね……」

どこか遠い目をするエリシア。

エーベルトから貰ったメモには、かつての彼女の仲間の情報が記載されているが、伝えるべきなのだろうか。

いや、今はイスキアでのレベルアップと海底迷宮の攻略を目的としている。

今の段階で告げたところで彼女に迷いを生じさせるだけで意味はないだろう。

伝えるにしてもここでの活動が落ち着いてからだな。

「見よ、ルード！　すごい顔をした魚がいるのじゃ！」

気持ちを切り替えていると、アルミラが露店に並んでいる大きな魚を指さして言った。

「うお、すごい見た目だな」

真っ黒な鱗を纏っており、角ばった大きな顔をしている。

目玉も異様に大きく、口から覗いて見える牙もかなりデカい。

「……これ、魔物じゃないの？」

「ハハハ！　そいつは大黒魚《ドーバス》っていう普通の魚だぜ！　見た目のせいで忌避されがちだけど、普通に美味いぞ？」

エリシアが思わず呟くと、店主が笑いながら言った。

どうやらこの屋台では大黒魚から出汁を取ったスープを売っているらしい。

「せっかくだし食ってみるか」

「うむ！」

「え、ええ」

大黒魚のスープを三人前頼む。

大きな器の中にはタマネギ、ネギ、ニンジン、海藻の他に黒い魚の切り身が浮いていた。

スープ自体は割と透き通っており美味しそうだ。

「あ、普通に美味え」

「美味しいのじゃ」

大黒魚の切り身を食べると、口の中でほろりと溶けた。

「本当ね。想像よりも優しい味だわ」

奇怪な見た目をしているために味にも癖があるんじゃないかと思ったが、見た目とは裏腹にとてもあっさりとした味わいだった。

スプーンでスープを飲んでみると、出汁の旨みがしっかりと溶け込んでいる。

ニンジン、タマネギがしっかりと出汁の旨みを吸い込み、優しい甘みを吐き出していた。

「見慣れないものだからといって、食わず嫌いをしたら損ね」

「ああ、せっかく海にきたんだから色々なものを食べないとな！」

大黒魚の見た目にビビッていたら、この美味しさを味わうことができなかった。

見た目が変だからといって食わず嫌いをするのは勿体ない。ここでは積極的に色々な料理を食べることにしよう。

「二人ともまた面白い料理があったのじゃ！」

一足先に食べ終わったアルミラが近くにある屋台から皿を持ってやってきた。

「なんだそれ？　美味しいのか？」

丸い頭に八本の触手を生やした生き物。体表は真っ赤に染まっており、触手の裏側には吸盤みたいなものがついていた。

魚とも貝とも言えない、奇妙な生き物の丸焼きだ。

「蛸の丸焼きというらしい。コリコリとしていて独特な甘みがあって美味いぞ？」

アルミラが触手を千切ってもぐもぐと食べてみせる。

周囲を見ると、アルミラ以外にも食べている人はいるし、ここでは普通の食材なのだろう。

俺も触手を一本千切って食べてみる。

むっちりプリッとした歯応えに濃厚な甘み。

魚とも貝とも違う旨みが嚙めば嚙むほどに染み出してくる。

醬油を何度も重ね塗りをして、丁寧に炭火で焼き上げたのがわかった。

「本当だ！　美味いな！　エリシアも食べてみろよ！」

「ぎゃあああ！　なにそれ!?　気持ち悪い！　近づいてこないで！」

皿を手渡そうとすると、エリシアが悲鳴を上げて後ずさった。

「無理無理！　やめて！　それを近づけないで！」

二歩ほど進むと、エリシアがさらに下がって真剣な表情で訴えた。

「……本当に無理なのか？」

「無理！」

「ついさっき食わず嫌いをしたら損と言っておったではないか」

「ものには限度っていうものがあるわよ！　そんな歪な頭に触手を何本も生やした生き物なんて食べたくないわ！」

アルミラが蛸の載った皿を持って追いかけると、エリシアがガチの悲鳴を上げて逃げ出す。

どうやら本当に苦手のようだ。

海底迷宮に類似した魔物が出没しないことを願おう。

そんな風に俺たちはイスキアの屋台街で食べ歩きを満喫した。

15話 イスキアの依頼

　イスキアに到着した翌日。俺たちは冒険者ギルドにやってきていた。

　ギルドのフロアに入るなり、エリシアは真っ先に掲示板を確認する。

「今日は海底迷宮に行くんじゃねえのか？」

「よその街にやってきて、まったくその土地の依頼を受けないっていうのはギルドや周りの冒険者からの心象がよくないわ」

　現地の依頼をなに一つ受けず、迷宮ばかりに入るのはあまりよくない行いのようだ。

　確かにイスキアのギルドとして冒険者に期待するのは、その土地にある困りごとの解決だ。

　森に危険な魔物が出没し、畑作業や採取に行けないほどに困っているのに、それを冒険者が無視して迷宮に潜っていたら面白いと思うはずがない。

　これは極端な例であり、イスキアの依頼状況がそこまで切迫しているわけではないが、その土地に貢献しない冒険者は歓迎されないだろう。

「ルードは海辺での戦闘は初めてになるし、地理や棲息する魔物の特性を掴んだ上で海底迷宮に向かう方がいいわ」

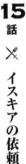

「それもそうだな」

俺の場合、先に水棲系の魔物を倒し、スキルを手に入れた方が海底迷宮の攻略はずっと楽になる。

いきなり迷宮に入るより、周辺の依頼をこなしながら入念に準備する方がいいだろう。

「これにしましょう」

しばらく掲示板を眺めていると、エリシアが一つの依頼書を引っぺがした。

彼女が選んだのはイスキアから少し離れた島に上陸した青陸鮫という水陸両用の姿をした魔物の討伐依頼。放置しておくと釣り人を襲ったり、海を渡って港にまで押し寄せてくるようだ。討伐ランクはD。

「エリシアにしては落ち着いた依頼だな？」

「ここでは私たちに対する信頼はほとんどないから」

ギルドカードにはバロナで行ってきた功績の数々が保存されているが、ここで通用するかはわからない。俺たちの実力を間近で見たランカースやイルミほどの理解は得られないだろう。

にしても、冒険者の暗黙のルールを順守するのが意外だ。

「……なによ？」

「いや、エリシアにもそういう配慮の心があるんだなと」

「私をなんだと思ってるの!?　私にはちゃんと常識があるから！」

いや、常識がある奴は魔物を喰らう冒険者とパーティーを組んだりしないし、ギルド職員と交渉して認定ランクギリギリの討伐依頼を受注したりしないと思うのだが。

そんな指摘をすると、怒られそうなのでやめておこう。

彼女は妙に常識人だということに対して拘りがあるみたいだし。

「すまんすまん。とりあえず、その討伐依頼を受けよう」

やや不満そうな顔をしたエリシアに謝りつつ、俺はカウンターに行って依頼を受注した。

「ちなみに離れ島まではどうやって行けばいいかしら？　前は貸出しの船とかがあったけど」

依頼書の地図を見ると、離れ島まではそれなりに距離がある。

浅瀬でもなさそうだし、歩いて渡るのは無理だろう。

「貸し出しの船もございますが、料金が高いためにあまりお勧めはしません。港に行けば、ギルド専属の乗り合い船がありますので、そちらで乗船することをお勧めいたします」

どうやらイスキア支部では、馬車の代わりに船の貸し出しをしたり、専属の船乗りを紹介するといった支援を行っているようだ。

貸し出す船は小さいものから大きなものまであるが、使用料が高い上に破損した時は全額弁償なのでリスクが高い。

Dランクの討伐依頼じゃ、少しでも船に傷をつければ赤字だ。

ギルド専属の乗り合い船に乗せてもらうのがいいだろう。

「船乗りの中にはギルド専属ではない者もいますが、そういった方との交渉は自己責任でお願いします」

「わかった」

受付嬢から離れ島までの行き方を教えてもらうと、俺たちはギルドを出る。

すぐ傍にある港には中型の船が並んでおり、たくさんの冒険者が並んでいた。

俺たちもすぐにその列に並んで順番を待つ。

ギルド専属の乗り合い船には冒険者ギルドの紋章がついており、受注した依頼書を提示すると無料で乗船できるようだ。

混雑が苦手なパーティーなどはお金を支払って小型船で送ってもらったり、パーティーに専属契約で船乗りを雇っているところもあった。中には自前で船を用意しており、冒険者自身が船を操縦する強者も。

海という特殊な地形があってか、冒険者の活動の仕方は様々だな。

「この程度の距離であれば、我の翼でひとっ飛びじゃぞ？」

「そうだとしてもこんなところで本当の姿を現すわけにはいかねえだろ」

アルミラの真の姿を見たことがないが、こんなところで顕現すれば大騒ぎになるだろうな。

三隻ほどの船が出発し、俺たちは四隻目で乗り込むことができた。

依頼書を提示して乗り込むと、次々と他の冒険者たちが乗り込んでくる。

定員が埋まると、船が出発して港から離れた。

「結構、揺れるな」

船に乗るのは初めてではないが、イスキアの海は意外と波が高く船内にいても上下に揺れるのを感じる。

「わははは、これは面白いのじゃ！」

退屈そうにしていたアルミラは、船をアトラクションのように感じているのか無邪気な声を上げていた。

「ルードって船酔いとかするタイプ？」

「いや、俺はしねえタイプだな」

大きな川を渡るのに船を漕いだこともあるし、乗り合い馬車にだってよく乗っていたが一度も酔ったことはない。今も激しく揺られてはいるが、別に気持ち悪くなることはない。

恐らく、俺はそういった酔いに強いのだろう。

「そう。よかったわ。こういう船に乗ってるとたまに酔う人が――」

などとエリシアと酔いの話をしていると、うめき声と同時に水を撒き散らしたような音がした。

「うわああああああ！　こいつ吐きやがった！」

「おい、吐くなら海に吐けよ！　船内で吐いたら逃げ場がねえだろ!?」

「くっせえ！」

どうやら船に酔って吐いてしまった冒険者がいるようだ。

吐瀉物のせいで船内が軽くパニックになっている。

こういったことは日常茶飯事なのか船乗りは特に船を止めるでもなく、運航していた。

エリシアは手早く杖を振るうと、吐瀉物を水球の中に閉じ込めてそのまま海に放り出した。

「おお、さすがはエルフの姉ちゃん！　助かったぜ！」

「さすがは元Ｓランク！　判断が早いな！」

そんなエリシアの素早い対応に冒険者から次々と賛辞の言葉が投げかけられる。

「こんなことで褒められても嬉しくないんだけど……」

確かに吐瀉物の処理が上手いと褒められても嬉しくない。

吐瀉物がなくなったことで船内に落ち着きが取り戻された。

「貰いゲロだあああああ！」

「今度は二人だ！」

かと思いきや、充満した酸っぱい匂いに当てられたのか同時に二人の冒険者が吐いた。

離れ島にたどり着くまで俺たちは酸っぱい匂いと共に過ごすはめになった。


「帰りは私の魔法で飛んでいきましょう」

離れ島に到着するなり、エリシアがげんなりした顔で言った。

「そういえば、エリシアの精霊魔法を使えば飛ぶこともできたんだったな」

バロナの平原でシルフィードに一度だけ飛ばしてもらったことがあったのを忘れていた。

精霊魔法ならば、風で宙を浮くといった曖昧な事象を起こすことができる。

それを使えば、海を渡ることも造作もないはずだ。

「魔力を節約するために船を使ったんだけど、あんなことになって心労を負うくらいなら魔力を使った方がマシよ」

「あ、ああ。次はそれで頼むぜ」

最初は平気だった冒険者たちも次々と発生するゲロの匂いによって倒れていった。

その度にエリシアが魔法で処理をしたり、俺が介抱してやったりと大変な目に遭った。

船に乗る度にあんな目に遭うとは限らないが、大勢での乗船がすっかりとトラウマだ。

魔力は消費してもポーションで回復できるし、エリシアの魔力量であれば大きな懸念点にはならない。念には念を入れてもポーション一本分の費用だ。

それで快適な旅路が約束されるのであれば、思い切って魔力を使った方がいいだろう。

離れ島には俺たち以外にも上陸した冒険者がいるが、すんなりと各地に散らばっていく。

皆、それぞれの目標があるのだろう。

冒険者たちは特に干渉し合うこともなく、俺たちも依頼を遂行するために歩き出す。

青陸鮫は肉食魚だ。海岸付近の海を泳いでいたり、海岸を歩いていたりする。

このまま島の外縁部を沿うように歩いていたら見つかる確率が高いだろう。

「あそこにある木の実からほのかに甘い匂いがするのじゃ！」

アルミラが指さしたのはイスキアの街にたくさん生えていたヤシの木。

異なる点は葉の根元に丸い緑の実がついていることだ。

「あれはココヤシよ。実の中に含まれるココナッツウォーターが美味しいわ」

「へえ、飲んでみるか」

木に登ろうとすると、エリシアが風魔法で丸い実だけを落とした。

「実は硬いから落としても平気よ」

「そ、そうなのか」

落ちた実を持ち上げてみると、確かにかなりの硬さがあった。

高いところに実っているので普通に落ちてくると危ないな。

拳で軽く小突いてみるとコンコンッと音がし、揺するとチャプチャプと液体の音がした。

この液体がココナッツウォーターとやらだろう。

「割ってもいいのか？」

「上の部分だけ切り落とせばいいわ」

エリシアは腰からナイフを引き抜くと、ココヤシの実の上部を切り落とした。

緑の皮の下は層が厚く、中には白い果肉が見えていた。

エリシアは果肉の穴からストローを差し込むと、俺とアルミラに渡してくれた。

ストローから吸い上げてみる。

少しとろみのある液体が口内に広がる。

ほのかに甘みあり、爽やかな風味が鼻の奥へと突き抜けた。

「思っていたよりも甘くはないの」

飲んでみた正直な感想をアルミラが告げた。

うん、正直もうちょっと甘みがあって美味しいものだと思っていた。

「砂糖や果肉を混ぜてみたり、ミルクを入れたりすると美味しいジュースになるわよ」

「へー、後で休憩する時に作ってみるか」

もうちょっと甘みを加えたら美味しいジュースになりそうなので、青陸鮫を討伐してから作ってみるのもいいかもしれない。

三人でココナッツウォーターを飲んでいると、後方にある海から大きななにかが飛び出してきた。

慌ててその場を離れると、俺たちのいた場所に大きな鮫が着地した。

「青陸鮫よ！」

青陸鮫
LV36
体力：176
筋力：126
頑強：108
魔力：67
精神：43
俊敏：55
スキル：【エラ呼吸】【水圧耐性（小）】【鮫肌】

鑑定してみると、エリシアの言う通り青陸鮫だった。

青い肌に頭部がやじりのようにとがっているのが特徴的な大型の魚の魔物。

大きな口の中には尖った歯が何列にも生えている。

魚であるが短い手足が生えており、陸地でも移動することができるようだ。

青陸鮫は俺たちの方を向くと、短い手足を動かして接近してくる。

突進というよりかは這うような動きだ。短い手足とは裏腹に、その速度は意外と速い。

慌ててステップで回避すると、青陸鮫が急旋回して噛みついてきた。

どうやら尻尾で地面を蹴って強引に旋回したようだ。

大剣を水平に構えて受け止めようとすると、片足が深く砂浜に沈み込む。

バランスが崩れたことを知覚した俺は受け止めるのを中止し、大剣を斜めにして受け流すことを選択。こうすることで何とか青陸鮫の攻撃を流すことができた。

「――ッ」

落ち着いて距離をとると、右手の甲の部分に痛みが走った。

視線を向けると、肌が赤く染まっており強い摩擦を受けたような傷跡が見えた。

青陸鮫の体表はかなりざらついているせいか、少し擦れただけで皮膚を持っていかれるようだ。

「ヒール！」

痛みに顔をしかめていると、翡翠色の光が俺の手の甲を包み込み、瞬く間に傷口を癒してくれた。

「助かる！」

大した傷ではないが、痛みがあると大剣の操作が鈍るからな。

エリシアに礼を言って、俺は大剣を握り直して青陸鮫へと接近する。

相手はすぐに反応して牙を向けてくるが、俺は素早く横に回り込んで斬りつけた。

青陸鮫の皮膚から血液が流れる。

のけ反った相手を追撃しようとすると、青陸鮫が尻尾を使って跳躍して踏み潰そうとしてくるのでバックステップで回避。

距離が空くことになったが同時に後衛の射線が通ることになった。

後方で待機させていた風精霊から風の刃が飛来し、青陸鮫の全身を切り刻む。

俺は大剣を手にしながら痛みにうめき声を上げる青陸鮫へと肉薄。

青陸鮫は俺を視認すると、痛みに苦しみながらも強引に頭突きを繰り出してくる。

それを予期していた俺は素早く横に回り込み、がら空きとなった青陸鮫の首へと大剣を叩きつけた。

分厚い肉と骨を断ち切る感触が伝わり、青陸鮫の巨体が砂浜へと転がった。

「危ねえ。砂浜に足をとられてやられるところだったぜ」

「いつもと違う環境で戦うのもいい経験になるでしょ？」

「ああ」

柔らかい砂地で戦うことがこんなにも感覚が違うと思ってもいなかった。

迷宮に潜るより前に経験しておけてよかったと思う。

「おお、同じ魔物が海にたくさんいるのじゃ！」

アルミラに言われて海に視線をやると、青陸鮫のものと思われる青い背びれがあちこちで浮かんでいた。

こちらの様子を窺うようにスーッと泳いでいるのは不気味である。

警戒していると、海を泳いでいた青陸鮫が次々と上陸してきた。

青陸鮫の一匹が勢いよく突っ込んできたので横に回避しつつ大剣を振るう。

が、やじりのように尖った頭に弾かれてしまう。

どうやら頭部だけは異様に発達しており、かなりの防御力を誇っているようだ。

「ところでルードよ」

「なんだ？」

「魔素は使わんのか？」

あっ……すっかりと忘れていた。

新天地の魔物や、砂浜での戦闘に順応するのに夢中で頭から抜けていた。

「やれやれ。魔素の扱いに慣れるには実戦で使っていくのが一番であろうに」

「……ちゃんと使うっつーの」

アルミラに小言を言われながらも俺は大剣に魔素を纏わせる。

魔素の力の発現に青陸鮫たちは驚いた反応を見せるが、阻止しようと猛スピードで這ってくる。

が、地中にある砂が盛り上がって、青陸鮫の手足を絡め取った。

土精霊による援護だ。

エリシアが足止めをしてくれている間に俺は大剣へと魔素を纏わせ、そのまま青陸鮫を斬りつけた。

魔素を纏わせた俺の一撃は青陸鮫の巨体を次々と切断し、地面へ沈めた。

「魔素を纏わせるのが遅いし、まだまだ無駄が多いのぉ」

「ぐっ……」

アルミラの指摘にぐうの音も出ない。

大剣に纏わせるだけで集中する時間が必要になるなんて技として欠陥だ。

これくらいのことは魔物の攻撃を捌きながら、一瞬でやってのけなければいけない。

でないと、戦闘で使えるとは言えないだろう。

「ルードに指導してくれるのはいいけど、あなたも少しは働いたらどうなのよ？　パーティーの一員なんだから面倒くさいとかはなしよ？」

「やれやれ。我も少しは働くとするか」

アルミラが観念したように肩を竦めると、海中から青陸鮫が勢いよく跳躍してきた。

青陸鮫の真っ赤な口内が見え、鋸《のこぎり》のような歯がアルミラの柔肌を貫かんとする。

アルミラはゆったりと振り返ると、拳を勢いよく振りぬいた。

彼女の拳が頬を捉えると、ザクロが潰れたかのように青陸鮫の頭部が吹き飛んだ。

拳の衝撃が風圧となって海面を抉って地表が剝き出しとなる。

数秒ほどすると海面が思い出したかのように元の場所へ戻った。

「ぬおっ！　貴重な食材の一部が吹き飛んでしまった！　かなり加減したというのに！」

魔素を使用した痕跡もない。ただのパンチ。それだけで青陸鮫を倒してしまった。

アルミラの台詞から窺うに、かなり加減しての一撃でこれだ。

本気で打ち込んだらどんな威力になるのやら。

「まあ、この程度の相手であれば、我にかかれば瞬殺じゃ。できれば、魔素は使いたくないのでこんな感じで頼む」

災害竜の実力の一端を垣間見た俺とエリシアは戦慄するのであった。


魔素の使用訓練をしながら青陸鮫と戦うことしばらく。

俺たちは十六体もの青陸鮫を討伐することができた。

とても獰猛で多くの群れで襲いかかってきたが、アルミラが前衛として加入してくれたことにより非常に楽に対処することができた。

討伐規定数は八体なので、その倍ほどの青陸鮫を討伐することができている。

十分な成果と言えるだろう。

「さて、ルード！　この青陸鮫も食べるのであろう？」

「ああ、もちろんだ」

海岸には多くの青陸鮫が横たわっている。

海底迷宮を攻略するには水棲系の魔物スキルを獲得するのが大きな鍵となる。

率先して喰べないとな。

問題はどうやって食べるかだ。

市場で小さな鮫が売られているのは目撃したが、屋台で鮫料理を食べたことはない。

とりあえず、解体しながら考えよう。

解体するのは俺が大剣で頭を刎ねた個体だ。

とりあえず、青陸鮫のヒレを落としていく。

巨体のためヒレのひとつひとつが大きい。これだけ大きいとヒレだけでスープなんかが作れそうだ。

今の俺には調理する知識がないためにマジックバッグに収納しておくことにしよう。

全身のヒレを落とすと、青陸鮫をひっくり返してお腹を開いた。

内臓を取り除く。胃袋の中には大量の魚が入っていたが、消化液などで少々刺激が強い光景なので自粛する。

内臓を除去すると、大きな背骨を引っこ抜く。

大きくて頑強そうな背骨であったが、腹骨がないお陰かすんなりと引き抜くことができた。

思ったよりも骨が柔らかく軟骨のようだ。

この柔らかい骨が地上での柔軟な動きを可能としていたのだろう。

海水で体内をしっかりと洗い流すと、ナイフで身を切り出していく。

少し赤みの入った綺麗なピンク色の身をしている。

これだけ身が大きければ、普通に焼いて食べても美味しそうだ。

「よし、ムニエルにしよう」

青陸鮫に塩、胡椒で味付けをし、軽く小麦粉をまぶしてやる。

味付けが終わると魔道コンロを設置し、フライパンを載せ、バターを落として火にかける。

バターをまんべんなく溶かしたら切り身を入れて焦げないように中火で加熱。

片面がこんがりと焼けたらひっくり返し、蓋をして弱火でじっくりと中まで加熱。

「おお、美味そうな匂いじゃの！」

「もうちょっとで焼き上がるから待っててくれ」

アルミラがフライパンを待ち遠しそうに見つめている中、傍ではエリシアが魔道コンロで別の料理を作っていた。

「……なにしてんだ？」

「私だけ食べられないから鮭のムニエルを作ってるのよ」

だけが強調して聞こえたのは気のせいだろうか。

というか、そっちはそっちで美味しそうだな。

エリシアの作っている料理に気を取られそうになるが、こっちの料理に集中しないとな。

程なくすると、青陸鮫のムニエルが焼き上がった。

磯の匂いとバターの香ばしい匂いが胃袋を刺激した。

お皿を用意すると、青陸鮫のムニエルを載せて、付け合わせの塩揉みした千切りキャベツを盛り付ける。

「もう食べていいか？」

「待て。最後にソースを作る」

このままだと少しだけ味が物足りない気がするからな。

俺はフライパンの油を拭き取り、バターを入れて加熱する。

バターが溶けると、そこに醬油を少し入れ、レモンの搾り汁を入れる。

醬油の香ばしい匂いが立ち上る。

少し煮詰めると特製ソースが完成し、ムニエルに垂らしてやる。

「よし、これで青陸鮫のムニエルの完成だ！」

「わー！　ちょっと待って！　私もそのソース作るから！」

エリシアが俺のソースを真似して作り、鮭のムニエルにかけたところで準備が整う。

「それじゃあ、喰うか！」

「うむ！」

ココヤシの木の傍に腰を下ろすと、俺たちはムニエルを口へ運んだ。

「おお、美味え！」

「身がしっとりして柔らかいの！」

外側はサクッとしており、中にある身は柔らかい。

淡泊で独特な海の風味とクリーミーで香り高いバターと非常に合う。

身も分厚く、まるで海のステーキのようだ。

醤油を利かせたバターソースもいいアクセントになっていた。

「うん。ルードと同じ調理法でやってみたけど、鮭も美味しいわ！」

別の魚をムニエルにしていたエリシアも顔を綻ばせる。

あちらはあちらで美味しそうだ。

「そっちも食べたいのじゃ」

「あなたには青陸鮫があるでしょうに」

他人が美味しそうに食べている姿を見ると、つい食べたくなってしまうものだ。

アルミラがぐっと迫り、エリシアが取られまいとするように皿を遠くへ向けた。

だが、アルミラはへこたれず、最終的にエリシアが折れて食べさせてあげていた。

なんだかんだ仲がいいな。

そんな風に浜辺で和やかに食事をしていると、あっという間に青陸鮫のムニエルを食べ終わった。

「ルード、あれを丸焼きにしてもいいかの？」

俺はそれなりにお腹が膨れたが、アルミラとしては物足りなかったらしい。

大きな身をしているとはいえ、所詮はムニエルだ。

アルミラのお腹を膨らませるにはそれくらい豪快にいった方がいいのかもしれない。

「ちょっと待ってろ。その前に飾り塩してやるよ」

川魚の塩焼きをするように、俺は青陸鮫の全身に塩を振りかけ、ヒレや尻尾に塩を纏わせてやった。

俺が飾り塩をしてやると、アルミラはスーッと息を吸い込み、口から炎を吐きだした。

数秒ほど火炎に包まれると、そこには青陸鮫の丸焼きが出来上がっていた。

「おおおおおおお！　こちらも美味いのじゃ！」

青陸鮫の丸焼きに豪快にかぶりついて満足そうな声を出すアルミラ。

普通の人間にはちょっとできない食べ方であるが、災害竜である彼女なら多少はワイルドな食べ方になっても大丈夫であろう。

「どう？　青陸鮫のスキルは手に入った？」

「ああ、【エラ呼吸】【水圧耐性（小）】【鮫肌】が手に入ったぜ」

【エラ呼吸】があれば、海中でも呼吸ができる。

海中戦闘の安定性が非常に増したと言えるだろう。

「ちなみにエリシアは海中での戦闘はどうするんだ？」

海中で活動をするには、呼吸、水圧、温度といくつかの問題がある。

俺は魔物スキルを獲得すれば、それらを完全に克服することができるが、エリシアはどうやって対処をするのか。

「私は水精霊が保護してくれるから問題ないわ」

聞けば、エリシアの精霊魔法を使えば、呼吸、水圧、体温といった問題をすべて克服できるらしい。

「じゃあ、俺がスキルを獲得する意味ってねえんじゃねえか？」

「他人に付与をすると、それだけ私の負担も増えるのよ。個人で対策できるんだったらそれに越したことはないわ」

「それもそうか」

どうやらエリシアの付与する魔法も攻撃を受けてしまえば解除されたりと、リスクもあるようだ。

「この調子でもう少し水棲系の魔物のスキルを集めたいわ。依頼は終わったけど、もう少し周辺の魔物を狩っていきましょう」

「そうだな」

海中での戦闘、海底迷宮のことを考えると、スキルは少しでも多い方がいい。

アルミラの食事が終わると、より多くのスキルを獲得するために俺たちは島内を歩き回るのだった。

16話 ホタテの出汁ラーメン

青陸鮫の討伐を終えた翌日。

俺たちはエリシアの精霊魔法で再び離れ島にやってきていた。

「昨日で最低限のスキルが揃ったわけだし、今日は海に入ってみましょう」

「おう！」

昨日はあれから青陸鮫の他に海蛙、水蛇、青蠍、磯貝といったいくつかの水棲系の魔物を倒し、喰らったことで【水皮】【潤滑油】【水膜】【水殻】【体温保持】をはじめとするいくつかのスキルを手に入れていた。

今日は獲得したスキルの試運転。

スキルを試しながら海に入り、可能であれば海の魔物も倒してみようというわけだ。

まずは【エラ呼吸】を発動してみる。

少し服を捲ってみると、俺の肩口にエラが出来上がっているではないか。

意識して呼吸をしてみると、ふしゅーふしゅーと呼気のようなものが洩れた。

「ルードの肩にエラができてる！」

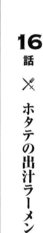

「ひょわっ!?」

興味深そうに覗いていたエリシアがついとエラを触った瞬間、得体の知れない感覚が走った。

「な、なに？」

「なんかくすぐってえ！」

「あ、ごめんなさい。そんなに敏感なところだとは思わなくて……」

俺自身もビックリだ。

身体の重要な呼吸器官となったことで感度が上がったのかもしれない。

まあ、そんな考察は放置して、早速海中に入ってみることにしよう。

俺はスキルを発動させながら海中へとじゃぶじゃぶと入っていく。

冷たい海水がせり上がり、全身が水の中へと浸る。

人間である以上、水中で呼吸などできるわけはないが、【エラ呼吸】のお陰で地上と変わりなく過ごせている。

口や鼻から呼吸をしていないのに、空気を体内に取り込めていることに違和感しかないな。

目を開けていると海水が目に入ってくるので【水膜】を発動させる。

すると、俺の眼球を覆うように水の膜が出来上がった。

よし、これで海水が目に入ることはない。視界もばっちりだ。

「どう？」

「問題なく海中でも息ができるぜ」

「なら問題はないわね」

海面に顔を出して、スキルが問題なく発動していることをエリシアたちに伝える。

エリシアは水精霊を呼び出し、自らの身体を薄い膜のようなもので覆うと、そのまま海の中へと入った。

「それで平気なのか？」

「ええ。呼吸もできるし、服が濡れることもないし、喋ることもできるわね」

攻撃、防御、感知もできれば、こういった補助もできる。つくづくエリシアのユニークスキルはチートだと思う。

ちなみに俺が海中で会話できているのは、【音波感知】を応用して、空気を振動させているからである。スキルを使わないと空気があまり振動せず、くぐもった声しか届かないからな。

互いに様子が問題ないことを確認すると、ジャボーンッと派手に泡を立てながらアルミラが海に入ってきた。

「わははははは！　海の中に入るのは久しぶりじゃ！　気持ちいいの！」

無邪気な声を上げるアルミラ。

その身にはエリシアのように精霊魔法が付与されているわけでもなく、災害竜としての姿を顕現させているわけでもない。生身の少女だった。

「……一応、聞くけど、アルミラは海の中でも平気なんだな？」

「我は災害竜！　呼吸ができないからといって息絶えることもないし、我が龍鱗をもってすれば水圧もののともしないのじゃ！」

　生物としての格があまりにも違い過ぎて、俺とエリシアは突っ込む気にもなれなかった。

「とにかく、アルミラは平気みてえだな」

「ええ。仲間の一人を気にしなくてもいいってだけありがたいわ」

　意識するべきことが減るということは、それだけ他のことに集中できるということだからな。

「とりあえず、進んでみるか」

「ええ」

　全員に異常がないことを確認できたので、俺たちは海の中を進む。

　青い視界の中にはたくさんの魚が泳いでいる。

　市場で見たことのある魚もあれば、まったく見たことのない種類の魚もいる。

　地味な色合いのものから色鮮やかな個体まで様々だ。

　岩礁には海藻が生えており、緩やかな波によって揺れている。

　その海藻の合間を縫うように小さな魚が泳いでいたり、岩の隙間から細長い体をした魚がぬっと顔を出している。

「これが海の景色か」

　長い間、冒険をしてきたが、海中に潜るのは初めてだった。

　こういった秘境を探索するのも冒険者のロマンだと言えるだろう。

「綺麗ね」

「ああ、くじけずに冒険者を続けていてよかったと思うぜ」

ゆっくりとこんな景色を堪能できるのは、紛れもなく魔物スキルのお陰だった。

あの時、奈落で生きることを諦めていなくてよかった。

「ルード！　見ろ！　こっちに大きな貝がたくさんあるのじゃ！」

俺たちが海の景色を堪能している間に、アルミラは視界の彼方に進んでいた。

彼女にはこういった感傷に浸るような趣味はないらしい。

エリシアは魔法を利用してかスーッと水平に移動していく。

俺も地上から歩いて向かうが、海水が重いせいで思うように前に進まない。

泳いでみるとそれなりに前に進むが、ところどころ海水の流れが強いせいかあっさりと流されてしまう。

「ルード？　なにをしておるのじゃ？」

そんな俺の奮戦を見て、アルミラが残念な子でも見るかのような視線を向けてくる。

超人的な肉体を誇る彼女には、人間の不自由さがわからないらしい。

素の状態では二人の移動速度に敵わないことを悟った俺は、ゲルネイプから獲得した【高速遊泳】を発動することにした。

すると、俺の身体はグングンと加速し、エリシアを追い越してアルミラをも追い越してしまう。

「どこに行っておるのじゃ？」

「初めて使うスキルだから加減ができてねえんだ」

ただ軽く泳いでいるだけなのに爆発的な推進力が巻き起こされるのだ。

海中での高速移動に便利だが、少し感覚を摑むのに時間がかかりそうだ。

「で、美味しそうな貝があるのか？」

「見よ！　市場で食べた貝がこんなにもおる！」

「マジか。これ全部ホタテなのか？」

俺たちの目の前にはホタテと思われる貝が大量に落ちていた。

恐らく、千近い数のホタテがいるだろう。

「これだけの数が地面に落ちていると、ほとんどは死んだ個体なんじゃ……生きてるわね」

エリシアがホタテを摘み上げようとすると、跳ねて逃げていく。

どうやら貝殻だけの死骸ではなく、しっかりと中身が詰まっているようだ。

さすがは海。食材の宝庫だ。

「せっかくだしいくつか持って帰るか」

「そうね。干したら栄養価の高い保存食にもなるみたいだし」

これだけの食材を前にして持ち帰らない理由がない。

俺とエリシアはホタテを回収していく。

アルミラも回収を手伝ってくれるが、ちょいちょいとホタテをつまみ食いしていた。

殻のままバリバリと。彼女からすれば、ホタテの殻程度は小気味のいいチップスなのだろうな。

そんな風にホタテを回収していると、俺の前にふよふよと魚がやってきた。

丸っこい体をしており、ヒレも小さくとても可愛らしいな。

なんて微笑ましく思っていると、丸っこい魚の体表から棘が生えてきて、体が急激に膨張し出した。

バルーンニードル
LV28
体力：95
筋力：75
頑強：89
魔力：85
精神：112
俊敏：78
スキル：【棘】【収縮肌】【空気袋】

鑑定してみると、ただの魚じゃなくてバルーンニードルという魔物だ。

慌てて距離を取ろうとするも遅い。

【硬身】を発動させようとすると、それよりも前にバルーンニードルが水球に閉じ込められる。

弾けるような音と共に棘が射出されるが、それらはすべて内部で渦巻く水流によって阻止された。

バルーンニードルは再び体表に棘を装填し、射出しようとするが水流が体に突き刺さって息絶えることになった。

「助かったぜ、エリシア」

「可愛らしい見た目だからって騙されないようにね？　海には私たちの思いもよらない魔物がいるんだから」

海という環境だからといって浮かれていたのかもしれない。

俺はパンパンと頬を叩くと、同じ過ちを繰り返さないために気を引き締めることにした。


胴長海老がこちらに向かって直進してくるので、俺は動きを予想して大剣を振り下ろす。

が、胴長海老は体をくねらせてあっさりと回避した。

攻撃を空振った俺に甲殻から生えた刃が襲いかかる。

俺は慌てて身体を伏せると、刃が頭の上をスッと通り過ぎていった。

互いの距離が離れると、胴長海老がこちらの様子を窺うようにして優雅に泳ぎ回る。

「ちくしょう。水の中だと思うように身体が動かねえな」

まるで百足《むかで》のように体が長いので大剣で捉えることは容易だろうと思っていたが、戦ってみると意外と攻撃が当たらない。というか、胴長海老だけに限らず、海中に棲息している魔物はどの個体も素早く攻撃を当てるのが難しい。

俺は大剣を両手に持ちながらバタ足で海中を進む。

相手からすれば笑えるような動きの遅さだろう。

胴長海老は体をくねらせ、横に大きく広がるように動いた。

細長い胴体の面が大きく露出したのを確信した俺は【高速遊泳】で急加速をし、その推進力の勢いを利用して大剣で胴にある関節を叩き切った。

胴体が真っ二つとなったが下半身がバタバタと動いて力を失う一方、頭部がある方は未だに元気で体をくねらせながら俺を食い殺そうと迫ってくる。

真っ直ぐに突っ込んでくるのであれば対処は簡単だ。

俺は右手をかざして【エアルスラッシュ】を発動。

風の刃が発生し、胴長海老の頭部を引き裂いた。

殻で覆われている胴体と違って頭部はそこまで硬くないのだろう。

海の中なのでスキルは減衰されたが、十分な威力は発揮できたようだ。

胴長海老が動きを止めた隙に、左手で持った大剣で一刀両断。

頭部ごと真っ二つにされると生命力の強い胴長海老もさすがに動くことはできないようだ。

「お疲れ様。海中での戦闘は少し慣れたかしら？」

「少しはな」

まだ海中での戦闘経験は半日なので動きは覚束ないが、少しはマシになってきたと思う。

これよりも前の戦闘では動きの速い水棲系の魔物に翻弄されて、防御することしかできなかったからな。

地上で生活することに特化した人間と、水中で生活することに特化した水棲系の魔物ではスペックが違う。

俺たちは水中では思うように動けないのは当然だ。だからこそ、その差を補うためにスキルや知識、技の駆け引きというものがある。

速度では勝てない分、戦闘経験をたくさん積んでスキルの扱いや、技の駆け引きを磨くしかない。

「あっちの方にまだ魔物がいるな。行ってみようぜ」

「いいえ。今日のところは探索を切り上げましょう」

「もう終わるのか？　早くねえか？」

見上げてみると、太陽はまだまだ高い位置にある。

体内時計による感覚でも昼を過ぎた程度だ。切り上げるには少し早い。

「海中にいるだけで私たちの身体は疲れるものなのよ」

上昇志向の強いエリシアがここまで言うということは、海中に入ることは身体への強い負荷になるのだろう。

「別に我は疲れておらんが、お腹は空いたの」

「……わかった」

アルミラからの異論もない。

今日はあくまでスキルの試運転というつもりだったし、この辺りで引き上げることにしよう。

エリシアの助言を受けて、俺たちは離れ島へと戻る。

「うお!?　身体が重てえ!」

海中から浜辺に上がった途端、身体が鉛のように重くなり、強い疲労感が押し寄せた。

「スキルの恩恵があるとはいえ、海の中にいるだけで身体は疲労するものだから」

「エリシアの言う通り、早めに切り上げて正解だったぜ」

海の中で疲労を知覚してからでは遅いんだな。

地上のように身動きが取れない以上、海での体力管理は今まで以上に気を付けなければいけないな。

「ルード!　腹が減ったのじゃ!」

「そうだな。飯にするか」

どうせ身体が重くてすぐに動けないし、ここで食事でもして体力を回復させることにしよう。

手に入れた魔物食材はバルーンニードル、胴長海老。普通の食材はホタテや海藻類だ。

バルーンニードルは、どうやって食べたらいいかわからない。

市場に類似している魚を見つけて参考にするか、バートにでも尋ねてみることにしよう。

「胴長海老は網焼きにしちまうか」

浜辺に火を用意すると、その上に大きな網を置いて胴長海老を載せる。

大きすぎて入らないので胴体を分割しつつ焼くことにする。

「そっちの火の管理は任せたぜ？」

「任せるのじゃ！」

胴長海老の火の管理をアルミラに任せている間に海底で収穫したホタテを開いていく——のだが、処理の仕方がわからない。

「ホタテは殻に沿うようにヘラを入れて、貝柱を外すと自然に開くわよ」

「おお、なるほど」

エリシアが手本を見せてくれたので真似をして、殻にヘラを入れてみるとパカッと貝殻が開いた。

付着している貝殻にヘラを差し込むと、ぷるんとした大きな身が取れた。

「あとは貝柱とヒモと内臓を手で取って、ウロの部分は捨てるって感じ。ヒモにはぬめりがあるから塩で揉めば取れる……そんな処理の仕方だったはず」

若干語尾が不穏なのは調理したのが、かなり前だからだろう。

とはいえ、下処理の仕方を教えてくれるのはとてもありがたい。

こういった微妙な下ごしらえの差で完成品にすごく差が出るからな。

「いくつかはバターとニンニクで焼いてもいい？」

「頼む」

「そっちは醤油で焼くの？」

「そういうのは屋台で見たから別のにするぜ」

魔道コンロを用意すると、鍋の中に水を入れて、ホタテの稚貝を入れて口が開くまで加熱。

じっくりと加熱するとホタテの出汁が出てくる。

口が開いたら稚貝を一度取り出し、スープを布で濾して細かい貝の破片などを落とす。

鍋に濾したスープと稚貝を戻すと、酒、醬油、塩を入れてもうひと煮立ち。

スープが白濁してきたらお玉で軽く味見をしてみる。

「いい味だ」

ホタテの濃い出汁が出ている。

薄ければ屋台で買った魚出汁を入れようと思ったが、その必要はなさそうだ。

ホタテの貝柱と塩揉みしたヒモを入れ、香辛料で味を調え、乾燥麺を投入。

「できたぜ！」

それぞれの器にスープと麺を入れ、最後にネギと海藻を散らすと完成だ。

「うわあ、ホタテの出汁ラーメンね！　すごく美味しそう！」

「そっちはできたか？」

「ええ、ホタテとアスパラガスとキノコのバターニンニク炒めよ」

エリシアが焼き上げた食材をお皿に盛り付けた。

ホタテとニンニクの香ばしい匂いが漂ってくる。

色彩も豊かでそちらも美味しそうだ。

「胴長海老はどうだ？」

「待て。もう少しじゃ」

網の上で真っ赤になった胴長海老が香ばしい匂いを放っていた。

アルミラは真剣な表情で胴長海老をひっくり返していた。

知識がないために調理を手伝ってくれることは少ないが、火加減には拘りがあるようだ。

「よし、こちらも焼き上がったのじゃ！」

少し待っていると、アルミラの納得のいく焼き加減のものができたらしい。

俺たちの前に丸焼きとなった胴長海老が並んだ。

「よし、そんじゃ食うか！」

「うむ！」

空腹だった俺たちはすぐに食べることにした。

まずはホタテの出汁ラーメンからだ。

フォークに麺を巻き付けると、ふんわりと湯気が上がった。

香りを堪能しながら息を吹きかけて食べる。

「うおおお！　美味え！」

滑らかなスープがもっちりとした麺に絡んでいて美味しい。

スープ全体にホタテの旨みがしっかりと染み込んでおり、するりと喉の奥へと落ちていく。

「ホタテの出汁がよく染み込んでいるわ！」

「この細長い麺という奴は初めて食べたが、つるつるして美味いのじゃ！」

エリシアが上品に麺をすすり、アルミラがやや不器用な音を立てて麺をすする。

アルミラの麺のすすり方がちょっと変なのはご愛嬌だろう。

海の中にいても汗はかいていたのか、スープの塩気が美味しい。

失われた塩分が補給されて身体が喜んでいる。

ホタテの貝柱は煮込まれたことで少し縮まっていたが、旨みがギュッと詰まっておりこれはこれで美味しい。塩揉みしたヒモもクニュクニュとした独特の食感だったものの、貝柱とは違った旨みがある。

ただの海藻でも出汁を吸っていると美味しいものだ。

スープまでしっかりと飲み干すと、お次はエリシアの作ってくれたバターニンニク炒めを食べる。

こんがりと焼き色のついたホタテはとても柔らかい。

加熱されたことによってホタテの甘みと旨みが強くなっており、力強いバターとニンニクの風味に負けない味わいとなっている。

一緒に炒められたアスパラガスは甘くほろ苦く、キノコはホタテやニンニクの香りをしっかりと吸っていた。

「さて、お次はメインの胴長海老だな」

炒め物を堪能すると、最後はアルミラが焼いてくれた胴長海老の丸焼き。

生半可な一撃を跳ね返す甲殻は、死亡し、火を通されることによって柔らかくなっていた。

まだ熱がこもっているが【火耐性】スキルがあるので素手で触っても平気だ。

連結されている胴体を捻るように回すと、中から真っ白な身が露出した。

湯気が立ち上る白い身を豪快に頬張る。

「うおおおお！　美味え！」

屋台で海老を食べたことはあるが、その何十倍もの美味さを誇る代物だった。

普通の海老は身がふっくらとしているのだが、胴長海老の身は引き締まっていて弾力がある。むっちりとしていてとても噛み応えがあるのだ。これはきっと海の中で柔軟な動きができるように発達したお陰だろう。

「ぷりっぷりじゃのぉ！」

「それにすげえ濃厚な旨みだ！」

肉厚な白い身からはジューシーな旨みがにじみ出る。舌の上で濃厚な甘みが残り、喉を通り過ぎても味の余韻が残っているようだった。

身がなくなればまた胴体を捻って、露出した身を食べる。

またなくなれば次の胴体を捻って食べる。

長い胴体が連結しているために次々と食べ続けられるのがいい。

戦闘中はこの胴体のせいで惑わされることが多かったが、今はぎっしりと詰まった美味しい身を味わえるので感謝しているくらいだ。

アルミラは途中で胴体を捻るのが面倒になったのか、殻ごと豪快にバリバリと食べている。

俺も試しに殻ごと食べてみると、パリパリッとした食感が追加されて面白かった。

「魔物の甲殻でしょ？　硬くないの？」

「もう死んでるし、加熱されてるからな。柔らかいぜ」

バリバリと殻さえ食べるアルミラと俺を見て、エリシアはちょっと引いていた。

小さな海老ならともかく、これだけ大きな海老、しかも魔物の甲殻となると普通は食えないからな。俺たちのような強靱な歯がないと無理だろう。もっとも普通の人間は魔物の甲殻なんて食べようと思わないが。

広大な海を眺めながら食べる料理は美味しいな。

料理を食べ終わった後も俺とエリシアはのんびりと海を眺めた。

17話　飲み比べ

しばしの休憩を挟んだ俺たちはイスキアの冒険者ギルドに向かった。

依頼を受けていないのに何故ギルドに寄るのかというと、別に依頼を受注していなくても討伐した魔物の証明素材や魔石を提出すれば、功績として認められるからだ。

フロアに入ると、酒場の方がやけに賑わっている。

どうやら冒険者たちが酒盛りをしているらしい。

まだ夕方で深酒をするには早いのだが、冒険者にそんな概念はない。

いつものことだ。

騒がしくする冒険者たちを横目に俺たちは受付嬢のいるカウンターに向かう。

海蛙、水蛇、胴長海老の素材や魔石を提出。

「よし、エリシア、アルミラ、宿に戻るぞ――」

「乾杯！」

「乾杯なのじゃああ！」

報酬金を貰ったので宿に戻ろうとすると、後ろにいたはずのエリシアとアルミラが酒盛りに加わっていた。

「って、おいおい！　帰るんじゃねえのか？」

「まあまあ、固いことは言うなよ？　依頼はもう終わったんだろ？　お前も呑めよ！」

思わず突っ込みを入れると、すぐ傍にいた赤髪の冒険者が慣れ慣れしく絡んでくる。

既にかなりのお酒が入っているのか頬は赤く染まり、息が酒臭い。

「いや、俺はこういうのはいい」

「なんだ？　お前、その顔で酒が呑めねえのか？」

その顔でっていうのは余計だ。

「いや、別に呑めねえわけじゃねえよ。ただ俺はあんまり酔わない質《たち》だから、こういう酒盛りは苦手でな」

別に大勢で呑むのが嫌いってわけじゃない。ただこういう派手な呑みになると、ほとんどの奴がお酒で酔いつぶれる。

しかし、俺は【状態異常無効化】があるためにお酒で酔うことはない。

酔っぱらいを素面《しらふ》で相手することのきつさといったら筆舌に尽くしがたい。

だから、こういう呑みには参加しないのがいい。

「ほう、言うじゃねえか！　だったら俺と呑み比べで勝負しようぜ！」

「は？」

目の前の男は俺の断りの言葉を挑発と受け取ってしまったようだ。

「おっ！　アランが呑み比べをするみてえだぜ！」

「相手は最近きたばっかりのよそ者だって？　こりゃ見物だ！」

「酒だ！　酒を持ってってやれ！」

呑み比べと聞いて、周囲にいた冒険者たちがはやし立て、酒の詰まった樽や酒杯をドンドンと持ってくる。

「酒の強さには自信があるんだろ？　俺と勝負しろや！」

「いや、強いというより無効化されるから効かないんだが――」

「ごちゃごちゃ言ってねえで杯を持て！」

ユニークスキルのことを伝えようとするが、赤髪の男はすっかりとやる気満々のようだ。

「アランとよそ者が呑み比べをするみたいだぜ！」

「アランに銀貨一枚！」

「俺はよそ者に銀貨一枚だ！」

後方では冒険者たちが俺たちの勝敗をかけて賭けを始めている。

俺はまだ受けて立つとも言っていないのに。さすがは冒険者節操がない。

「私はルードに金貨五枚を賭けるわ！」

次々と冒険者がお金をベットする中、周囲より大きな声を上げてベットする者がいた。

その金額の多さに思わず冒険者たちが静まり、振り返る。

こういった催しに賭けるのは精々が銅貨で多くても銀貨だ。

それなのに金貨五枚なんて馬鹿げた金額をベットしたのはエリシアだった。

……あいつは俺のユニークスキルのことを知っているからな。

「ちょ、ちょっとあなた正気!?　そんな大金、お遊びじゃ済まないわよ？」

アランの仲間だろうか？　魔法使いらしき女性がエリシアをたしなめる。

「あら？　あなたはパーティー仲間のことを信じていないの？」

「そ、そんなことはないわ！　そんな老け顔の冒険者よりも、アランの方がかっこいいし、呑み比べだって勝つって信じてる！」

アランの仲間が力強く金貨をテーブルに叩きつけた。

その気概は認めるが俺を罵倒する意味はあったのだろうか？

「じゃあ、私は金貨二十枚」

「あたしも！」

女性同士の白熱した気迫と金額に酒場が異様な熱気に包まれる。

こんな雰囲気で断ろうものならば大きな顰蹙《ひんしゅく》を買うことになるだろう。

「しょうがねえな。負けても後で文句を言うなよ？」

「ああ、冒険者アランの名にかけて文句はつけないと約束しよう」

よし、言質は取った。

これでユニークスキルのことがわかっても文句はつけられない。

冒険者は面子が命だからな。

アランに押し付けられた酒杯を受け取ると、冒険者たちの沸き立つ声が上がった。

「まずはイスキアエールで乾杯といこうじゃないか！」

酒杯を見ると、真っ黒なエールで満たされている。

鼻をスンスンとしてみると焦げた風味と香ばしい麦の匂いがした。

「度数が高いな」

「イスキアエールは度数が三十％を超えているからな。まさか、この程度の度数で怖気づかないだろうな？」

「問題ねえ」

俺にとって度数など無意味だからな。

アランと酒杯をぶつけ合うと、俺は一気にイスキアエールをあおった。

「香り豊かで味わい深いな」

焙煎した麦芽の苦みが押し寄せ、クリームのような滑らかな泡が後から広がった。

見た目の通りどっしりとした味わいだ。

そして、なにより酒精が強い。

お酒が強くない者であれば、一気呑みなんて不可能だ。

荒くれ者の冒険者好みの味と言えるだろう。

「そうこなくちゃな」

俺の呑みっぷりを見て、アランは不敵な笑みを浮かべるとイスキアエールを喉に流し込んだ。

アランは美味そうにエールを呑み干すと、テーブルに叩きつけるようにして置いた。

「おら！　次持ってこい！」

あれだけの度数のものを一気に呑んだのに顔色に変化はない。

呑み比べを挑んでくるだけあってお酒に強いようだ。

すぐに俺たちの酒杯にイスキアエールが注がれる。

俺はグビグビとエールを呑むと、アランも負けじと喉を鳴らした。

俺たちの対決をエリシアがニヤニヤとしながら見ており、アランの仲間が必死に応援の声を送っている。

とんだ茶番だ。いくらお酒に強いといっても人間である以上は限界があるものだ。しかし、俺はユニークスキルのお陰で限界がない。

酒が強い弱いといった次元の話ではないのだ。

アランがあまり無理しないことを願いながら俺はイスキアエールを楽しんだ。

酒杯を重ね続けること小一時間。

俺の目の前にいる冒険者は顔だけでなく耳まで真っ赤に染めており、テーブル代わりとなっている樽に体重を預けないと立っていられない様子になっていた。

無理もない。あれだけ度数の高いエールを二十杯も呑んでいるのだ。

ドワーフでもない限り、お酒を呑めば誰だってこうなってしまうだろう。

次の酒杯を取りに行こうとしたアランが身体をふらつかせて、近くのテーブルへと突っ込む。

「きゃー！　アラン!?」

「ぎゃはははは！　アランが突っ込んだぞ！」

仲間の魔法使いが悲鳴を上げる中、周囲にいる冒険者たちはゲラゲラと笑い声を上げていた。アルミラは料理に夢中で気にしていないが、エリシアはアランの痴態を見て大爆笑である。

「おい、そのくらいにしておけよ」

見ていられなかったので近寄って手を伸ばすが、アランはむっとした表情を浮かべて手をはねのけた。

「にゃにを言っている！　おれぁ、まだまだ呑める！」

ろれつが回っていない中、アランはむくりと起き上がった。

負けず嫌いなのか、それとも勝負を吹っ掛けたこともあって自分から降りるのはプライドが許さないのか。とにかく、アランは降参する気がないらしい。

千鳥足になりながらも彼は樽からイスキアエールを酒杯に注ぎ、お前の分とばかりに渡してくる。

俺はそれを一気にあおり、負けじとアランもあおる。

が、さすがにこれ以上は呑めないのか杯の半分も減っていない。

アランの額から異様な汗が流れ、呼吸が乱れ始める。明らかに泥酔の症状だ。

そんなアランに対し、俺の様子はまったく変わることがない。

「おいおい、よそ者の奴あれだけ呑んでるのに顔色一つ変わらねえぞ？」

「イスキアエールを二十杯以上だぞ？　普通の人間なら酔うか、とっくにぶっ倒れてるっつうの」

「なんであんなに平気なんだ？」

そんな俺の様子に気付いたのか周囲にいた冒険者たちが怪訝な顔をする。

なにせ【状態異常無効化】によって泥酔は無効化される。だから、どれだけ呑もうと俺が酔うことはない。一杯目と変わらぬペースで呑み続けることができる。

「さすがに同じ酒ばっかりじゃ飽きたな。そっちにある酒をくれ」

イスキアエールは確かに美味しいが、二十杯以上も呑んでいるとさすがに飽きる。

別のお酒を呑んでみたくなった俺はカウンターの近くにある樽の酒をすくって呑んだ。

「こっちの果実酒も美味いな」

フルーティーな甘みが含まれており、スッキリとした味わいだ。

イスキアエールよりも酒精を強く感じるが、軽い口当たりなのでゴクゴクと呑めてしまうな。

「お、酒のつまみもあるじゃねえか」

樽の傍には紫色の丸い木の実が置いてある。なにかの果物かオリーブのようなものだろうか。ずっと呑みっぱなしでお腹が空いていたので俺は遠慮なく口にする。

「あんたなにやってんだ!?」

すると、近くにいた冒険者が大きな声を上げた。

「売り物じゃなかったか？」

「そうじゃねえ！　アルコーの実をそのまま食うなんて死にたいのか!?」

俺が木の実を食ったことが信じられないのか冒険者が目を剝いていた。

周囲にいた冒険者も信じられないようなものを見る目を俺に向けている。

もしかして、毒が入っているのか？　いや、仮に毒だとしても俺には【状態異常無効化】があるから平気なのだが。

「というか、これ美味いな！」

「ああ！　また食いやがった！」

ややとろみがあって濃厚な果汁の味がする。甘さと酒精がいい感じに絡み合っており、とても美味しい。酒にも合う。

「……王蛇だ」

確か一部の地方では大酒吞みをそんな風に形容するんだっけか。

さっきまであれほど騒がしかったのに急に静かになられると困る。

「なんでただ木の実を食ってるだけでそうなるんだよ？」

「ルード。その実は一粒の果汁を搾って樽いっぱいの水の中に溶かしてようやく吞めるものなの」

怪訝な表情を浮かべると、エリシアが苦笑しながら教えてくれる。

「ってことは、それほどに酒精が強いのか？」

「ええ、実を直接食べるなんてドワーフでも無理ね」

このアルコーの実というのは、それほどまでに強い酒精を含んでいるらしい。

「美味そうじゃないか。それを俺にもくれ」

エリシアの話を聞いていると、アランがカウンターにやってきてアルコーの実をパクリと口にした。

次の瞬間、アランがバタンと仰向けに倒れた。

「アラーンッ!?」

魔法使いの女がつんざくような悲鳴を上げて、慌てて駆け寄る。

女がアランの身体を揺するが反応はない。ぐったりと手足を広げており、口からブクブクと泡を噴き、身体を痙攣させている。

「ほら、こんな風にね」

「……マジでやばい木の実だったんだな」

普通の人が実際に口にすれば、どうなってしまうかはアランが身をもって教えてくれた。

そんなにも酒精の強い実をパクパクと食べていたら、そりゃ冒険者たちもドン引きするよな。

酒場が異様な空気に包まれたことを察知したのか、ギルド職員が駆け寄ってアランの容体を確認し始める。

「……かなり危険な状態です」

「そ、そんな!?」

イスキアエールを呑んでいた時点でかなり限界だったのだ。

そこにさらにアルコーの実を食べてしまえば、昏睡状態になり、そのまま死んでしまってもおかしくない。

「なんとかならねえのか？」

「泥酔に関しては治癒魔法も効かないからね。神殿にいる高位の神官や聖女ともなれば、可能かもしれないけど」

イスキアに神殿はないし、あったとしてもそのような高位の人がすぐに駆けつけてくれるわけもない。

それがわかっているのか周囲にいる冒険者も憐れむような表情をしている。

「自業自得じゃな。引き際を判断できない者はそのうちどこかで命を落とす。お主と呑み比べをしなくとも、この男は早死にする未来だったじゃろう」

骨付き肉を食べながらアルミラがそう冷徹に判断する。

強引に呑み比べに挑み、俺の忠告を何度も無視して無理をした上に、勝手にアルコーの実を食べたのだ。完全に自業自得と言えるだろう。

しかし、たとえそうであっても俺と呑み比べをして死なれでもしたら寝覚めが悪くて仕方がない。

俺はため息を吐いて、倒れているアランに近寄る。

「ちょっと退いてくれ」

「な、なにをするって言うのよ！」

涙でぐしょぐしょになっている魔法使いの女を無視し、俺はアランに触れて【肩代わり】を発動。

彼の泥酔状態がこちらに移り、俺の【状態異常無効化】がそれを無効化した。

アランの顔色が目に見えてよくなり、発汗はなくなり、呼吸も安定したものになった。

「アランさんの容体が回復しました！」

「ええ!?　本当に!?　あ、あなたがやったの？」

「スキルを使った。詮索はなしで頼む」

身体への強い負担は残っていると思うが、水でも飲ませてゆっくりさせればすぐに回復はするはずだ。

「さすがに帰るか」

アランが倒れてしまったせいでギルドが変な雰囲気になってしまった。

さすがにこのまま酒場で呑み続ける度胸もない。

「そうね。ルードのお陰でたくさん儲けさせてもらったし」

たくさんの金貨と銀貨が詰まった革袋を手にしてご満悦の笑みを浮かべるエリシア。

俺を使ってかなり儲けたようだ。

じっとりとした視線を送ると、エリシアがビクッと身体を震わせる。

「さすがに全部私のものにはしないわよ？　これはパーティーのお金なんだから」

「ならいい。南風亭で仕切り直しにしようぜ。俺は腹が減った」

酒ばっかり呑んでいたせいでロクに食べていない。お腹が空いてしょうがなかった。

「そうじゃな。ギルドの料理は量が多いが、味はいまいちじゃし」

アルミラもギルドの料理には飽きていたのか素直に俺たちについてくる。

ギルドを出た俺たちは、速やかに南風亭に向かうのだった。


翌朝。ギルドに顔を出すと、冒険者たちが一斉に視線を向けてくる。

「……王蛇だ」

「昨夜、アルコーの実を平気で食ってたルードって奴か」

「アルコーの実を!? マジかよ。とんでもねえな」

昨日の呑み比べの噂を知ってか、冒険者たちが畏怖の視線を向けてくる。

「よかったじゃない、ルード。イスキア支部でも名が売れたわ」

「酒の強さで一目置かれてもなにも嬉しくねえ」

酒が強いんじゃなく、効果がないんだから猶更だ。

「すまない。ちょっといいだろうか?」

エリシアにからかわれながら掲示板を見に行くと、俺たちの前にやってくる男がいた。

赤髪に翡翠色の瞳をした剣士は、昨夜俺と呑み比べをした冒険者のアランだった。

昨夜は昏睡状態に陥りかけていたが、俺のスキルのお陰もあってかすっかり回復したらしい。

後ろには仲間の魔法使いの女がおり、その後ろには別の黒髪の女性と、青色の髪をしたヒーラーらしき女性がいる。いずれもアランたちの仲間だろう。

「……何の用だ？」

「昨夜はハメを外して危なくなったところを助けてくれたと聞いた。本当に感謝する」

少し警戒しながら尋ねると、アランがこちらに向かって深く頭を下げた。

「あたしからもアランを助けてくれて感謝するわ。あ、ありがとう」

アランだけじゃなく、昨夜酒場にいた魔法使いの女や残りのパーティーメンバーも頭を下げてくる。

「んん？　文句やいちゃもんじゃなく礼を言いにきたのか？」

昨夜の件で文句を言われると思っていただけに思わず戸惑う。

「命の恩人に礼をこそ言えど、文句を言いはしないさ！　それに呑み比べに負けても文句は言わないと誓ったからな！」

「そ、そうか。ならいいんだが……」

「というか、性格が変わり過ぎじゃない？」

エリシアの突っ込みに深く同意する。

昨日はもっと横柄な態度で言葉遣いも荒かったのだが、今のアランはどこからどう見ても好青年だ。知らない冒険者に絡んだり、呑み比べを挑んだりしてくるようには見えない。

「すまない。お酒を呑むとああなってしまうんだ」

どうやらお酒に酔うと、性格が荒々しくなるタイプのようだ。

「酒を呑むのは止めたらどうだ？」

「それは御免だ。と言いたいところだけど、昨夜は危うく死ぬところだったからね。しばらくは控えようと思うよ」

「アランさんの酒癖の悪さは欠点だ。これを機に改めるといい」

「次に倒れてもヒールはかけてあげませんからね？」

黒髪の剣士と青髪のヒーラーが忠告の声を上げた。

アランの酒癖の悪さは昔からのようだ。

「よかったら。あっちで少し話さないかい？」

「そうだな」

いつまでも掲示板の前に大人数が立っていたら邪魔なので、俺たちはテーブルの方へと移動する。

「こんな形になったが改めて自己紹介をさせてくれ。俺はアランだ」

「俺はルードだ」

俺たちが自己紹介をすると、アランのパーティー仲間が軽く自己紹介をし、エリシアとアルミラも名乗る。

あちらは魔法使いがヘレナ。黒髪の剣士がリン、青髪のヒーラーがプリシラというようだ。

「お酒の強さには自信があったんだけど、ルードには完敗したよ。なんでもアルコーの実を食べても平気だったらしいじゃないか」

「まあな」

「あれを直接食べられるなんて人間じゃないよ。どんな身体をしてるんだい？」

あれだけのお酒の強さを見せつけられれば、アランとしても気になるだろう。

非常に言いづらいカラクリなのだが、別に俺のユニークスキルなんて少し調べればわかることだ。

「……俺には【状態異常無効化】ってユニークスキルがある。だから、酒で酔うことはねえんだ」

「はぁ!?　なにそれ！　インチキじゃない！」

仕掛けを伝えると、ヘレナがテーブルを叩いて立ち上がる。

「よせ、ヘレナ」

「だけど、こんなのズルよ！」

「ルードのことをロクに調べずに強引に誘った俺が悪いんだよ。それに勝敗に関しては文句を言わない約束だ」

「覚えてくれていて助かる」

こういう面倒事にならないために念を入れて言質を取っておいたんだからな。

「ってことは仲間のあなたも知っていたわね!?」

「ええ。お陰様で昨夜はたんまりと稼がせてもらったわ」

じゃりじゃりと残っている金貨や銀貨を見せつけるエリシア。

まんまとしてやられたヘレナは悔しそうな声を上げる。

そんな大人気ない行いをしているエリシアの元に酒場の店主とギルド職員がやってくる。

「お話中のところ申し訳ありません。エリシアさん、少しよろしいでしょうか？」

「なにかしら？」

「昨夜、アルミラさんが飲み食いした分の代金を支払ってもらっていなくてですね」

「そう言われれば、代金を払ってなかったのじゃ」

アルミラがふと思い出したかのように告げる。

ギルドを出る前に山盛りになっている食器を目にしたが、やっぱり代金を支払っていなかったらしい。

「げっ！　……ちなみにそれっておいくらかしら？」

「食べた量が量でしたので十八万レギンほど頂ければと……」

一食の食事代金とは思えない請求額だが、アルミラの食欲であればそれくらいいっていてもおかしくはない。

エリシアは顔を真っ青にして賭けで儲けた革袋をひっくり返す。

「あっ！　ちょうど十八万レギンほどありますね！　では、こちらは徴収させていただきます」

ギルド職員が素早く金貨十八枚を回収し、酒場の店主へと渡した。

酒場の店主は枚数があることを確認すると、満足そうに頷き、ギルド職員と共に去っていった。

残ったのは銅貨三枚ほど。

昨夜、南風亭で豪遊したこともあって賭けで儲けたお金はすっからかんだった。

「ざまあないわね！」

「……うるさい」

今度はヘレナが煽り、エリシアがキレる。

よくわからないが、そこで喧嘩をしないでほしい。

「それにしてもユニークスキルとはやられた。そもそも勝負にすらなってなかったってことか」

明確な敗因を知ったアランは怒るでもなく、晴れ晴れとした顔をして笑っていた。

本当に酒が入らなければできた人間のようだ。

「俺の泥酔を治してくれたのもユニークスキルの応用ってことか」

実際には違うのだが、特に肯定も否定もしない。

冒険者のスキルは、それぞれの切り札だ。

ちょっと気が合った程度でペラペラ話すものではない。

「まあ、アランが無事ならよかった。倒れたばかりだし、あまり無理はするなよ」

「ちょっと待ってくれ。ルードのユニークスキルを見込んで頼みたいことがあるんだ」

無事に和解もできたし、そろそろ切り上げようとしたのだがアランが引き止めてくる。

「……頼みたいことってなんだ？」

「実は今、シェルパという魔物の討伐依頼を受けているんだけど、それに難航していてね。ルードたちにも手伝ってほしいんだ」

「そのシェルパっていうのは、そんなにも強い魔物なのか？」

「いや、シェルパは強い範囲攻撃を誇っているものの動きは鈍重だし、時間をかければ確実に倒すことができる。問題なのはシェルパと常に行動を共にしている人魚竜なんだ」

「人魚竜？」

「竜とはいっても、陸地でも行動ができる大きな蛇みたいなものさ。厄介なのはこの人魚竜が人を眠らせる歌を歌うことなんだ」

「なるほど。人魚族と似たような能力を持っているってわけね」

人魚族というのは、上半身が女性の身体をし、下半身が魚の身体を持つという種族だ。

美しい声で船乗りを魅了し、歌声で幻覚を見せたり、眠らせたりするなどの能力を所有している。

「いくら実力があっても、強制的に眠らされてはどうしようもないからね」

「それで睡眠状態を無効化できる俺の力を借りたいってわけか」

睡眠状態に関してはスキルや魔道具、魔法で対策はできるけど、人魚竜の状態異常に確実に抵抗できるとは限らない。完全に無効化できる俺を保険として確保しておきたいのだろう。

アランが俺たちに声をかけた理由も、協力を要請する理由もわかった。

「アランたちのランクはいくつなんだ？」

「Cランクさ」

ランクも今の俺たちよりも一つ上らしい。

「ちなみにシェルパの討伐依頼はDランクだけど、人魚竜の出現を加味してCランクに格上げされているね。人魚竜を撃退もしくは、討伐で報酬金は追加される」

「報酬の分配については？」

「基本的に山分けだけど、今回はルードたちに手伝ってもらうわけだし、欲しい素材があれば優先して譲るよ。ただシェルパの水核だけは譲ってほしい」

「シェルパの水核？　そんなに特別な素材なのか？」

「プリシラの杖を新調しようと思ってね。そのために必要な素材なんだ」

アランが説明すると、プリシラが恐縮そうに頭を軽く下げる。

「ああ、そういうことか」

ヒーラーと聞いていたが、水魔法も扱えるようだ。

シェルパの水核は水魔法を制御するのにとても役立つらしい。

その後もエリシアが詳しい報酬内容などアランに尋ねていく。

「……どうかな？」

細かい説明を終えると、アランが改めて尋ねてくる。

「条件におかしなところはないし、受けていいと思うわ」

「我は美味い料理が食べられるのであればなんでもよい」

エリシアがこくりと頷き、アルミラは興味なさそうに欠伸をしながら言った。

報酬金額も悪くないし、アランたちと協力することでイスキア支部でも上のランクの依頼を受けることができる。こちらにとっても悪い話ではないな。

「わかった。その依頼に協力するぜ」

「ありがとう。助かるよ」

アランが右手を差し出してくるので俺も右手を出して握り込む。

アランたちがいるので魔物スキルや魔素の使用はできないが、そこはエーベルトの時のようにバレないように上手くやればいい。


アランたちと討伐依頼を受けることになった俺たちは、シェルパが棲息している東の離れ島へと向かうことに。

「俺たちも船に乗せてもらってもいいのか？」

「ああ、一緒に協力するパーティーだからね。もちろん、費用は俺たちが持つよ」

ギルドの傍にある港にはギルドの紋章がついた中型船が停まっている。

どうやらギルドと契約している中型船を貸し出してもらったようだ。

「随分と羽振りがいいわね？」

「依頼を手伝ってもらう立場だからね。それに命を救ってもらったお礼もあるし」

とはいうものの、中型船を貸し出してもらうにはそれなりの金額が必要になる。

依頼を達成すれば赤字にはならないものの、失敗すれば大赤字だ。それに成功したとしても実入りはかなり少なくなってしまう。

「懐に余裕があるのか、それともいいところの生まれなのかも……」

俺たちと同じでランク以上に実力があるのか、あるいは彼女が推測するような高貴な身分の生まれなのか。まあ、それに関してはどうでもいいことだろう。

アランたちに続いて俺たちも乗船する。

全員が船に乗り込むと、アランが船乗りに声をかけて船は出発した。

「おお、こっちの船の方が速いな」

「この船には魔道具が搭載されているからね。乗り合いの船とは比べるまでもないよ」

船尾を確認してみると、スクリューが回転し、力強い推進力を生み出しているようだった。

お陰で風がなくても船は進むし、波による揺れも少ない。

これなら船に弱い者でも吐くことはなさそうだ。

「……うっぷ」

と思ったら一人だけ顔を真っ青にしている者がいた。

黒髪を後頭部に束ねたアランのパーティーの剣士だ。

「リンさん、大丈夫ですか？」

「こ、これくらいの揺れはどうということもない」

強気な台詞を吐いているものの船に弱いのは明らかだ。

彼女はプリシラに介抱され、長イスに腰掛けた。

「ごめんね。リンは船に弱くて」

「おお、気にしないでくれ」

この程度の揺れでも酔ってしまうほどに弱いんだな。

最悪吐くことになっても海に出してくれればいいし、乗り合い船みたいに密室ということでもない。あの時のような大惨事になることはないだろう。

それよりも心配なのは魔物との戦闘なのだが……。

「前方から魚の群れがやってくるわ！　多分、魔物ね」

なんて心配しているとエリシアがそんな声を上げた。

【遠見】で前方を見てみると、海面を跳躍してやってくる銀の魚の群れが見えた。

ソードフィッシュ
LV36
体力：58
筋力：121
頑強：62
魔力：45
精神：34
俊敏：138
スキル：【海面跳躍】【シャープ】

鑑定してみると、ステータスが筋力と俊敏に偏っていた。

鋭い剣のような嘴《くちばし》をしていることから、高速で獲物に接近して貫いてくるタイプだろう。

「ソードフィッシュだ！　全員戦闘態勢に入ってくれ！」

アランが声を張り上げるよりも前に全員が臨戦態勢に入っていた。

「あんなに遠くにいるのによく気付いたわね？」

「精霊が教えてくれたのよ」

ヘレナの問いにあっさりと答えるエリシア。

エリシアさんは精霊魔法が使えるからね。海でも魔物を感知できるなんて頼もしいよ」

「そうか。エリシアは元Sランク冒険者だけあって、ユニークスキルについては広く知られている。

今更隠す意味もないということだろう。

アランが船乗りに指示を出して進路を変更するが、ソードフィッシュの群れも軌道を変えてやってくる。ぶつかり合うのは避けられないようだ。

「私が船を守る壁を生成します！」

プリシラが光魔法を発動して、船の全面に光の壁を張り出した。

「じゃあ、俺たちは軌道を変えてきた個体に対処だ」

「ええ。わかったわ」

「あ、ああ」

アランの指示にエリシアと俺は頷く。

「エリシアならば簡単に対処できるんじゃねえか？」

エリシアの精霊魔法を使えば、風で船を覆ってソードフィッシュを追い払うくらいは余裕できそうだ。

「ええ、簡単ね。でも、それじゃあ、彼らの力量がわからないから」

「なるほど。アランたちの実力を見るためか」

「もっとも、それは彼らも同じかもしれないけどね」

共同で魔物を討伐するんだ。本番で実力を確かめるより、その前に確かめておく方がスムーズで安心できるだろう。仮に意図的であっても不快に思うことはない。

「くるぞ！」

俺たちの船の正面に回り込んだソードフィッシュの群れが海面を跳躍しながら突撃してきた。その突進の大半はプリシラの生成した光の壁に阻まれ、突き刺さる。

「ファイアバレット！」

「フレイムランス！」

光壁を迂回して横合いから突進してくるソードフィッシュには、アランが火弾を放ち、ヘレナが炎槍を射出する。反対側はエリシア一人が担当し、風の刃を乱舞することで蹴散らしていた。

群れだけあって剣士である俺たちにあまり出番はない。

俺は精々魔法をすり抜けて飛来してくるソードフィッシュを大剣で斬ったり、弾いたりするくらいだ。

ちなみにアルミラは腕を振るってソードフィッシュを切り裂きつつ、アランたちに見られないようにつまみ食いをしていた。

……お前は猫か。

船酔いでダウンしていたリンも魔物襲撃とあってか腰に刺している剣を振るっていた。

素早い剣閃。腕がブレたと思った次の瞬間にソードフィッシュは三枚おろしになっていた。

細い体をしているというのに的確に斬り裂いている。

刀身は片刃で緩く曲線を描いている。剣と呼ぶには細く、細剣ともまた違う。

「綺麗な剣だな」

「剣ではない。これは私の故郷の伝統的な武器で刀だ……うっぷ」

リンが刀と呼ばれる武器の説明をしようとしたが酔いが戻ってきたのか、口元に手をやった。

「大した魔物でもねえから大人しくしとけ」

「くっ、船の上でなければ、私も……」

そんなフラついた状態で船の上をうろつかれる方が困る。

それにしてもCランクだけあって非常にまとまりのあるパーティーだな。

プリシラは状況に合わせて魔法を発動しており、ヘレナは我が強そうな性格に見えて堅実に役割を全うしている。アランは剣士でもありながら魔法も使え、視野も広く、仲間に適格に指示を出している。一名が船酔いでダウンしている中での戦闘とは思えないほどにスムーズで連携が取れていた。

見ていて危なげのない戦いだ。

「ルード！　後ろからくるわ！」

エリシアに言われて振り向くと、海面を疾走する馬が近づいてきていた。

見た目は馬だが、額には大きな角が生えており、たてがみの代わりに魚のヒレのようなものが生えている。

水棲馬
LV42
体力：148
筋力：126
頑強：102
魔力：115
精神：98
俊敏：165
スキル：【水魔法の理】【水上走行】

「水棲馬だ！」

鑑定してみると、レベルも高く全体的にステータス値も高い。

それに【水魔法の理】というスキルを所持している。

ということは、あの魔物を倒して喰らうことができたら、俺も将来的に水魔法を習得できるかもしれない。

もっとも、今は魔素の制御が未熟で魔法が発動できないのだが、俺が強くなるためにも是非とも押さえておきたいスキルだ。

さらに水棲馬が所持している【水上走行】があれば、水面の上を走ることができる。

海での戦闘だけでなく、海底迷宮でも頼りになるだろう。

「ファイアバレット！」

アランが水棲馬に向けて火弾を発射する。

水棲馬はいななき声を上げると、流水を纏うことで火弾を防いだ。

「なに!?　魔法が使えるのか!?」

ヘレナのような高威力の魔法でもないと、水棲馬に魔法を通すのは難しそうだ。

「ヘレナ、あいつに魔法をいけるかい？」

「ソードフィッシュの群れがしつこくて無理だわ」

俺たちが後方に気を取られている間に、横合いから再びソードフィッシュの群れが襲ってくる。

ヘレナ、プリシラはそちらの対応で精一杯のようだ。

「水棲馬は俺たちに任せてくれ。アランたちは船の守りを頼む」

「わ、わかった。手強い魔物だと思うが気を付けてくれ！」

俺が水棲馬の相手を買って出ると、アランは素直に任せてくれた。

「いいスキルを持っているの？」

エリシアが声を潜めて聞いてくる。

俺が主体性を見せたことで彼女には目的がわかったらしい。

「ああ、【水魔法の理】【水上走行】だ」

「それは確実に手に入れるべきね」

俺の戦闘力の向上、ひいてはパーティーの戦力アップに繋がる。

ここで見逃す手はない。

水棲馬がスキルを使用し、海上を走行する。

その速度は軍馬よりも速く、魔道具で加速している俺たちの船にあっという間に追いつく。

水棲馬は俺たちの船と平行するような位置につくと、いくつもの水球をこちらに向かって飛ばしてくる。

「それを待っていたぜ！」

俺はマジックバッグから暴食魔剣を取り出すと、水棲馬が射出してきた水球を受け止める。

暴食魔剣が魔素を喰らい、水球を吸収。

俺の身体に魔素が流れ込み、身体能力が上昇した。

このまま上昇したステータスを活かして相手の懐に入り込みたいが、相手は海の上を走っているために接近することができない。

こういう時は【エアルスラッシュ】などの遠距離魔物スキルで仕留めるところだが、アランたちがいる状況では使用はできず、魔素撃なんてもっての他だ。

「ルード、足場は任せて！」

「おう！」

次の行動を迷っていると、エリシアが叫んだ。

具体的にどう足場を用意するのかはわからないが、彼女を信じて船を飛び降りた。

海面に足が着いて沈み込みそうになる瞬間、俺の足を受け止めて前へ進んだ。

「お、おおお！」

エリシアの周囲には見たことのない青い魚が浮かんでいる。

恐らく、水精霊を召喚し、力を借りることで海水に干渉しているのだろう。

エリシアが海水を操作することによって、俺は水棲馬へと接近。

水棲馬の額から生えている角が輝き出した。

水棲馬が角に魔素を収束させているのがわかる。

アルミラから魔素の扱いを教えてもらってからか以前よりも鮮明に相手の魔素の流れを知覚できた。

――繰り出されるのは強化した角による突進。

次の瞬間、水棲馬が海面を爆発させるような勢いで突っ込んでくる。

その行動を読んでいた俺は大剣を上段に構えて迎え撃つと見せかけて、身体を右側に流して突進を回避。すれ違い様に強化された暴食魔剣で首を叩き落とした。

「おっとと、サンキュ！」

「どういたしまして」

バランスが崩れて落下しそうになったが、エリシアが流水を移動させて受け止めてくれたお陰で免れた。

水棲馬の遺体をマジックバッグに収納すると、エリシアが流水を操作して船へと戻してくれる。

「すごい一撃だったじゃないか！」

俺が戻ってくる頃にはアランたちもソードフィッシュの群れを撃退できたようだ。

「褒めてくれるのは嬉しいが、距離が遠くねえか？」

アラン、プリシラ、ヘレナ、リンたちは船の端でなぜか身を寄せ合っていた。

「いや、それはルードの右手の剣が悪いよ！　それ呪いの剣だよね!?　大丈夫なのかい？」

「ルードさんが呪われているのであれば、私の光魔法で呪いの軽減を……」

アランが顔を引きつらせ、プリシラが杖をこちらに向けてくる。

バロナの冒険者たちはすっかり慣れて動じなくなってしまったが、これが呪いの剣を見た普通の冒険者の反応か。

「あなたたちルードのユニークスキルのことを忘れたの？」

「【状態異常無効】があるから俺には呪いは効かねえよ」

「あっ、そうか！　それでルードは呪いの武器を持っても平気なのか！」

俺のユニークスキルについて改めて説明すると、アランたちは安心した様子で元の位置に戻った。

それでもプリシラは俺との距離は若干遠い。

ヒーラーということもあり、呪いの恐ろしさを知っているからだろう。

暴食魔剣をマジックバッグに仕舞うと、船内に安堵の空気が漂った。

「最後の一撃はやけに動きがよかったのぉ？」

長椅子に腰掛けると、アルミラが意味ありげな視線で言ってくる。

「水棲馬の角に魔素が収束するのがわかって次の攻撃を予想してみた」

「少しずつ魔素の流れを知覚できるようになっているようじゃの。魔素を扱う魔物たちはよい教材じゃ。これからも魔素の流れを注視するといい」

攻防の意図を伝えると、アルミラは満足するように頷いた。

魔素の流れから次の行動を予測することは、魔物との戦闘において大事な要素のようだ。

これは魔素を宿している俺にしかできない大きなアドバンテージになる。

これからも魔素の流れに注視して戦闘を行うことにしよう。

18話 人魚竜

ソードフィッシュの群れを追い払い、水棲馬を討伐した俺たちは依頼の目的地である東の離れ島へと到着した。

海岸にて船を停泊させると、俺たちはシェルパを探して海岸を移動する。

「腹が減ったのぉ。さっきのソードフィッシュと水棲馬を食べたいんじゃが……」

「さすがにアランたちがいる状況で食うのは無理だ。依頼が終わるまで我慢してくれ」

いつもであればスキル獲得も兼ねて、倒した魔物をすぐに調理して食べるのだが、アランたちがいる前で魔物を食べるわけにはいかない。

「干し肉を上げるから今はこれで我慢しときなさい」

「はぐはぐ……」

エリシアが干し肉を差し出すと、アルミラは受け取って素直に食べ始めた。

なんだか子供の世話をする母親のようだ。

エリシアもアルミラの扱い方が大分板に付いてきたな。

「――ッ！　シェルパだ」

アルミラをあやしながら歩いていると、前方を歩いていたアランが言った。

海岸を見ると、紫色の殻を纏った貝が何十体と佇んでいた。

「……人魚竜もいるわね」

そして、その傍には人魚竜と飛ばれる魔物が佇んでいる。

丸みを帯びた頭部にはベールのような大きなヒレが垂れており、蛇のように細い体軀は黄色い鱗に包まれ、短い手足が生えている。

「確かに竜と呼ぶには微妙だな」

瘴気竜に比べると、竜と呼ぶにはいささか迫力も足りない。

「あんなもの海蛇ではないか。我と同じ竜などと名乗るなどおこがま――」

アルミラが迂闊なことを呟くので俺は慌てて口を塞いでやった。

「え？　同じ竜？　どういうことだい？」

「あはは、たまにコイツは変なことを言うから放っておいてくれ」

「あ、うん。そうだね」

なんて言うと、アランは苦笑しながら頷いてくれた。

適当な誤魔化しであったが、船での自由な振る舞いと言動のお陰で特に違和感を抱かれなかったようだ。

「変なこと言うなっての」

「悪かった。じゃが、あれを竜と呼称するなど我らをバカにするにも程がある」

滅多なことで怒ることのないアルミラだが、竜としての誇りを侮辱されると強い感情を見せるらしい。ちょっと意外だった。

「で、俺は人魚竜って奴を仕留めればいいんだな?」

「うん。頼めるかい?」

「任せろ。そのためにやってきたんだからな」

俺は大剣を手にすると、単身で人魚竜の方へ駆け出す。

見晴らしのいい砂浜のせいで俺の存在はあっさりと人魚竜に知覚された。

蛇のように長い首がこちらを向き、威嚇するように紫色のヒレが広がった。

人魚竜
LV48
体力:145
筋力:121
頑強:123
魔力:218
精神:202
俊敏:161
スキル:【水鱗】【惑わしの歌】【睡眠耐性(大)】【水圧耐性(中)】

ステータスは水棲馬よりも高いが睡眠の状態異常に特化しているからか、竜種と呼ばれる魔物に比べると数値は控えめだ。

人魚竜は身体をくねくねと揺らすと、ヒレを大きく広げて不気味な歌声を上げた。

恐らく、これが冒険者を強制的な睡眠に陥れる【惑わしの歌】なのだろう。

人魚竜の喉から発せられた波動が俺の耳に届くが、俺には【状態異常無効化】があるために眠らされることはない。

相手が次の行動に移る前に俺は【瞬歩】を発動。

人魚竜との距離を瞬時に詰めると、その長い首目掛けて大剣を振るった。

「――ッ!?」

人魚竜の首から血飛沫が舞い上がるが、刃が直撃する寸前に後退したのだろう。完全に首を両断することができなかったようだ。

人魚竜は体勢を崩しながらも尻尾を振るい、空中にいた俺を強打した。

派手に吹き飛ばされてしまったが、咄嗟に【硬身】を使用したので平気だ。

追撃に備えて立ち上がるが、人魚竜は既に倒れており、傷口から血を流していた。

どうやら先ほどの一撃は、死に際のものだったようだ。

「ルード!?　大丈夫かい？」

「ああ、平気だ」

「人魚竜を倒してくれて助かるよ。これなら安心してシェルパを討伐することができる」

人魚竜がいなくなったのでアランたちのパーティーは安心してシェルパに戦闘を挑み始めた。

「私たちも少しシェルパを倒しておく？」

「そうだな」

目的は達成したとはいえ、このまま見ているだけっていうのも暇だしな。

とはいえ、シェルパの討伐はアランたちがメインだ。邪魔にならないように端の方にいる奴らにしよう。

シェルパ
LV36
体力：112
筋力：89
頑強：145
魔力：92
精神：88
俊敏：26
スキル：【外殻生成】【ガードシェル】

ステータスは頑強に特化しており、俊敏が極端に低い。

相手の攻撃をじっくりと受け止めて、カウンターで攻撃してくるタイプだ。

接近して大剣を振り下ろすと、シェルパは殻を閉じた。

「うお！　硬えな！」

俺の大剣はシェルパの殻を少し削っただけだった。

硬く閉じられた殻には水色のオーラが纏われており、魔素が感じられる。

恐らく【ガードシェル】というスキルを発動して、頑強を高めているのだろう。

だが、瘴気竜よりも防御が硬いわけではない。

大剣を振るって地道に殻を削っていると、シェルパの魔素が内側から外側に広がる気配を察知した。

次の瞬間、シェルパの殻の穴から全方位に水が射出される。

「危ねえ！」

掠った俺の鎧から甲高い音が響いた。射出される水はかなり圧縮されているらしい。

アランから特性の話を聞いてなければ、まともにカウンターを受けていたかもしれない。

「ピクリとも動かねえけど面倒くせえ魔物だな」

高い頑強さと防御スキルを発動して相手の攻撃を受け、ひたすらにカウンターを狙う。

とても地味ではあるがやり辛い相手だ。

魔素撃を使うことができたら一撃で粉砕できるんだけどなぁ。

「ここは私に任せてルード。ああいうのは得意だから」

「おお、そうか？」

どうするものか迷っていると、エリシアが隣にやってきて言った。

素直に任せると、エリシアは雷精霊を召喚し、シェルパに雷を落とした。

それだけでシェルパはこてりと倒れてしまい、ぷすぷすと焼け焦げたような匂いを放つ。

「ああいう物理防御が高いだけの鈍足な魔物は、魔法使いにとって絶好の的なのよね」

エリシアはその後も杖を振るい、シェルパたちに次々と雷を落とし倒していく。

「……俺が必死にやっていた攻防はなんだったんだ」

「これは相性の問題だから。互いを助け合うために私たちはパーティーを組んでいるんだからこれでいいのよ」

「確かにそれもそうだな」

別になんでも一人でやれる必要はないんだ。

仲間がいるってやっぱり心強いな。

ちなみにアルミラは普通に拳でシェルパの外殻を貫き、魔石を抜き取っていた。

……うん、あれは例外だな。

「さて、アランたちの方はどうかしら？」

エリシアの活躍によってあっという間に周囲のシェルパを討伐した俺たちは、アランのパーティーへと視線を向けた。

「エクスプロード！」

ヘレナが小爆発を起こし、シェルパに直撃する。

外殻が大きく弾け、シェルパの体が露出する。

シェルパは損壊した外殻をスキルで再生しようとするが、そこにアランの火魔法が直撃して再生を封じた。

その隙を逃さずにアランは飛び込んでいき、シェルパの水弾を躱して、剣を突き立てた。

アランが剣を捻ると、シェルパから透明な体液が噴出してこてりと転がった。

もう一体のシェルパを相手するのはプリシラとリンだ。

前衛であるリンがシェルパの外殻を削っていき、防御力の薄まった外殻をプリシラの魔法で破壊。

完全に外殻を破壊したところをリンが飛び込んで、切り裂くといった流れだ。

魔法で仕留められない場合はああやって堅実に戦うのが定石のようだ。

「退屈な戦いじゃの」

アルミラはそう評するが、俺はアランたちの戦い方が結構好きだ。

ソロで冒険していたり、臨時の劣悪なパーティーにいたからわかる。

あんな風に声をかけ合って、連携するというのは難しいものなのだ。

よっぽど互いのことを信頼しているんだな。

アランたちの周囲にはまだまだ数がいるが、シェルパはその場からロクに動くことのできない魔物なので囲んでくるようなことはできない。ああやって個別に倒していけば、殲滅するのも容易いだろう。

俺たちは倒した人魚竜とシェルパの解体をしながら、アランたちの戦闘を見守った。

シェルパを討伐することができた俺たちはギルドに依頼の達成を報告し、それぞれの報酬を受け取ることができた。

「ありがとう。ルードたちのお陰でシェルパを討伐することができたよ」

「気にすんな。俺たちも楽に魔物を討伐することができたからな」

アランたちのお陰で移動はかなり楽だったし、ソードフィッシュ、水棲馬、人魚竜、シェルパといった数々の魔物を討伐することができた。これらの魔物はかなり有効なスキルも持っていたので海底迷宮の攻略にも十分に役立つだろう。

「これがシェルパの水核で合ってるよな？」

「ありがとう！　これでプリシラの杖が作れるよ！」

「ありがとうございます」

こちらで回収した水色の球体を渡すと、アランが嬉しそうに笑い、プリシラがうやうやしく頭を下げた。

「これがルードたちの分の報酬だよ」

「ん？　俺たちの分が多くねえか？」

エリシアが取り付けた約束によると、報酬金はすべて山分けだったはずだが。

聞かされていた金額から計算すると、こちらの取り分の方がかなり多い。

「人魚竜の討伐に俺たちは関わっていないからね。そっちの分はルードたちが丸ごと取ってくれ」

「とはいえ、これじゃあ……」

「もともと人魚竜の出現もあってシェルパの討伐報酬金は高くなっていたんだ。だから、これで十分だよ」

「倒してもいない魔物の報酬金を受け取るなんてできないわ」

「アランとヘレナの言う通りだ」

「私たちはシェルパの水核を譲ってもらったので、それで十分です！」

「……わかった。アランたちがそう言うんなら素直に受け取らせてもらうぜ」

本人たちがそのように申し出ているのであれば、無理に断ることもない。

俺は受け取った報酬金をマジックバッグへと収納した。

「さて、本来なら依頼の達成を祝して酒場にでも行きたいんだけど……」

「杖の作成を急いでるんだろ？　別にそういうのはいいから気にすんな」

「すまない。そういうわけで俺たちは失礼するよ。困ったことがあったらいつでも力になるからまた声をかけてくれ！」

アランはそう言い残すと、ヘレナたちを連れて速やかな足取りで去っていった。

呑み比べで勝負し、助けてやった縁から一緒にパーティーを組み、依頼をこなす。

なんとも不思議な縁だったな。外の街に出ると、こういった出会いがあるから面白い。

「よし、邪魔な人間どもはいなくなったな！　浜辺に移動して、我らは宴じゃ！」

アランたちがいなくなり感傷に浸っていると、アルミラがハイテンションで叫ぶ。

今日はたんまりと魔物の食材を手に入れることができたが、アランたちがいたせいで食べることがほとんどできなかったからな。

夜になれば浜辺には誰も近寄ることがないので魔物食材でも堂々と調理ができる。

俺たちは浜辺に移動すると今日倒した魔物食材を調理し、味わうのだった。

19話　いざ海底迷宮へ

名前：ルード
種族：人間族
状態：通常
LV62
体力：356
筋力：315
頑強：278
魔力：223
精神：198
俊敏：235
ユニークスキル：【状態異常無効化】
スキル：【剣術】【長剣術】【体術】【咆哮】【戦斧術】【吸血】【音波感知】【熱源探査】【麻痺吐息】【操糸】【槍術】【隠密】【硬身】【棘皮】【強胃袋】【健康体】【威圧】【暗視】【気配遮断】【火炎】【大剣術】【棍棒術】【纏雷】【遠見】【鑑定】【片手剣術】【指揮】【盾術】【肩代わり】【瞬歩】【毒液】【胃酸】【変温】【高速遊泳】【狙撃】【水弾】【毒の鱗粉】【麻痺の鱗粉】【エアルスラッシュ】【鋼爪】【猛毒牙】【猛毒爪】【瘴気無効】【毒無効】【龍鱗】【猛毒針】【瘴気の波動】【絶倫】【嗅覚】【興奮】【外皮強化】【統率】【配下強化】【皮下脂肪】【エラ呼吸】【鮫肌】【棘】【収縮肌】【空気袋】【海面跳躍】【シャープ】【水皮】【潤滑油】【水膜】【水殻】【体温保持】【水上走行】【外殻生成】【ガードシェル】【水鱗】【惑わしの歌】【筋力強化（中）】【敏捷強化（小）】【頑強強化（小）】【魔力回復速度上昇（小）】【精神力強化（小）】【打撃耐性（小）】【睡眠耐性（大）】【麻痺耐性（中）】【雷耐性（中）】【土耐性（中）】【水圧耐性（中）】【闇耐性（中）】【石化耐性（小）】【腐食耐性（中）】【痛覚耐性（中）】【物理攻撃耐性（中）】【毒耐性（中）】【火耐性（大）】【蔓操作】【種子弾】【擬態】
魔素属性：【火魔法の理】【土魔法の理】【闇魔法の理】【水魔法の理】
属性魔法：【火属性】

ソードフィッシュ、水棲馬、人魚竜、シェルパを喰らった後、整理した俺のステータスはこんな感じだ。

「こうして見ると、スキルがかなり増えたな」

レベルはそこまで上がっていないが、イスキアにやってきたお陰でスキルが二十個くらい増えている。

短期間でこれだけの数のスキルを獲得できたのは、エリシアのアドバイスで狩り場を一時的に変えた影響だろう。

「水棲系のスキルがこれだけあれば問題なさそうね」

俺のスキルを書き出したエリシアが満足げに頷いた。

「ってことは、そろそろ海底迷宮に行くか？」

「ええ、行きましょう」

イスキアにやってきたのは多種類の魔物との戦闘をこなし、多彩なスキルを獲得すること。

それと海底迷宮の攻略に挑むのも目標の一つだ。

既に大きな目標の一つは達成できているとはいえ、ここまでやってきて迷宮に挑まないという手はない。

本日の目標を定めた俺たちは情報を集めるために冒険者ギルドに向かうことにした。

冒険者ギルドに入るとフロアは賑わっていた。

「ちょうど貼り出しのタイミングだったみたいね」

「混雑が落ち着くまで少し待つか」

俺たちの目的は海底迷宮に出現する魔物の情報を確かめるだけだ。

冒険者たちで混雑している中、吟味するのは難しいだろう。

「おや、ルードじゃないか」

仕方なく併設された酒場に腰を下ろすと、昨日依頼を共にしたアランがいた。

「アランじゃねえか。今日は一人か？」

昨日はヘレナ、プリシラ、リンといった仲間たちがいたが、今日は女性たちの姿が見受けられなかった。

「うん。今日は休暇でね。一人で朝から呑んでいるんだ」

テーブルにはエールの入った酒杯とサラミなどのおつまみが載っている。本当に休暇のようだ。

「そっちは今日も仕事をするのかい？」

「海底迷宮に挑もうと思ってな」

「海底迷宮は初めてかい？」

「ああ。アランは潜ったことがあるのか？」

「あるよ。十六階層までだけどね」

アランがそう答えると、エリシアが対面側の席に座った。

「よかったら話を聞かせてくれる？」

「ルードたちにはお世話になったからね。俺がわかる範囲のことでよければ力になるよ」

「おお、助かるぜ」

掲示板やカウンターは混雑しているし、他の情報を仕入れようにもまったく知らない奴よりも顔見知りの奴から聞いた方が信用もできるしな。

俺たちは席に着くと、海底迷宮についてアランに尋ねる。

まず、海底迷宮はイスキアから北上した離れ島の洞窟にあるらしい。

実際の距離自体は最初に上陸した離れ島と変わらず、エリシアの精霊魔法を使えば飛んでいける距離だ。

「迷宮内はどんな感じだ？」

「一階層から四階層までは岩の洞窟が続いている感じで普通だよ。でも、五階層を越えると足元に海水が出てくるんだ」

アランによると、そこから階層を越えていくごとにドンドンと水位が増していき、十階層を越えた頃には腰を越えるほどの水位になるのだとか。

「この辺りの情報は事前に集めた通りね。私たちはその先のことを知りたいわ」

「十五階層まで潜ると階層全体が海水で満たされるんだ」

階層内には海水に満ちていない僅かな休憩地点があるようだが、普通の冒険者では到底そこまでたどり着くこともできないらしい。

現状のスキルと装備では先に進めないことを悟ったアランたちは十六階層で攻略を中止し、装備を整えることに専念したようだ。

プリシラの水魔法の質を上げることで海水を制御し、先に進もうという判断なのだろう。

「なるほどな。この街の冒険者はどうやって迷宮を攻略してるんだ？」

「熟練の水魔法使いを連れていくか、海に特化したスキル持ちの冒険者を連れていく、あるいは魔道具をたくさん用意して攻略するってところかな？　ここにはBランクの冒険者もいるけど、それでも十八階層までしか行けていないみたい」

イスキアにいる冒険者たちも海上戦闘には慣れているが、水中戦闘をこなせる高位の冒険者は少ないようだ。

無理もない。階層全体が海水で満ちているだなんて人間が活動できるエリアではない。

それを攻略するには、よほど水中に特化したスキルか、エリシアのようなユニークスキルや魔法などがないと難しいだろうな。

「俺が知っている海底迷宮についての情報はそんな感じかな」

出現する魔物などについて軽くヒアリングをすると、アランはエールを呑み干して一息つく。

「ありがとな。参考になったぜ」

「お役に立てたのならよかったよ。それじゃあ、俺は別のお店に行くから」

「お会計は払っておくわね」

「おっ、ありがとう」

アランは席を立つと、軽やかな足取りでギルドを出ていった。

これから色々な店に行って呑み歩きをするのだろう。

迷宮の攻略が終わったら、そういうのもアリだな。

アランへの聞き込みが終わる頃には、大騒ぎしていた冒険者たちはいなくなり、掲示板やカウンターが閑散とするようになった。

掲示板で魔物の情報を確かめ、受付嬢から海底迷宮について軽くヒアリングをしてみると、アランの言っていた情報に誤りがないことがわかる。

「アランのお陰で情報集めが早く終わったわ」

「時間もあることだし、海底迷宮に潜ってみるか」

「ええ、そうしましょう！」

海底迷宮についての情報を集め終わったところで俺たちはギルドを出て港へと向かった。

冒険者たちが船に乗り込もうと列に並ぶ中、俺たちはそれを無視して離れたところで立ち止まった。

エリシアが風精霊を呼び出すと、出てきたのは少女の姿をしたシルフィードだった。

「あれ？　シルフィード？」

そして、なぜか呼び出した本人が戸惑っている。

「シルフィードを呼んだんじゃねえのか？」

「いや、浮遊して飛んでいく程度だったらこの子を呼ぶまでもないんだけど、最近呼んでなかったから退屈して出てきちゃったみたい」

どうやら本当はイタチみたいな風精霊を呼ぶつもりだったようだ。

「まあいいわ。シルフィードがやる気を出しているし任せちゃいましょう」

「いいのか？　シルフィードだと魔力消費が大きいんじゃねえのか？」

エリシアがシルフィードを普段から運用しないのは、消費する魔力が大きいからだ。

「精霊が自発的に出てくる時は、ほとんど魔力を要求しないから大丈夫よ」

むしろ、やる気を張らせているので普段よりも運用がお得らしい。

まあ、エリシアの魔力が節約できるのであれば、シルフィードでも問題ないだろう。

「シルフィード、お願いできる？」

エリシアの言葉にこくりと頷くと、シルフィードは俺たちの身体を包み込むようにして空へと持ち上げた。

足が地面から離れ浮遊状態になると、風が動いて俺たちを前へ前へと運んでくれる。

よし、後はこのまま北上して海底迷宮のある離れ島まで一直線。

などと思っていたら急に俺の周囲に渦巻いていた風が消失した。

「はっ？　どわあああああああああ!?」

風がなくなって真っ逆さまに落下すると、海面ギリギリのところでシルフィードがやってきて再び風を巻き起こして身体を持ち上げた。

「おい、こら！　てめえふざけん――なあああああああああ!?」

シルフィードに抗議すると、その言葉の途中で風を消失させられた。

そして、またしても海面ギリギリで持ち上げられ、上空まで上げられては落とすのを繰り返される。

高所から落下して悲鳴を上げる俺をシルフィードは楽しそうに見つめていた。

この風精霊、サイコパス過ぎるだろ。

エリシアが窘めるもシルフィードの悪戯は止まらず、俺は離れ島にたどり着くまで玩具にされるのであった。


「……酷い目に遭ったぜ」

「ごめんね？　でも、ルードのお陰でシルフィードの機嫌はすごくいいから迷宮内では力を発揮してくれるわ」

俺を散々弄んで満足したらしく、シルフィードは満足げな表情をしており大人しく彼女の肩に座っていた。

酷い目に遭ったとはいえ、先ほどの魔法はほぼ魔力消費はゼロのようだし、シルフィードも迷宮の攻略にやる気を出している。

そのメリットを考えて悪戯したことは水に流してやろう。

精霊に怒ってもどうしようもないし、返り討ちにされるだけだ。

なにはともあれ、北の離れ島にたどり着いた俺たちは海底迷宮を目指して歩いていく。

海岸には俺たち以外にも冒険者の姿がまばらにおり、砂浜にテントを設営している者たちがたくさんいた。

皆、海底迷宮の攻略に力を注いでいる者たちだろう。

冒険者の他にも商人が露店を開いていたり、鍛冶師が武具の修理を行っていたりと、他の離れ島にはない賑わいがあった。

「なんだか他の島と比べると賑やかじゃの？」

「迷宮に潜る冒険者たちはなにかと入用だからでしょうね」

忘れ物や足りない物があることに気付いたからといっても、周りが海に囲まれている以上船で戻る以外に方法がない。だからといっていちいち船で街まで戻っていてはお金も時間も無駄だ。そんな冒険者の需要に応えるために彼らはここで商売をしているのだろう。実に商魂がたくましい。

そんな賑やかな露店などをしり目に浜辺を進んでいくと、大きな崖がそびえ立つようになり、その根元にはぽっかりと大きな穴が開いていた。

「あれが海底迷宮の入り口ね」

アランの教えてくれた特徴と同じだ。迷宮内からは魔力だけでなく、ほのかに魔素の気配もしているので間違いはない。

まばらに冒険者が入退場していく中、俺たちも海底迷宮に入っていく。

バロナ周辺で潜っているいつもの迷宮と違うのでワクワクするな。

迷宮内に入ると、広大な岩の洞窟が広がっていた。

外から見えていた崖よりも明らかに広がりがでかい。

空間拡張がされているのは迷宮の大きな特徴の一つだ。

「ふむ。迷宮に潜るのは久しぶりじゃな」

「一応、戦力として当てにしていいんだよな？」

アルミラは魔素を温存したいがためか戦闘は極力控える傾向にあった。

余裕のある低階層ではそれでも構わないが、深い階層でも出し惜しみをされるのは困る。

「安心せい。美味い料理を食べさせてもらっている分は働くつもりじゃ」

それがどの程度かはわからないが、今までの様子から露骨に力を抜くことはないだろう。

「んん？　あそこの岩場に魔物がおるな？」

迷宮内を進んでいると、アルミラが立ち止まって岩を凝視した。

パッと見ではただの岩にしか見えないが【熱源探査】を使用してみると、屋台街で食べた蛸のようなシルエットが見えた。

岩蛸
LV10
体力：55
筋力：38
頑強：46
魔力：23
精神：21
俊敏：18
スキル：【擬態】【吸盤生成】
【弾力皮膚】

鑑定してみると、魔物のステータスが表示された。

一階層から現れる魔物にしてはレベルが高い。

どうやら【擬態】スキルで上手に皮膚を変色させているようだ。

遠距離からナイフを投げると、岩蛸に当たったものの弾力のある皮膚に埋もれて弾かれた。

手加減して投げたとはいえ、まさか弾くとは。随分と柔軟性のある皮膚だ。

【擬態】がバレたことを悟ったのか、岩蛸が脚を蠢かせてスキルを解除する。

砂色に黄色い斑点模様を浮かべた大きな蛸だ。

「屋台でも見かけたけど、やっぱり気持ち悪い……」

蠢く岩蛸の姿を見て、エリシアが嫌悪感を露わにする。

「そんなに気持ち悪いか？　昆虫系の魔物に比べると優しい見た目ではないか」

そんな中、アルミラが岩蛸に近づいてむんずと胴体を摑んだ。

岩蛸は脚を蠢かせて逃げようとするが、アルミラの筋力にはまったく敵わずに逃げることができない。

「やめて！　それを近づけてこないで！」

アルミラが岩蛸を捕まえて戻ってくると、エリシアが勢いよく俺の後ろに下がる。

そんな彼女の怯えた様子を見て、アルミラはニヤリと笑みを浮かべた。

「ほれほれー！　お主の大好きな岩蛸じゃ！」

「ぎゃあああああああ！　やめて！　本当にやめなさいってば！」

エリシアが悲鳴を上げながら逃げ、岩蛸を持ったアルミラが楽しそうに追いかけ始めた。

迷宮の一階層とはいえ、なにをやっているのだろうか。

しばらく追いかけっを眺めているとアルミラは満足したのか艶々した表情で戻ってきて、それとは正反対にエリシアがげっそりとした顔で戻ってきた。

「……なにやってんだ」

「私は悪くない！　アルミラが悪いのよ！」

「エリシアがあまりに反応がいいものでついな」

「まあ、本当に苦手っぽいからほどほどにしてやれ」

「うむ」

すっかりと憔悴したエリシアを見てしまうと本当に可哀想に思えた。

「さて、ルード。この岩蛸はどうやって食べる？」

「シンプルに塩茹でがいいんじゃねえか？」

「ええっ！　それも食べるの!?」

「当たり前じゃ」

「屋台でも普通に美味かったし、有用そうなスキルを持っているしな」

なんて告げると、エリシアは信じられないという表情を浮かべた。

誰しも苦手な食材というものはあるので仕方がないだろう。

周囲に冒険者の姿がないことを確認すると、俺はマジックバッグから必要な調理道具を取り出す。

「調理の仕方はわかるのか？」

「ああ、海鮮系の処理の仕方は空き時間にバートに習っておいた」

「さすがじゃの！」

朝の仕込み時間、昼休み、夜などに俺は冒険で採取できた食材などを持参し、代わりにバートに海鮮食材の調理の仕方を習っていたのだ。

まずは岩蛸の目と目の間にある急所にナイフを刺す。

すると、岩蛸の皮膚の色が薄くなった。しっかりと絞めることができた証だ。

まな板の上に岩蛸を載せると、丸みを帯びた胴体をひっくり返して内臓を取り除く。

「頭から内臓が出てきたぞ！」

「正確にはこの丸い部分は頭じゃなくて胴体みてえだ。少し下にあるのが頭で、触手は腕が二本、脚が六本って感じらしい」

「ほえー、不思議な構造じゃな」

俺もバートに教えてもらうまでは丸みを帯びたところが頭だと思っていた。

海の生き物は陸の生き物と比べると、身体構造が変則的だ。

内臓をすべて除去すると、包丁で眼球を切り落とし、脚の裏にある嘴を取り除いた。

嘴を取ると、今度は食感をよくするために棒で体全体を叩く。

捌きやすいように腕と脚の間にある水かきに切れ目を入れると、岩蛸を大きなボウルに入れて、大量の塩を投入して揉んでいく。

「茹でないのか？」

「蛸には強い臭みがあるからな。臭みの原因であるぬめりを塩で取るんだ」

塩揉みをしていると、ボウルの底に白いぬめり液のようなものが出てきた。

これが岩蛸のぬめりであり、臭みの原因だ。

「ほう。ただ茹でればいいのではないのだな」

岩蛸の塩揉みを終えると、念入りに水で洗い流す。

胴体、腕と脚の間、口回りなどにぬめりがないことを確認。

これで下処理は終わりだ。

大鍋を用意すると、そこにお湯を沸かし、一％ほどの塩を投入。

岩蛸の胴体を掴みながら足先だけをお湯に浸す。

やがて、足先だけが綺麗に曲がってくると全身をお湯に浸した。

あとは五分ほどじっくりと加熱。

お湯から上げたら余熱が入らないように氷水で冷やし、食べやすいように包丁でスライスしてお皿に盛り付ける。

塩、胡椒で味付けをし、レモンを搾ったら……。

「岩蛸の塩レモンの完成だ」

「おお！　美味そうじゃな！」

俺たちが歓声を上げる中、エリシアは虚無の表情で周囲の警戒をしてくれていた。

いつもは食べられなくても調理の風景を覗きにくるんだけど、今回は苦手な食材だけあって近づかないようにしているみたいだ。

「早速、喰うか」

「うむ！」

俺とアルミラは岩蛸の塩レモンを口にする。

コリコリと歯応えのある食感が響き渡る。

「美味いのじゃ！」

「いい歯応えだぜ！」

硬すぎることもなく柔らかすぎることもない。ちょうどいい。

甘みがたっぷりで噛めば噛むほど凝縮された旨みが染み出るような極上の味わい。

振りかけられた塩、胡椒がいいアクセントになっており、酸味のあるレモン汁がスッキリとした余韻を残してくれていた。醤油をちょっと垂らして食べても美味しい。

パクパクと食べ進めると、あっという間にお皿から岩蛸が消えてしまった。

自らのステータスを鑑定してみると、

【弾力皮膚】と【吸盤生成】がスキル欄に加わっていた。

「ルード！　お代わりじゃ！」

そのことに満足していると、アルミラがお代わりを所望してくる。

まだ岩蛸は残っているが必要なスキルは手に入れてしまった。

一階層でじっくりと食事ばかりしていては迷宮の攻略が進まない。

俺は岩蛸の脚をスライスするのではなく、串に刺して刷毛で醤油を塗ってやった。

「残りは歩きながら焼いて喰うってのはどうだ？」

「おお！　醤油焼きか！　それもアリじゃな！」

岩蛸の串を渡してやると、アルミラは自身の口から炎を吐きだして炙り始めた。

あとは歩きながら適当に食べればいい。

「待たせたな」

「必要なスキルがあるのならしょうがないわ。攻略を再開させましょう」

岩蛸の匂いも若干苦手なのかエリシアは充満した匂いから逃れるように先へ進みだした。

魔物を蹴散らしながら海底迷宮を進んでいく。

四階層までは海水が浸水することもなく、魔物も低階層ということもあってかまるで相手にならない。特別なスキルを所持していない限り魔物は無視し、俺の感知系スキルとエリシアの魔法を駆使して駆け抜けることにした。

そうやって進んでいくと、俺たちは五階層にたどり着いた。

階層内の風景はこれまで岩で構成されていたが、ここから石の洞窟といった風貌へと変化している。そして、なにより変わったのは足元だ。

「アランの言う通り、足元に海水があるな」

「わははは、靴が水浸しじゃ」

「動きを阻害されるほどじゃないけど、歩く度に水音が響いて階層内の魔物に察知されやすくなるでしょうね」

俺たちが歩く度にパシャパシャと水音が鳴り、波紋が広がっていく。

音や振動が海水から伝播し、この階層に棲息している魔物はこちらの存在を察知するだろう。

「早速、私たちに気付いた魔物がいるみたいよ」

水音を聞きつけて前方から魔物がやってきているらしい。

大剣を構えると、前方の通路からバシャバシャと音を立てて魔物が近づいてくる。

通路の角から現れたのは青色の体表をしたスライムと、二足歩行をした蛙だった。

アクアスライム
LV17
体力：60
筋力：48
頑強：40
魔力：11
精神：18
俊敏：54
スキル：【アクアウィップ】【奇襲】【隠密】

蛙人
LV18
体力：73
筋力：65
頑強：46
魔力：37
精神：28
俊敏：57
スキル：【槍術】【変温】【湿皮膚】【水弾】

アクアスライムと蛙人という魔物らしい。

五階層からレベル18の魔物が出現するとは、アベリオ新迷宮よりも難易度が高いのかもしれない。

いや、あそこには奈落があったし、一般的なギルド指標も当てにはできないか。

アクアスライムが水面を跳ねてやってくる。

狙いはどうやらアルミラのようだ。

その不規則な動きは捉えづらいが、アルミラはまったく惑わされることなく跳躍したところを右手で掴み、体内にある核を握り潰した。

核を潰されたアクアスライムはねばりけのある体をどろーんとしたものにして海水へと還っていった。

アルミラの余裕の戦いを見ていると、蛙人が三叉に分かれた槍を手にして接近してくる。

槍を突き出してくるのを大剣で受け止める。

蛙人はすぐに槍を引き戻し、連続突きを放ってくる。

さすがに水棲系の魔物だけあって足元の海水をものともしない足さばきだが、槍の扱い方が非常に雑だ。槍を扱うのは得意というわけではないが、奈落で手に入れた【槍術】があるだけにもどかしい。

「もうちょっと槍の使い方を考えろよな」

俺は穂先の隙間に大剣をねじ込むと巻き取るようにして槍を奪ってやった。

「ゲロッ!?」

武器を奪われるとは思っていなかったのか蛙人が驚愕の声を上げる。

俺は奪った三叉の槍を右手で持つと穂先に魔素を流し、無手となった蛙人へ突き刺した。

魔素を宿した俺の突きは蛙人の胴体に大きな穴を穿った。

蛙人の肉体が崩れ落ちると共に三叉の槍も瓦解する。

少しの魔素しか込めていなかったのだが耐えられなかったようだ。

「ふむ。魔素を流すのがスムーズになってきたのぉ」

「そういえば、今咄嗟に使えたな」

意識していなかったがさっきの戦闘ではスムーズに武器に魔素を流すことができていた。

まだまだ粗いところはあるが数秒かかっていた頃に比べると雲泥の差だ。

「魔素の訓練は欠かしていないようじゃな」

「まあな」

エリシアたちと冒険をした後も、アランたちと一緒に討伐をした日も魔素の訓練は一日たりとも欠かしてはいない。地道にやっている訓練は確実に俺の力になっているようだ。

感慨深く思っていると、前方の通路から六体の蛙人が現れた。

「シルフィード！」

後方から魔力の高まりを感じ取った俺とアルミラはすぐに後退。

俺たちのいた空間をシルフィードの風刃《ウィンドスラッシュ》が通り抜け、押し寄せてくる蛙人たちに直撃。

狭い通路内に乱舞する風刃を蛙人たちは躱すことができず、なすすべもなく輪切りとなった。

「まっ、低階層の魔物だし大したことはないわね」

海水が足元まで浸水していようが、俺やエリシアのレベルは50を超えている。

レベル18程度の魔物に苦戦するはずもなかった。

「まあ、ルードが魔素の訓練をするにはちょうどいいじゃろう」

「そうだな」

これから階層が上がれば、ドンドンと魔物のレベルも上がってくる。

今の内にたくさん魔素を使って、扱いに慣れていかないとな。


魔物を倒しながら突き進むと、俺たちは八階層にやってきた。

八階層にもなると水位は上がり、膝の辺りまで浸水していた。

水深四十センチといったところだろうか。

このぐらいの水位になると歩く度に海水が引っ掛かりやや足取りが重くなるが、まだそこまで大きな負担ではない。

階層内ではあちこちで水流ができており、水の流れる音や跳ねる音が響き渡っている。

探索しながら【音波感知】を放ってみるが、あちこちで水の音が流れているために情報を拾いにくい。

それに水の中も気になる。今のところはただの魚が泳いでいるだけだが、いつ魔物が水流に乗って襲ってくるかわからない。

「エリシア、階層内の感知は任せていいか？　俺は【熱源探査】で水の中を警戒したい」

「その方が効率がよさそうね。なら、水の中は任せたわ」

【熱源探査】を中心とした索敵に切り替えて角を曲がると、水流の中を一直線に進んでくる気配を捉えた。

「水の中！　真正面から魔物が五体だ！」

俺がそう叫んだ瞬間、水面から赤い球体のようなものが飛び出してきた。

咄嗟に姿勢を低くして躱すと、赤い球体は石壁に激突した。

「なんだこいつら？」

「おお！　見よ、ルード！　海老じゃ！」

回避しなかったアルミラの右手にあるのは赤い甲殻をした丸っこい海老だった。

砲弾海老
LV24
体力：88
筋力：67
頑強：95
魔力：42
精神：40
俊敏：86
スキル：【脱皮】【水跳躍】【アクアシェル】

堅牢な甲殻で体を覆い、そのまま体当たりしてくる魔物のようだ。

砲弾海老たちは再び体を丸めると、尻尾で力強く水を蹴って砲弾のような体当たりを繰り出してくる。

俺は大剣に魔素を纏わせると、砲弾海老の軌道に刃を合わせて叩き斬った。

硬質な甲殻ごと切り裂く感触。

砲弾海老は真っ二つになって落ちた。

浸水しており俊敏性が下がっている状況ではシンプルに嫌な魔物かもしれないが、跳躍点がわかってさえいれば、そこから直進してくるだけだ。

甲殻を貫くだけのステータスや技があれば、軌道に刃を沿えるだけの簡単な相手だった。

俺が大剣で四体ほど切り捨て、アルミラが三体を手摑みし、エリシアは風の刃で二体を葬った。

「よし、素材を回収するか」

「待って。前と後ろから別々に魔物がきてる！」

討伐した砲弾海老をマジックバッグに収納しようとすると、エリシアの警告の声が上がった。

「早いな」

砲弾海老との戦闘は短いものだったが、音を聞きつけて他の魔物がやってきたようだ。

「ルードとアルミラは前をお願い。私は後ろを倒すわ」

「わかった」

「了解じゃ」

いつでも戦闘に入れるように大剣を構えていると、前方から魔物が五体ほどやってくる。

トドロス
LV25
体力：115
筋力：87
頑強：99
魔力：45
精神：38
俊敏：66
スキル：【感覚毛】【鼻孔操作】【皮下脂肪】

ずんぐりとした体軀をしており、脚は尾びれ状に変化している。

丸っこい顔につぶらな瞳をしているが凶悪な長い牙が生えていた。

大きな体を揺らし、バシャバシャと海水を跳ねさせながらトドロスが押し寄せてくる。

鈍重な動きだが体が大きい上に頑強や体力といった数値も高いので生半可な攻撃を加えてもそのまま押し潰してくる可能性がある。

ここは大剣だけで処理をするよりスキルを使って、確実に仕留めるのがいいだろう。

「我の炎で焼き払うか？」

「いや、その必要はねえよ」

既にそのための手は打ってある。

前に出ようとするアルミラを静止させると、俺は大剣を構えてトドロスを待ち受ける。

トドロスが牙で俺を貫こうするが、その攻撃が届くことなく体が無慈悲に切り裂かれた。

先頭の一体が崩れ落ちるが後続は構いやしない。倒れた仲間を踏み潰す勢いで二体目、三体目、四体目、五体目が飛び込んでくる。

やっぱりな。生半可に斬り込まなくて正解だ。

飛びかかってくるトドロスに対して俺は大剣を振るいはしない。

ただ攻撃を待つだけ。それだけで残りのトドロスは勝手に体が切断され、崩れ落ちた。

「なるほど。通路に糸を張り巡らせていたというわけか……」

「普通の魔物なら足止めにしかならねえが、あいつらの体は重いからな」

トドロスのような重量のある魔物であれば、その重みが力となって糸で切断できるというわけだ。

「ルードは本当に色々なスキルを持っておるの。まるでビックリ箱じゃ」

「俺としちゃアルミラがどんなスキルを持ってるか気になるんだが……」

「乙女の秘密を暴こうなどと無粋じゃよ」

災害竜が乙女って……まあ、性別は一応雌だから合ってはいるのか。

災害竜である彼女がどんなスキルを所持しているかは俺の鑑定では見破ることはできない。

レベルを上げれば見ることができるのか、別の強力な鑑定系スキルを手に入れれば見ることができるのか。いずれにせよ、彼女のステータスを暴くことができるのはまだまだ遠そうだ。

「そっちは終わったか？」

「ええ、問題ないわ」

糸を回収して後方を確認すると、トドロスたちの輪切り死体が転がっていた。

そちらの方が数は多いが、シルフィードによって無慈悲に切り裂かれたみたいだ。

「こういう狭い通路なら無敵だな」

限られたスペースではシルフィードの放つ風刃乱舞から逃げるすべがない。

「今は楽勝だけど魔物たちが海中に潜り出すとこうはいかないわ。水中だと風魔法の威力も速度も大きく減衰しちゃうから」

確かに海中に潜った時の戦闘でもエリシアの風魔法は減衰していたし、俺の【エアルスラッシュ】も威力が落ちていた。海中だと地上ほどの効果を発揮できないものらしい。

「だけど、そのままじゃねえんだろ？」

「当たり前よ。海の中であろうと風魔法の使い道はあるし、他の属性の魔法でも戦えるから」

だろうな。エリシアほどの魔法使いがなんの対策もしないはずがないからな。

「ルード、我はお腹が空いた」

戦闘を終えると、アルミラが空腹を訴えてくる。

俺も魔素を使用しながらの戦闘のため、いつもよりエネルギー消費が激しく、ちょっと小腹が空いてきた。

「安全な場所を見つけて食べるか」

「でも、あまりゆっくりしてると魔物が集まってくるわよ？」

この階層は水音を聞きつけて、すぐに魔物が集まってくる。

すぐに場所を移動しないとまた別の魔物がやってくるので、ゆっくりと調理して食べるのはエリシアの言う通り難しい。

「なら、歩きながらでも食べられるものにするか。それでも問題ねえな？」

岩蛸の串焼きをアルミラに歩きながら食べさせたように手早く調理して、食べながら進むのがもっとも効率がいい。

「状況が状況じゃしな。我は美味しければなんでもよいぞ」

「わかった」

アルミラの了承が得られたので歩きながらの調理だ。

俺はマジックバッグから砲弾海老を取り出す。

「エリシア、水球をお湯にしてくれねえか？」

歩きながらの調理にエリシアはちょっと呆れながらも水球を浮かべ、熱を加えてお湯にしてくれた。

すっかり湯気の上がった温水球に塩を入れ、砲弾海老を突っ込んだ。

砲弾海老を湯がいている間に、俺はマジックバッグからトドロスのブロック肉を取り出した。肉を食べやすい大きさにカットすると塩、胡椒、ハーブを塗り込む。

下味をつけ終えると、肉を串に刺した。

「エリシア、火球を頼む」

「はいはい」

エリシアが火球を浮かべてくれたので俺はトドロスの串肉を火球に近づけて焼いていく。

「……長い間冒険してきたけど、魔法をこんな風に使われたのは初めてだわ」

なんとも言えないシュールな光景にエリシアがぼやく。

「すまん。歩きながら調理するにはエリシアの力が必要なんだ」

自分でも火球を作ることはできるが、歩きながら魔法を維持するとなるとエリシアに任せるのが一番だ。

「なんか嬉しくない頼られ方だわ」

複雑そうな表情を浮かべるエリシアと歩を進める中、砲弾海老が真紅に染まり、トドロスの串肉がいい感じに焼けた。

温水球を解除してもらうと、湯がいた砲弾海老の殻をベリベリと剝がす。

すると、柔らかそうな白い身が露出した。

「よし、喰うぞ！」

「うむ！」

歯を突き立てるとプリッと身が弾け、濃厚な旨みが口の中で弾けた。

「美味いのじゃ！」

「弾力と甘みがすげえな！」

身はとても肉厚で嚙み締める度にとろけるような甘みがにじみ出てくる。

胴長海老に比べて甘みが遥かに強い。

身が引き締まっているのは体を丸めることによって筋肉が凝縮されているからだろう。

加熱されたからか指を入れると殻があっさりと取れる。

殻を剝いでは身を食べていく工程が楽しい。

「もうなくなってしまった……」

「美味しいけど、ちょっと身が少なめだった」

美味しい食材に限って可食部が少ないのはなぜなのだろう。

食べられる部分が少なく、稀少だからこそ美味しく感じてしまうのだろうか。

「次はトドロスの串肉だな」

シンプルに塩、胡椒、ハーブで味付けしたトドロスの肉を食べる。

「こっちは脂身がすごいのじゃ！」

「豚鬼や豚肉、猪なんかに比べても脂身が多いな！」

むっちりとした弾力のあるお肉からは濃厚な脂が染み出してきた。

嚙めば嚙むほど脂の甘みが染み出してきて止まらない。

冷たい海水の中でもエネルギーを蓄えられるように脂肪を多く含むように成長したのだろう。

塩、胡椒というシンプルな調味料が濃い脂の味を邪魔することなく、いいアクセントとなっていた。

「ルード、お代わりじゃ！」

「おう、任せろ！」

「迷宮を探索しながら食事をするなんてね……」

無邪気に次の串肉を調理し始める俺たちを見て、エリシアが呆れた声を漏らすのだった。


「……本当に水没してるんだな」

十五階層にたどり着いた俺は周囲を見渡して呟いた。

十五階層の入り口である階段前以外に床はなく、ここ以外のすべては海水で満ちている。

水面を覗き込んでも底はまったく見えず、そこにどんな魔物がいるのかもわからない。

「ここからは水中戦よ。準備はいいかしら？」

「ああ！」

「問題ないのじゃ」

エリシアは魚型の水精霊を呼び出すと、その身を水の膜で覆い、俺は【エラ呼吸】を発動し、【水膜】で眼球を覆った。アルミラは災害竜なので問題はなく、俺たちは準備が整うなり海中へと飛び込んだ。

迷宮内の海中はとても薄暗い。

迷宮の通路に埋め込まれた光石が発光しているお陰で道筋はわかるが、ただの肉眼では数メートル先になにがいるかもわからない。不気味な世界だった。

エリシアが杖を掲げて光球を浮かべた。

俺は【暗視】のお陰で昼間のようにくっきりと景色が見えるが、エリシアには見えないだろうかな。

海中には鮮やかな色合いをした魚が優雅に泳いでいた。

「おー！　綺麗な魚じゃな！」

アルミラが魚の群れを見上げながら言う。

口からはごぼごぼと空気が漏れているが、一体どうやって呼吸をしているのか、海水が気官に入ってこないのか色々と不思議だった。

まあ、災害竜だから平気なんだろう。

念のために魚の群れを鑑定して魔物ではないことを確認。

「……魔物じゃねえみてえだ」

「そう。迷宮の中だからといって、すべての魚が魔物というわけじゃないのね」

ちなみに俺は【音波感知】を利用することで海中でも言葉を伝えることができる。

海中なので若干音の振動精度が悪いので遠く離れすぎると聞こえづらいが、三十メートルくらいであれば問題はない。

周囲に魔物がいないことを確認すると、俺たちは通路を泳いで真っ直ぐに進んでいく。

海中なのでとても静かだ。水の流れる音しかしない。

【音波感知】を使用して海中にソナーを放《はな》ってみる。

「やっぱり、地上の感覚で使うと音波の広がりが悪いな」

海水が入り乱れているために音の反響を認識しづらく、空気が振動しにくいせいかいつもの半分ぐらいの距離でしか索敵ができない。

「私に任せて」

エリシアが杖を掲げると、彼女の周りを泳いでいた水精霊から波紋が広がる。

「この先に右に中型の魔物が四体ほどいるわね」

さすがは水精霊。海中での探索はお手の物のようだ。

「わかった」

一本道である以上、戦闘は避けられないだろう。

大剣を手にしながら通路を進んでいくと、エリシアの言う通りに魔物がやってきた。

ハンマーヘッドシャーク
LV38
体力：265
筋力：212
頑強：179
魔力：112
精神：115
俊敏：155
スキル：【気絶耐性（中）】【電流感知】【立体視覚】【毒耐性（大）】

イービルエイ
LV40
体力：187
筋力：124
頑強：115
魔力：148
精神：136
俊敏：200
スキル：【尾棘】【毒耐性（大）】【猛毒針】

全長二メートルを超える体躯に頭部が左右に張り出したハンマーのような形をした大型の魚がハンマーヘッドシャーク。赤褐色の布を大きく広げたように泳いでいるのがイービルエイだ。

どちらもレベルが40を超えている。

十五階層にやってきたことにより、魔物のレベルも一段上がったようだ。

ハンマーヘッドシャークが体を揺らして接近してくる。

頭部をハンマーのように打ち付けてきたので大剣を振るって迎撃。

ガキインッと硬質な物がぶつかり合う音が響いた。

かなりの硬度を誇っているようだ。

これだけの威力の攻撃を頭部に叩き込めば、脳震盪を起こしてもおかしくはないのだが【気絶耐性（中）】があるだけあって、これしきの衝撃で動きが鈍くなることはないようだ。

そのまま続けて斬りかかろうとするが、ハンマーヘッドシャークはすぐに泳いで安全圏に逃げてしまう。

「ちっ」

やっぱり、海中での機動性は水棲系の魔物にまるで敵わない。

ハンマーヘッドシャークは高い位置に陣取ると優雅に泳き出す。

まるで人間ではこのように素早く泳ぎまわれないだろうとばかりに。

「この野郎、今そっちに行ってやるからな」

確かに俺はそんな速度で泳ぐことはできない。だが、俺には魔物から手に入れたスキルがある。

俺は【高速遊泳】を発動すると、海中を思いっ切り蹴ってハンマーヘッドシャークへと急接近。

まさか、人間がこれほどの速度で泳いでくるとは思わなかったのだろう。

ハンマーヘッドシャークが目を大きく見張る中、俺はがら空きになっている横腹を切り裂いた。

「ざまあみやがれ」

その一撃が致命傷となったのかハンマーヘッドシャークは血潮をこぼして横たわった。

「わははは！　待て待て！」

俺が一体を仕留めている間に後方ではアルミラはもう一体のハンマーヘッドシャークを追い回していた。

アルミラの背中から竜の翼が生えており、それを推進力として海中を猛スピードで進んでいるらしい。

ハンマーヘッドシャークは必死の形相で逃げ回っているが、アルミラとの距離が開くことはない。

やがて、アルミラはハンマーヘッドシャークに追いつくと、無慈悲に爪で頭部を切断した。

「竜っていうのは水中でもそんなに速く泳げるものなのか？」

「我は災害竜じゃぞ？　このような鮫に遅れはとるまい」

スキルもなしに水中であんな速度を出せるなんて反則だな。

「ルード！　魔物が一匹そっちに行ったわ！」

エリシアの声に振り返ると、イービルエイがこちらに向かってくるのが見えた。

上段から大剣を振り下ろすと、イービルエイはひらりと躱しながら尻尾をしならせて振るってくる。

狙いは俺の右腕。尻尾に生えている毒棘を突き刺し、俺を毒で仕留めるつもりだろう。

俺は右腕だけに【硬身】を発動しながら【エアルスラッシュ】を放った。

硬質化した俺の肌は尻尾の棘を弾き、ゼロ距離から放たれた風刃がイービルエイの肉体を切り裂いた。

「ルード、大丈夫？」

【硬身】を使用してもイービルエイの棘を完全に防ぎ切れなかったのか、少しだけ傷がついている。

「毒を持っていたけど、俺には効かねえから問題ねえよ」

「毒持ちの魔物にあんな強気なカウンターができるのはルードだけね」

俺のユニークスキルがなければできない駆け引きだな。

「もう一体は？」

「倒したわ」

エリシアの指し示す方を見ると、真っ二つになったイービルエイが浮かんでいた。

水中の中をひらひらと泳ぐイービルエイに魔法を当てるのは難しそうだが、この程度の障害は彼女にとってなんの問題もないようだ。とても頼もしい。

「よし、探索を再開するか」

倒した魔物を手早くマジックバッグに収納すると、俺たちはすぐに進行を再開する。

エリシアに海中内を探知してもらいながら海中を進むことしばらく。

海面から光が差し込んでくるのを知覚した。

「なんだかあっちの方が明るいな？」

「もしかすると、休憩エリアなんじゃないかしら？」

十五階層からは階層内が水没しているが、すべてのエリアが水没しているわけではない。

中には冒険者が休息をとれるような地上エリアが少しだけあるので、もしかしたらそれなのかもしれない。

「行ってみるか」

ただ海面に上がるタイミングとはもっとも無防備なものだ。

俺は【音波感知】を発動し、付近になにもいないことを確認して浮上した。

休憩エリアは古ぼけた遺跡のような内装だった。

俺が先に地上に上がると、エリシア、アルミラが続いて上がってくる。

「ここで少し休憩にしましょうか」

「そうだな」

海中から上がってみると、身体が重くなっていることを自覚する。

ここを越えると次にいつ休憩エリアがあるか不明だし、とれるタイミングで休息は挟んでおくべきだろう。

「にしても、エリシアは濡れてねえんだな」

「水膜が防いでくれるからね」

髪や衣服がぐっしょりと濡れている俺とアルミラに対し、エリシアの髪や衣服には水滴の一滴たりとも付着していない。同じ階層を攻略してきた仲間とは思えない被害のなさだった。

「って、おいおい。こんなところで脱ぐのはやめろ！」

アルミラが急にもぞもぞとし出したので視線を向けると、纏っている衣服を脱ごうとしている最中だった。

衣服を捲り上げているせいで褐色の肌が限界まで露出している。

見えてはいけないところが見えそうになっているし、水滴を弾くほどにきめ細やかな肌に張り付いた赤色の髪が妙な色香を放っている。

「ぐっしょりと濡れていて気持ち悪いのじゃが」

「ダメなものはダメ！　食べ物をあげるから我慢しなさい」

「まあいいじゃろ」

不満そうな顔をしていたアルミラだったが、エリシアが魚の干物を渡すとそれに夢中で脱ぐのをやめた。衣服の不快感よりも食欲が勝ったようだ。

魔物である彼女には人間の常識が通じないところがあるのが困りものだ。

「にしても、久しぶりの地上だな」

「ずーっと海中にいると時間の経過がわからなくなるわね」

迷宮にいると日の光に当たることがないので時間の感覚が曖昧になる。海の中であれば猶更だ。頼りになるのは体内時計くらいだが、不規則な食事と冒険を繰り返していれば徐々に狂っていく。もはや、迷宮に入ってからどのくらいの時間が経過したのかわからない。

「最高到達階層は十八らしいけど、全体の階層ってのはどのくらいあるんだろうな？」

「推測にはなるけど、恐らくそこまで多くはないと思うわ。こういう特殊環境系の迷宮は難易度が高い分、全体の階層自体は少ない傾向にあるから」

「じゃあ、二十階層が最終階層って可能性もあるのか？」

「あるわね。でも、瘴気迷宮のような例外の可能性もあるけど」

「あそこの迷宮は例外なのか？」

「私たちが攻略したのは二十八階層だけど、隠し階層にいた瘴気竜の強さや、瘴気濃度の上昇値を考えるとまだまだ先がありそうな気配がするのよねえ」

瘴気迷宮の瘴気濃度の上昇の仕方は非常に緩やかだ。それは全体の階層自体が多いことを示唆しているらしい。

逆に全体の階層が少ないと、この海底迷宮のように環境難易度が極端に跳ね上がるのだそうだ。

「ルード、腹が減ったのじゃ」

「さっきの魔物を調理して喰うか」

ハンマーヘッドシャークとイービルエイにはいくつかのスキルがあるので獲得しておいて損はない。それに俺とアルミラにとっては消費した魔素を取り込むことは回復にも繋がる。

休憩時間を利用し、俺たちはハンマーヘッドシャークとイービルエイを調理して食べるのだった。

20話　死闘

アクアリザードマン
LV46
体力：252
筋力：238
頑強：212
魔力：175
精神：145
俊敏：206
スキル：【水鱗】【潤滑体液】
【剣術】【体術】

瘴気迷宮で戦ったリザードマンとは装備や鱗の色が違い、体からヒレのようなものが生えている。

水辺の環境に特化したリザードマンのようだ。

エリシアが担当している後方の通路からも同じく水蜥蜴《アクアリザードマン》たちがやってきている。

あちらの方が八体と数が多いが、精霊魔法を使える彼女であれば問題ないだろう。

海中であれば少してこずるかもしれないが、ここは地上の通路なので風魔法が使いやすい。

前方から剣を手にした水蜥蜴たちが一斉にこちらにやってくる。

こちらも大剣を手にして進んでいくと、先頭にいた水蜥蜴がこちらの予想を上回る速度で距離を詰めてきた。

「なっ!?」

接敵する前に鑑定をしたが、水蜥蜴に身体能力を強化するスキルや俊敏性を向上させるスキルはなかったはずだ。

脳内で混乱が起こるが、今考えても仕方がないので身体を動かす。

しかし、慌ててブレーキをかけると地面のぬかるみに足を取られたのかバランスを崩してしまった。

迫りくる剣先。

「なーにをやっとるんじゃ」

俺が【硬身】を発動して攻撃を受け止めようとすると、横から割り込んできたアルミラが水蜥蜴を殴り飛ばした。後ろにいた水蜥蜴も巻き込まれて、派手に吹き飛ぶ。

「すまん。間合いを誤った」

「果たして本当にそうかの？」

「どういうことだ？」

「本当に今のがお主の凡ミスだったのかと我は聞いているんじゃよ」

……確かに不自然だった。さっきの水蜥蜴の動きには予備動作がまるでなかった。生物である以上、すべての動きにはなにかしらの予備動作があるはずだ。それなのに先ほどの水蜥蜴はそれがまったくなく、まるで滑るようにして……滑るように？

キーワードが引っ掛かって俺は視線を落とす。

地面には海水があるが、ぬかるみができているわけでもなく、海藻や苔が生えているわけでもない。なにもなしに足が滑るのは不自然だ。

より水面を注視してみると、なにやら油のような液体が浮かんでいることがわかる。

軽く手に取ってみると、ぬるぬるとした液体のようだった。

「そうか！【潤滑体液】のせいか！」

「そうじゃ。あやつらはその液体の性質を利用し、滑るように急加速しているんじゃろう」

魔素ばかりに目を向けるようになって肝心の部分が抜けていた。

わざわざアルミラが声をかけてきたのは、それを指摘するためだろう。

不甲斐ない自分に舌打ちをしそうになるが、今はそんな非生産的なことをしている場合じゃない。

水蜥蜴たちが態勢を整えてやってくる。

アルミラの殴り飛ばした水蜥蜴は完全にノックダウンされたようで、二体目の水蜥蜴が剣を握りしめて接近してきた。

体液を利用した急加速には予備動作がまったくないので自分の感覚が狂いそうになるが、仕組みがわかっていれば対処は難しくはない。

間合いを広めにとっておいて、自らの間合いに飛び込んできたタイミングで大剣を振った。

俺の大剣は水蜥蜴の胴を捉えたが、浅く切り裂く結果になった。

「……ちっ、体液が刃も滑らせるのか」

浅い手応えになってしまったのは刃が滑ってしまったからのようだ。

水蜥蜴を仕留めるにはしっかりと刃を当てる必要があるのだろう。

追撃をしようと前に進むと、それを阻むように仲間の水蜥蜴が割り込んでくる。

踏ん張って力で押し返そうとするが、水蜥蜴からにじみ出る潤滑体液のせいで足元が滑りそうになる。

俺は【吸盤生成】を発動させると、靴の裏に岩蛸の吸盤を生やした。

岩蛸の吸盤は【潤滑体液】の上で滑ることなく踏ん張ることができ、鍔迫り合いになった水蜥蜴を力で押し返し、叩き切ることに成功した。

水蜥蜴の一体を倒すと、後方から別の水蜥蜴が襲いかかってくる。

大きく振り上げた剣に魔素の光が宿っている。

なにかしらの攻撃スキルが行使されると予測した俺は、シェルパから獲得した【外殻生成】を発動。すると、俺の身体を覆うように紫色の外殻が生成される。

さらに【ガードシェル】を発動し、防御態勢に入った。

これで水蜥蜴の一撃を弾くことができると予想していたのだが、外殻の中にいる俺にまで水蜥蜴の刃が差し込んできた。

「なっ!?」

幸いなことに二重の防御スキルのお陰で剣の勢いは削がれ、俺は何とか刃を回避することができた。

シェルパの防御スキルが効かないのか?

驚きながらもスキルを放った水蜥蜴を鑑定すると【兜割り】というスキルを所持していた。

スキルの詳細を鑑定すると、どうやら相手の堅牢な防御を貫通してダメージを与えることができるものらしい。

瘴気迷宮にいたリザードマンといい、こいつらは特殊なスキルを所持していることが多いから困る。

「だけど、そのスキルは俺の糧になる。悪いが倒させてもらうぜ」

そのスキルがあれば、堅牢な防御力を誇っている甲殻類の魔物への対処が楽になりそうだ。

俺は大剣に魔素を纏わせると、そのまま水蜥蜴へと斬りかかる。

水蜥蜴は再び【兜割り】を発動させて斬りかかってくるが、純粋な攻撃力のぶつかり合いであれば並のステータスの魔物には負けることはない。

俺の振るった大剣は相手の剣を粉々に打ち砕き、そのまま水蜥蜴の肉体を両断してやった。

残りの二体はアルミラが始末しており、後方から押し寄せてきていた水蜥蜴たちはエリシアが魔法で殲滅したようだ。

ひとまず、倒した水蜥蜴たちをマジックバッグに回収する。

「一つ階層が上がってまた一段と魔物が強くなったな」

「それに地上エリアにも魔物が出現するのが厄介ね」

水没している階層の中で唯一身体を休めることのできる地上エリアだが、十六階層に入るとそこでも魔物たちが好戦的に襲ってくるようになった。

慣れない海中での戦闘を繰り返し、身体を休めることのできる地上でも魔物が果敢に押し寄せてくれば冒険者たちが疲弊するのも仕方がないだろう。

アランたちほどの実力があっても攻略をここで諦めるわけだ。

「エリシア、魔力の方は大丈夫か？」

「ええ、ポーションがあるからね。ルードは体力とか問題なさそう？」

「ああ、問題ないぜ」

魔物料理を食べることによって魔素が回復し、ちょっとした怪我や疲労効果も回復する。

食べながら回復することのできる俺は長時間の迷宮攻略もまったく問題がなかった。

「ならこのまま先に進んでも大丈夫ね」

「我の心配はしてくれないのか？　仲間なのにつれないのぉ」

「あなたに心配は必要ないでしょうに」

十六階層までやってきたが、アルミラはほとんどの戦闘を一撃で終わらせているしな。

ほとんど魔素も使用していないみたいなので彼女にとっては、この程度の戦闘はお遊びでしかないのだろう。

本当になんでこんな竜が俺たちのパーティーに加わったのか不思議だ。


海中を泳いでいきながら魔物を倒し、地上エリアで休息を挟みながら進んでいくと俺たちは十八階層にたどり着いた。

階段を下りた先には轟々と音を立てる大瀑布が広がっていた。

水飛沫が濃霧のように飛び散っており、その周囲を水鳥、人面鳥といった飛行型の魔物が飛び交い甲高い鳴き声を上げていた。

「……すげえ、迷宮の中にこんなでかい滝があるんだな」

まさか迷宮の中にこんなに巨大な滝があるとは思わなかった。

信じられない大自然の光景に思わず目を奪われてしまう。

「一体、どれくらいの深さがあるのかしら？」

見下ろしてみるも滝の深さはわからない。

海流が渦潮のようになっており、その中心部には闇が広がっているだけだ。

「あの中心部に突っ込めば二十階層にたどり着くのではないか？」

目の前に広がっている滝はかなり深く、アルミラの言うことも間違っていないのかもしれない。

軽く二階層分くらいの深さがありそうだ。

「あなたは平気でも私たちは身体がバラバラになって死んじゃうわよ」

「人間たちの身体というのは脆いのぉ」

さすがにエリシアの精霊魔法をもってしてもあの渦の中に突入するのは不可能らしい。

俺も数々の水棲系のスキルを獲得してきてはいるが、あの激流に抗えるとは到底思えなかった。

たとえ、それが最短ルートであっても進むことができなければ意味がなかった。

「滝壺以外の道で進むとなると、今いる位置から下っていくことになるわね」

エリシアの指し示した場所を見ると、今いる位置から細い坂道のようなものが下へと続いていた。

その先には洞窟が続いており、十九階層に進むにはあそこからさらに先に突き進む必要があった。

「結構な数の魔物がいるな」

崖上から見下ろして見える範囲では坂道の途中に多くの魔物が控えているのが見える。

悪路の中であれだけの数の魔物との戦闘をこなすことを考えるとやや気が重い。

「魔物がいるのは地上だけではないようじゃの」

流れる滝の傍には多くの飛行型の魔物が飛んでおり、地上で戦闘を始めれば上から襲いかかってくる可能性が高い。

「目の前だけじゃなくて上も警戒しねえといけねえのか」

これなら水没してはいるものの索敵をすれば、魔物との戦闘を避けることのできるこれまでの階層の方がマシのように感じた。

「ここでジーッとしていても仕方がないし、進んでみるしかないわ」

「そうだな。進んでみよう」

切り立った崖から伸びる道を俺たちは下っていく。

道幅は五メートルもない。もちろん、手すりといった防護柵など立ってはおらず、足を滑らせてしまえば崖下まで真っ逆さまだ。転がる方向が悪ければ、滝壺に落っこちてしまう可能性もあるだろう。

「イスキア支部の冒険者が攻略できたのはここまで。ということは、ここに高ランク冒険者を躓かせたなにかがあるはず。気を付けてね」

経験から基づくエリシアの忠告に頷きながら進んでいくと、俺たちの進路を阻むようにして魔物が立ちはだかった。

水晶鰐
LV52
体力：378
筋力：256
頑強：247
魔力：212
精神：181
俊敏：202
スキル：【瞬膜】【水晶杭】【暗視】

全長三メートルを誇る大型の鰐《わに》であり、身体から水晶を生やしている。

鑑定してみると、レベル50を超えていた。

この辺りまでやってくるとステータスの一部を上回られることも増えてきたな。

坂道を駆け降りるようにして接近すると、水晶鰐の背中に魔素が集中して輝き出す。

スキルの発動の兆候を読み取った俺は、跳躍してその場から退避。

すると、先ほどまで俺がいた地面から水晶の杭が飛び出した。

どうやらあの水晶鰐は自在に水晶の杭を生やすことができるようだ。

水晶鰐が続けて背中の水晶を輝かせる。

その度に俺の足元で水晶杭が生えてきて、俺は近づくことができない。

しかし、俺に攻撃が集中しているお陰でエリシアが自由に動けるようになる。

シルフィードの力で宙へと舞い上がった彼女は、空中から風魔法を叩きつける。

空中からの風刃乱舞に水晶鰐は水晶杭を生やすことで防いでいたが、呆気なく破砕音が鳴り響き、水晶鰐の体を引き裂いた。

「よっしゃ！」

「まだよ！」

スムーズに新階層の魔物を討伐できたことを喜ぶ俺だったが、坂道からは次々と水晶鰐が登ってきていた。

「正面だけではなく側面からも魔物が寄ってきているようじゃの」

「げっ！」

ブルーキャンサー
LV50
体力：238
筋力：215
頑強：222
魔力：156
精神：132
俊敏：199
スキル：【泡纏い】【バブルショック】【崖登り】

ガントル
LV52
体力：181
筋力：255
頑強：350
魔力：150
精神：112
俊敏：88
スキル：【岩石砲】【擬態】【硬身】【鈍重】【スパイク】

アルミラに言われ、崖の側面を注視してみると、真っ青な体表をしたブルーキャンサーと岩で体が構成されたガントルという魔物の大群がにじり寄ってきていた。

「二人とも下がって！」

エリシアの鋭い忠告の声に従い、その場を離れると上空から冷気によるブレスが降り注いだ。

氷怪鳥
LV55
体力：226
筋力：181
頑強：209
魔力：286
精神：277
俊敏：255
スキル：【アイスブレス】【氷耐性（中）】

人面鳥
LV53
体力：291
筋力：253
頑強：210
魔力：191
精神：187
俊敏：205
スキル：【怪音波】【フェザーウインド】【フェザースラッシュ】【毒耐性（小）】

凍結した地面に呆然とし、上空を見上げると冷気を纏った氷怪鳥《アイスバード》と、滝壺の傍を浮遊していた人面鳥が上空で悠々と旋回していた。

正面を水晶鰐に塞がれており、側面からはブルーキャンサー、ガントルがにじり寄ってきている。

さらには空中からは氷怪鳥と人面鳥が奇襲をかけようと虎視眈々と狙ってきている。

中々にハードな状況だ。

「ふむ。予想していた最悪な事態に陥っておるの。どうするのじゃ、ルードよ？」

「突っ切る！　上は任せたぜ、エリシア！」

「ええ！」

ここでとどまっていてはドンドンと魔物に囲まれて不利になってしまう。そうなる前に一点突破で突き進むのが最善だと判断。

俺は坂道を駆け降りるように進む。

水晶鰐が繰り出す水晶杭を回避すると、大剣に魔素を纏わせて上空から勢いよく叩きつけた。俺の魔素撃は一撃で水晶鰐を両断し、解放された魔力が余波となって後ろにいた水晶鰐たちを吹き飛ばした。

水晶鰐たちがいなくなると、今度は鬼のような顔をした真っ赤な鬼蛙の群れがやってくる。

鑑定して状態異常無効化スキルを保有していないことを確認すると、俺は単身で突っ込んで【麻痺吐息】を吐き出した。

黄色い濃霧をまともに浴びてしまった鬼蛙たちは、体をビクビクと振るわせて地面に転がった。

麻痺ですべての鬼蛙を無力化することに成功すると、俺たちはその真横を突っ切って坂道を下っていく。

すると、今度は水晶で体が構成されたゴーレムが俺たちの道を塞いだ。

「あれは任せるがよい！」

魔素撃の準備をしようとしていると、今度はアルミラが前に出た。

アルミラは背中から竜の翼を出現させると、翼をはためかせて推進力とし、水晶ゴーレムへと突撃するなり拳を叩き込んだ。

ガッシャアアアアンッと窓ガラスが割れるかのような破砕音が鳴り響くと同時に水晶ゴーレムの体が粉々に砕け散った。

「わははははは！　爽快じゃのぉ！」

水晶ゴーレムはかなりの頑強さを誇っていたが、アルミラの前では一撃のようだ。

こういった一点突破の戦闘においてアルミラほど頼りになる存在もいないだろう。

上空ではエリシアが浮遊し、氷怪鳥、人面鳥といった飛行型の魔物を風魔法で撃ち落としていた。

俺たちが地上の戦闘に集中できているのは、彼女が上空の魔物を一手に引き受けてくれているお陰だろう。

上空のことはエリシアに任せ、俺とアルミラは地上に専念すればいい。

水晶ゴーレムを倒したアルミラは勢いのままに前方の道を駆け上がってくるリザードマンスケルトンを蹴散らしていく。

一時的に正面の敵を彼女に任せた俺は、崖を登って横から奇襲をかけてくるブルーキャンサーをいなす。

鋏が異様に発達したブルーキャンサーたちの一撃は非常に強力であるが、俊敏性は大したことがないために相手にしない。

俺たちが恐れることは足を止めてしまい、圧倒的な魔物の数に呑まれてしまうこと。

囲まれでもしなければ、俺たちの力量は個々の魔物を上回っているので対処することは可能だ。

しかし、相手だってバカじゃない。

魔物たちは俺たちの足を止めようと邪魔をしてくる。

ブルーキャンサーが鋏を開け、その先から泡による砲撃を繰り出してくる。

一見してふわふわとした泡であるが、それには魔素が込められている。

触れるだけで衝撃が襲いかかってくることを知っている俺は【海面跳躍】の応用により回避。本来は海面で跳躍することによって恩恵が得られるスキルであるが、地上でも使えないこともない。

足止めが失敗したことを悟ったブルーキャンサーたちが後方から押し寄せてくる。

あまり後ろとの距離が近いと、戦闘時にほんの少し足を止めただけで強襲を喰らうことになるので後方に【エアルスラッシュ】をばらまき、ブルーキャンサーたちを吹き飛ばした。

「エリシア！　下の洞窟まであとどのくらいだ!?」

「まだ半分よ！」

上空にいるエリシアに尋ねると、俺たちの道のりのようやく半分といった地点に着いたらしい。

「まだ半分なのか……」

「やれやれ。このままの調子で進めるといいんじゃがのぉ」

アルミラが気怠げに呟いた瞬間、ズズンッと地響きのようなものが鳴り響いた。

思わず足を止めると、あちこちから水柱が噴き上がってくる。

それだけなら問題はないのだが、噴き出した水柱の中には魔物の姿があった。

シーサーペント
LV59
体力：265
筋力：212
頑強：179
魔力：112
精神：115
俊敏：155
スキル：【隠密】【皮膚呼吸】【アクアジェット】【猛毒牙】【毒耐性（中）】

ギルマンロード
LV55
体力：365
筋力：262
頑強：243
魔力：189
精神：212
俊敏：200
スキル：【水魔法の理】【流体操作】【浮遊】【槍術】【体術】【騎乗】【統率】

ゴーストフィッシュ
LV58
体力：121
筋力：155
頑強：189
魔力：112
精神：115
俊敏：312
スキル：【浮遊】【隠密】【光源感知】【暗視】【水圧耐性（大）】【誘因光】【ダークボール】

サハギンナイト
LV57
体力：245
筋力：195
頑強：180
魔力：135
精神：148
俊敏：188
スキル：【水魔法の理】【剣術】【水流操作】【騎乗】【体術】

鑑定してみると、この階層にいる水晶鰐、ブルーキャンサーよりも平均レベルが5～7ほど高い。

「こいつら下の階層の魔物だ！」

恐らく下の階層にいた魔物たちが水柱によって打ち上げられ、こちらの階層に登ってきたのだろう。下の階層から魔物が登ってくるなんてアベリオ新迷宮のミノタウロスだけで十分だ。

水柱からやってきたサハギンナイト、シーサーペントが俺たちの前に立ち塞がる。

さらに水柱の発生により足を止めてしまったせいで、ブルーキャンサーやガントルといった魔物たちが俺たちを側面から包囲しつつあった。

上空ではギルマンロードが水流を操作して浮遊しており、透明な肉体をしたゴーストフィッシュは魚でありながら幽体種のように宙を浮遊していた。

「さすがにこの数の魔物を一人で抑えるのは難しいわ！」

ギルマンロード、ゴーストフィッシュが加わったことでエリシアは一人での迎撃が難しいと判断。

――撤退という二文字が脳裏をよぎる。

だが、撤退するには下ってきた坂道を上らなければいけない。坂道を駆け下りるのとは違って、駆け上がるのは速度も出ないし、大きく体力も消耗する。

魔物たちに背中を向けながら安全に十八階層に逃げ込めるのかといった不安がのしかかる。

「アルミラ、魔物たちを蹴散らすことってできる？」

「可能じゃが我がそれをしてしまえば、この階層自体が崩落する可能性がある。そうなった場合のお主たちの身の保障はできんぞ？」

エリシアの問いにアルミラが答える。

すぐ傍に大瀑布がある上に、真下からは水柱が上がっている。

こんな状況でアルミラが暴れてしまえば、この階層全体に大量の海水が流れ込んできてもおかしくはない。

魔物という脅威が排除できても、莫大な海水が流れ込んできた時に俺とエリシアが無事でいられる可能性は低い。

「魔素を消費するが仕方があるまい。ルード、エリシア、時間を少し稼げ」

俺とエリシアが撤退するべきか前に進むべきか悩んでいると、アルミラがため息を吐きながら言った。

「わ、わかった」

俺とエリシアが頷くと、アルミラの肉体から魔素が漏れ出し、その翼が巨大なものへと変化していく。

なにをするつもりかはわからないがアルミラは災害竜としての姿になろうとしているらしい。

魔物たちもなにかに勘付いたのか阻止しようと一斉に襲いかかってくる。

俺は魔物たちをギリギリまで引き付ける。

「【瘴気の波動】」

濃紫色の波動に呑まれた魔物たちがバタバタと倒れた。

濃密な瘴気に身を侵され、俺の周囲にいる魔物たちのステータスが大幅にダウンしていく。

絶大な効果を発揮するスキルだが、その分魔素の消耗がかなり激しい。

体内にある魔素がごっそりと減っていくのを知覚した。

魔物たちの第二陣が転倒した魔物たちを踏み越えてやってくる。

俺はさらに魔素を強めて【瘴気の波動】を発動。またしても魔物たちが倒れていく。

豚鬼のようにこちらから近づいてトドメを刺す必要はない。

俺はただアルミラが災害竜へと変化するだけの時間を稼げばいいのだから。

「シルフィード！」

上空ではエリシアが大きな竜巻をいくつも発生させ、ギルマンロードやゴーストフィッシュを薙ぎ払う。

さらには地上へと突風を叩きつけ、崖を登ってくるブルーキャンサーやガントルを崖下へと落としていた。地形を上手く利用した迎撃である。

そうやって俺たちが魔法やスキルで魔物たちを迎撃していると、巨大な影が覆い被さってきた。

見上げると、全身を禍々しい漆黒の鱗と真紅の甲殻に身を包み、黒光りする四本角を生やした頭部。長い首と尾を持ち、背中には巨大な体を包み込めるほどの一対の翼が広がっている。

これが災害竜となったアルミラの姿か。

瘴気迷宮の隠し階層で見た瘴気竜とはまったく姿が異なる。

周囲には濃密な魔素が漂っており、人間形態のアルミラから魔素を当てられていなければパニックに陥っていただろう。

竜形態になったアルミラの姿にはそれだけの迫力があった。

あれほど押し寄せてきていた魔物たちは一様に足を止めてしまっている。災害竜が顕現したことによって一歩も動くことができないのだろう。

「これが災害竜としての真の姿……」

「かっちょいいじゃろう？」

思わず呟くと、アルミラがどこか誇るような声音で言う。

なんだか色々と台無しだった。

「で、ここからどうするっていうんだ？」

災害竜の姿になったはいいが、彼女が暴れてしまうとこの階層が崩落する可能性があるという。

階層を崩落させずにここを切り抜ける方法があるのだろうか？

「お主たちを連れてあの大きな滝に突入するのじゃ」

「突入するって平気なのか？」

「我の肉体をもってすれば、あの程度の滝は水浴びするようなものじゃ」

「あなたは平気でも私たちはそうじゃないんだけど!?」

「ルードとエリシアは我の口の中に入れ」

エリシアが作戦の重大な欠点を指摘すると、アルミラから思いもよらない提案がきた。

「口の中にか？」

「そこが一番安全じゃからな」

確かに背中に乗せてもらったり、腕に抱えてもらうよりも、彼女の口内にいれば風圧に晒されることもなく、大量の水に触れることもない。俺とエリシアが抱える懸念はすべてクリアされるだろう。

しかし、災害竜の口の中に入るのか。

「それとも魔物の口の中に入るのは怖いか？」

「やってやろうじゃねえか。アルミラのことを信じるぜ」

「どっち道、このままだと後退するしかないしね。だったら前に進むための最善の手段を尽くすまでよ」

アルミラが大きな口を開けると、俺とエリシアは跳躍して口内へと入った。

うおお、竜の口内になんて初めて入ったな。

なんか舌の上は柔らかく、ぬるぬるとするような。

「では、行くのじゃ」

アルミラのくぐもった声が聞こえた瞬間、俺たちの身体が後ろに吹き飛ばされる。

恐らく、アルミラの体が急上昇した勢いだろう。

「きゃあああああ！」

「おわあああああ！」

このままだとアルミラが意図していなくても呑み込まれて胃袋の中に入ってしまう。

俺は【操糸】を発動させ、アルミラの奥歯へと糸を巻き付けることによって体がもっていかれるのを防ぐ。さらに転がっているエリシアにも糸を巻き付けて身体を固定させた。

「大丈夫か？」

「お陰さまでね。でも、最悪よ。アルミラの涎《よだれ》で身体がびちゃびちゃだわ」

舌の上を派手に転がったからか、エリシアの身体は涎まみれになっておりてかてかと輝いていた。

……できれば同じ目には遭いたくない。

俺は【水膜】を発動して、全身を水の膜で覆うことにした。

よし、これなら涎がかかっても平気だな。

あとで膜を解除すれば、涎は肌に触れることなく、綺麗に落とすことができる。

「ああっ！　ずっるい！」

「エリシアも水精霊の力で膜を纏えばいいだろ」

「それもそうね」

エリシアが慌てて立ち上がり精霊魔法を行使しようとするが、アルミラの舌が不自然に蠢いて彼女はバランスを崩した。

つるんと転んだエリシアは唾液の溜まっていた舌と歯の隙間へと見事に落ちた。

「悪い。助けられなかった」

あまりにもエリシアの転倒が鮮やかだったために反応する暇がなかった。

「……もうここまで濡れてしまえば気にしないわ」

髪も衣服も肌も唾液塗れだ。今更対策をしても最早意味はないだろう。

やがて、俺たちの身体が上へと引っ張られる。

アルミラが本格的に滝壺の中を下降し始めたのだろう。

身体が天井に打ち付けられないように俺たちは身体を糸で固定する。

外から轟音が響いてくる。

口内にいても響き渡るこの音が、滝壺の水流の激しさを物語っているようだった。

災害竜である彼女だから打ち付けられても平気なだけで、俺たちが浴びればたちまち四肢はバラバラになり海の藻屑となって消えてしまうだろう。

時折、歯の隙間から激しい水流が流れ込んでくる。

エリシアには水膜があるし、俺には【エラ呼吸】もあるので多少流れ込んでこようがまるで問題はない。水流に紛れて魔物が口内に飛び込んでくることもあったが、数がそれほど多くないこともあって俺とエリシアで速やかに駆除した。

口外から爆音が響き渡り、激しい力の流れが加わる。

身体を固定してジッと耐えていると、すっと外が静かになって身体にかかる力が緩くなった。

アルミラの顔がずいっと前に突き出され、大きな歯と歯の間から明るい光が差し込む。

彼女の口から外に出ると、石造りの大広間だった。

振り返ると中央には大きな湖があり、そこに海水が流れ込んでいた。

どうやらここが滝壺の先にある階層のようだ。

「ここは十九階層か？」

「いや、十九階層を飛ばして恐らく二十階層じゃろう」

アルミラによると滝の長さは二階層を貫くものであったらしく、ここは十九階層を一つ越えた先にある二十階層らしい。

「目の前に階層主の扉があるから間違いないわね」

エリシアの視線の先には灰色の石材で敷き詰められた祭壇のような場所があり、巨大な二枚扉が設置されていた。

未だに迷宮を踏破したことがないので階層主の扉とやらを見たことがなかったのだが、エリシアによるとどうやらこの二枚扉がそうらしい。

「じゃあ、この先に階層主がいるのか？」

「そうでしょうね」

「どんな魔物なんだ？」

「それはわからないわ。だってこの迷宮は誰にも攻略されたことがないんだもの」

「あっ、それもそうか」

海底迷宮が攻略されているのは十八階層までだ。その先の階層主のことを冒険者やギルドが把握しているわけがない。

「どうする？」

その意味はここで階層主に挑むのかということだろう。

エリシアの精霊魔法、これまで俺が獲得した魔物のスキル、そして災害竜であるアルミラの力が発揮された結果とはいえ、たった一回の挑戦でここまでこられるとは思っていなかった。予想もしない展開に俺も少しだけ悩んで答えを出す。

「進もう」

「そうこなくちゃね」

選択を告げると、エリシアがニヤリと笑みを浮かべた。

未知の階層主を相手に怯むこともなく攻略する気満々だったようだ。

十九階層、二十階層をほぼスキップしてやってきたんだ。

なにも知らない階層を無事に戻れる保証もないし、次も同じ方法で到達できる保証もない。

全員戦うのに支障がないのであれば、挑戦するべきだろう。

「ふむ。我も骨を折った甲斐があるというものじゃ。降下した後にすぐに戻れと言われればやるせないからの」

アルミラはそのように頷くと、元の人間形態へと戻った。

「あっ、ちなみに我は先ほど竜の姿になったお陰で魔素をかなり消費した。階層主をドカーンと倒すことはできぬが勘弁してほしいのじゃ」

アルミラはもともとかなり魔素を消費しており、俺たちと行動を共にし、美味しい料理を堪能しながら魔素を蓄えることを目標としていた。

しかし、先ほどの窮地を潜り抜けるために彼女に激しい魔素の消費をさせてしまった。

そのことに感謝こそすれ、責めるようなことは俺たちにできない。

「どのくらいなら戦えるんだ？」

「今までの活躍の三割減といったところかの。まあ、足を引っ張ることはせんはずじゃ」

「それなら問題ないわね」

「ああ」

元々アルミラがいなくても二人で攻略するつもりだったしな。彼女が疲弊しているのなら撤退も視野に入れたが、そうでないのであれば問題はない。

「そのように言い切られると、それはそれで寂しいものじゃな」

この災害竜、ちょっと面倒くさい性格をしているな。

さっぱりとした性格をしているようで意外と構ってちゃんなのかもしれない。

「少し休憩したら階層主の部屋に入りましょう」

「そうだな」

先ほどの十八階層でエリシアは魔力を多く消費し、俺もスキルの連続使用によって多くの魔素を消費した。

これまで以上に手強い魔物との戦闘があるんだ。疲弊した状態で挑むのは得策ではない。

エリシアはポーションを飲んで魔力の回復に努め、アルミラは魔物料理を喰らうことで魔素を補給し、俺はついでに倒した魔物のスキルを獲得するのであった。

21話 ✕ 階層主キングシザーズ

それぞれの準備が整うと、俺たちは祭壇にある巨大な二枚扉の前にやってきた。
「――行くぞ」
こくりと頷くエリシアとアルミラを確認すると、俺は二枚扉をゆっくりと押し開けた。
階層主の部屋は広大な円形の広場であった。
左右の幅は五十メートル以上あり、奥行はその二倍以上ある。
空間自体が洞窟のようになっており、幾重にも水路のようなものが走っていた。
周囲を見渡しながら足を進めると、奥で大きな岩が動いた。
いや、岩じゃない。
ぬっと動き出したのは高さ五メートル以上を誇る巨大な蟹だった。

キングシザーズ
LV70
体力：478
筋力：420
頑強：550
魔力：381
精神：330
俊敏：267
スキル：【水魔法の理】【鋼身】【バブルショット】【流体操作】【跳躍】【泡纏い】【パラライズインパクト】【泡毒】【水中隠密】【奇襲】【気絶耐性（大）】【水耐性（大）】【火耐性（大）】【睡眠無効】【毒耐性（中）】【石化耐性（大）】

大きく発達した鋏は通常の蟹ならば二本なのだが、キングシザーズには四本の鋏があった。身体にはいくつもの棘が生えており、頭部には無機質な瞳と触覚があった。

「キングシザーズ！　レベル70！　魔力、俊敏のステータスが瘴気竜よりも高い！」

俺は鑑定して得られた情報を素早くエリシアとアルミラに共有。

水魔法を使い、火、水の耐性が高いことなどをざっくりと伝える。

この場ではすべての数値やスキルを伝えることはできないが、二人とも長年の経験があるのでどのようなスキルを使ってくるかを察することはできるだろう。

「くるわ！」

エリシアが声を上げるのと同時にキングシザーズが多脚を使って急接近してくる。

素早くその場を離れると、先ほどまで俺たちのいた場所を鋼鉄の鋏が叩きつけられた。

大広間全体が揺れたと錯覚するような強力な一撃だ。

「シルフィード！」

エリシアが素早く精霊を呼び出し、俺はキングシザーズへと駆け出す。

その巨大な甲羅を支える脚の一本に狙いをつけると、俺は勢いを乗せて大剣を叩きつけた。

が、そのあまりの硬度の高さに大剣が弾かれる。

「かってぇ！」

瘴気竜の鱗の硬度もかなりのものであったが、それでも小さな傷くらいは負わせることができた。

しかし、キングシザーズに対しては傷をつけることすらできていない。

頑強さが高いことはわかっていたが、まさかここまでとは。

大剣が弾かれ、体勢を崩してしまった俺のもとに鋏が迫ってくる。

身体が流れた勢いを利用して一本目を躱し、二本目は身体を投げ出すことで回避。

普通の蟹であればここで攻撃の手は緩むかもしれないが、キングシザーズには鋏がさらに二本ある。

俺は【操糸】を発動してキングシザーズの脚に巻き付けて立体軌道的回避。

宙を旋回する俺をキングシザーズが追いかけようとしたところで横からアルミラが殴りつけた。

ガインンンッと金属同士がぶつかり合ったような音が響き、キングシザーズの体が五メートルほど横に流れた。

「おお、本当に硬いのう」

魔素をまったく使用していないとはいえ、アルミラの一撃を受けてもキングシザーズは沈まない。

「……アルミラの一撃でも通用しないのか」

「通用していないわけではない！　甲羅の一部がちょっと凹んでおるじゃろうが！　それに魔素さえ使えれば、このような蟹などイチコロじゃ！」

アルミラの中でのプライドが刺激されたのか口早にそのように言う。

確かに彼女の言う通り、甲羅の側面を確認してみると少しだけ凹んでいた。

強烈な一撃を受けてアルミラがもっとも危険だと判断したのか、キングシザーズの無機質な瞳が彼女を捉えた。

キングシザーズは細い脚を素早く動かすと、アルミラへと近寄り猛烈な勢いで四本の鋏を振るい出す。

「魔法使いを相手に背中を向けるなんていい度胸だわ！」

注意が逸れたタイミングを狙ってエリシアから風魔法が放たれる。

翡翠色の光を帯びた風刃がキングシザーズの甲羅に直撃すると、呆気ない音を立てて弾かれた。

威勢よく魔法を放っただけに結果が残念で少し恥ずかしそうだ。

「……ちょっと硬すぎじゃないかしら？」

キングシザーズの頑強さは直接攻撃だけでなく、魔法的な頑強さも兼ね備えているようだ。

「いいわ。それなら他の属性を試してみるまでよ」

開き直ったエリシアは土、氷、雷、光、闇といった他の属性の精霊を呼び出していく。

順番に魔法を放つと氷属性と雷属性の魔法が直撃したタイミングでキングシザーズの動きが鈍った。

「氷と雷ね！　だったらこの二つの属性で重点的に攻めるわ！」

エリシアは氷狼を呼び出す。

冷気を纏った狼は顕現できたことを喜ぶように吠え、エリシアの指示に従って氷柱を射出する。

キングシザーズの甲羅に氷柱が直撃して砕ける。

甲羅を貫くことはできないが、キングシザーズは鬱陶しそうに鋏を振るう。

氷柱がすべて砕けると、キングシザーズは標的をエリシアに定めて移動してくる。

それを止めるべく俺は攻撃を加える。が、先ほどと同じように攻撃が弾かれてしまう。

「だったらこれならどうだ！　【纏雷】」

俺は雷の力を纏いながらキングシザーズの脚に大剣を叩きつけた。

大剣自体は弾かれるものの纏っていた雷はキングシザーズの肉体を直接蝕む。

キングシザーズはビクリと体を震わせると、二本の鋏をこちらに向けて振るってきた。

大した脅威だと思われていないのかキングシザーズの脚を止めることはできない。

「エリシア！」

「問題ないわ！」

残りの二本の鋏がエリシアへと殺到するが、彼女は風を纏うと宙へ回避した。

宙へ上がったエリシアを狙ってキングシザーズが水弾を吐き出す。

エリシアは魔法で気流を操ることによって宙を泳ぐようにして躱していく。

「ちっ、前衛が二人いながら後ろまで攻撃を通しちまうなんて情けねえ」

本来であれば、後衛の魔法使いに攻撃を通さないようにするのが前衛の役目なのだから。

攻撃が通らないのであれば仕方がないなんて情けない考えが思考をよぎるが、それでもなんとかするのが前衛の役目だ。

キングシザーズの脚を止める方法を考えろ。

バートンから料理を教わった時に蟹の解体をしたことがあった。

甲羅や鋏はかなりの硬さを誇っていたが、関節部分はそこまでの強度はなく柔らかかったので手でもへし折ることができた。

キングシザーズも体の構造は似ているので、そこなら少しは攻撃が通るかもしれない。

俺は二本の鋏を大剣で流しながら関節部分を斬りつけてみた。

ガキイインッと硬質な音が響き渡るが、少しだけ表面を削ることができた。

「二人とも脚の関節を狙え！　そこなら少しだけ攻撃が通る！」

成果を報告するとアルミラの拳がキングシザーズの関節へ叩き込まれた。

関節部位が少し弾けてわずかながらも水分と殻が弾ける。

「ふむ。確かに有効なようじゃの」

確かな効果を実感できたのかアルミラが嬉しそうな笑みを浮かべた。

俺とアルミラは率先してキングシザーズの関節を狙っていく。

上空のエリシアを狙っていたキングシザーズがピタリと足を止めて、鋏を薙ぎ払うように振るった。俺とアルミラはバックステップで後退して回避。

距離が空くとキングシザーズは口元からブクブクと泡を発生させ、こちらに向かって吹きかけてくる。

広範囲に放たれる透明な泡。

大広間の光源を受けて綺麗に輝いているが、触れるだけで強い衝撃波を発生することをブルーキャンサーの攻撃から学んでいる。

回避しつつ【エアルスラッシュ】で一気に切り裂いて、空中で破裂させておいた。

空中にいたエリシアは悠々とキングシザーズに近づくと、脳天に雷魔法を落とした。

ひときわ強く体を震わせると、キングシザーズは突如として四本の鋏で地面を叩き始めた。

「な、なんだ?」

「どうやらさっきの一撃で怒ったようじゃの」

無機質な瞳をしているが一応あの魔物にも感情というものがあったらしい。

ゴゴゴゴッとなにかが迫ってくるような音がした次の瞬間、大広間から水流が噴き上がった。

閉鎖された空間に噴出する大量の水。嫌な予感しかしない。

「……もしかして、ここも水没するのか?」

「その可能性は多いにあるじゃろうな。あちらはそちらの方が得意のようじゃし」

冗談じゃない。ただでさえ硬い上に機動力がそこそこあるのだ。これ以上、速くなってしまっては増々手に負えなくなってしまう。

「早いうちに勝負を仕掛けた方がよさそうだ」

「そうじゃな」

あまり時間をかける余裕はない。

キングシザーズに魔素撃を打ち込んでみよう。

俺とアルミラはキングシザーズの脚元に飛び込む。

分散して攻撃を仕掛ければ、四本の鋏が一度に押し寄せることはない。

俺は体内にある魔素を高めながら、隙を窺うようにしてキングシザーズの関節を狙う。

「ちっ、攻撃が通りにくいな」

俺が関節を狙っているのがわかるのか対策するようになった。

鋏で攻撃を弾いてきたり、わざと脚を動かして脚で攻撃を受けてくる。

やはり階層主だけあって一筋縄ではいかない。

だが、生半可な魔素撃を打ち込んでもコイツには通用しない。

狙うのであれば強烈な一撃を弱点である関節に打ち付ける必要がある。

そのための隙を窺っているのだが中々見えてこない。

「ルード、注意して！　なんか鋏が変だわ！」

エリシアの声を聞いて見上げると、キングシザーズの鋏が鮮やかな金色のスパークを幾重にも帯びていた。

水棲系の魔物なのに雷を操るのか？

怪訝に思いながら俺とアルミラはバックステップで回避。

稲妻を纏った鋏が激しく地面を叩いたかと思うと、稲妻は放射状に広がって俺とアルミラの足に絡みつく。

電流による痛みを覚悟するが、予想していたような痛みは襲ってこなかった。

しかし、ふと隣を見るとアルミラが「ぬおおおおお!?」といった声を上げている。

「電気じゃないのか？」

「これは麻痺じゃな。状態異常攻撃じゃからお主には効かんのじゃろう」

どうやら電流による攻撃ではなく、麻痺を付与する攻撃だったらしい。

「というかよく喰らって平気だな？」

「この程度で我が麻痺するはずがないじゃろう」

「いや、二人がおかしいだけで普通に脅威だからね？」

【状態異常無効化】を持っている俺と肉体的強度と耐性スキルの高いアルミラだったから平気なだけで、普通の者は麻痺となってしまい、そのまま鋏の餌食だ。

そう考えると、かなりえげつないスキルを所持していると言えるな。

「ブリザード！」

大剣を振るいながら様子を窺っていると、エリシアがキングシザーズに強い冷気を叩きつけた。

それらは瞬く間に凍結し、キングシザーズの脚を地面に縫い留める。

無論、キングシザーズの膂力を持ってすれば凍結などすぐに破壊されてしまうが、その一瞬の硬直があれば十分だ。

俺は即座に魔素を大剣へと纏わせると、キングシザーズの関節目掛けて魔素撃を打ち込んだ。

強化された刃が関節に当たると、甲高い破砕音が聞こえた。

一瞬、キングシザーズの関節をへし折ることができたのかと思ったが、へし折れたのは関節の方ではなく俺の握っている大剣の方だった。

「なああ!?　俺の大剣が!?」

キングシザーズの関節を目視すると、傷一つついておらず表面が鋼色に変化していた。

恐らく【鋼身】というスキルを発動させたのだろう。ただでさえ頑強な体をしているのに、スキルでさらに強化されてしまえば堪《たま》ったものではない。

「ドエムのおっさんに作ってもらったばかりなのに！」

試作品とはいえ、それなりに値段が張った代物だ。

短期間の使用で破損されると中々心にくる。

「ルード！　くるわ！」

大金を叩《はた》いて買った武器が壊れようとも魔物は待ってくれない。

キングシザーズは猛然とこちらに向かってくると、激しく鋏を振るってくる。

これまで俺への優先度は低いように思えたが、先ほどの一撃で一気に跳ね上がったらしい。

嬉しいような嬉しくないような複雑な気分だ。

鋼鉄の鋏が激しく開閉して迫ってくる。

サイドステップで回避すると、身体の真横でガチンッと閉じる音がした。

あんなもので挟まれてしまえば一巻の終わりだ。

防御スキルを駆使してもあっという間に潰されることだろう。

挟み攻撃だけはなにがなんでも回避しなければいけない。

アルミラが割って入って二本の鋏を弾く中、俺は急いでマジックバッグから暴食魔剣を取り出した。

「頼むからお前は壊れんなよ?」

なんて声をかけると刀身から低い唸り声が聞こえた。

壊れるわけがないとでも言っているのか。だとしたら頼もしいのだが、とにかく今はこいつを信じるしかない。

大剣で複数の鋏を受け流し、挟み攻撃をなんとか回避する。

後ろではアルミラが破砕した関節を狙っているが、キングシザーズは不規則に脚を動かすことで狙わせないようにしているようだ。

俺たちが攻防を繰り広げている間にも水流が激しく広間に流れ込んでくる。

広間の水位が上がってきて腰の高さまで迫ってきていた。

こういった頑強さが高い相手には猛毒が有効なのだが、【猛毒爪】も【猛毒牙】も堅牢な甲殻を纏っているキングシザーズの前には意味をなさない。

大剣を振りながら【毒液】【麻痺吐息】などもかけてみたが、状態異常になることもない。

状態異常に強いというわけではないが、やはりあの甲殻を貫かないことにはそれすらも通らないらしい。

大広間が海水で満ち始めると、キングシザーズが水球を生成して連射してきた。

アルミラは翼を広げて舞い上がり、エリシアは水膜を纏いながら風で宙へと逃げた。

すると、地上に一人だけ残っている俺が集中的に狙われることになる。

これだけ水位が上がっているとさすがに回避できないため、水棲馬から手に入れたスキルを発動。

「【水上走行】」

身体がスーッと海面へと浮上すると、俺はそのまま海水を蹴って移動した。

このスキルは海面の上を素早く移動できるスキル。

ただ海面の上を走るだけでなく、俊敏上昇の補正があるのか移動する速度が上がっていた。

お陰で連射される水球を楽に避けることができる。

キングシザーズが魔法を連射しながらこちらに向かって突進してくる。

海水で満ちてきたお陰か相手のスピードも明らかに上がっていた。

加速しながら振り下ろしてくる鋏に対して、俺はキングシザーズの真下にスライディングをして回避。すれ違い様にふんどしの部分を斬りつけてやったが、少し抉れただけで大した一撃にはならなかった。

「……なにか有効打を与える方法はねえか」

「私の魔法を吸収してステータスを強化するのはどう？」

「それでもキンシザーズを仕留めるには届かねえ」

瘴気竜を倒した時と同じ方法は俺も考えたが、奴の突出した頑強さと先ほどの【鋼身】があることを考えると足りない気がする。

魔素の力だけじゃない、さらなる力が必要だ。

「なあ、アルミラ」

「なんじゃ？」

「前から思っていたんだが魔素に魔力を混ぜ合わせるとどうなるんだ？」

尋ねると、アルミラが愉快そうに笑う。

「お主の思い描く通りのことができるのであれば、大きな力になるであろうな。じゃが、魔素と魔力はまったく異なる力じゃ。下手をすると身体が爆散する可能性もあるが？」

「リスクは承知の上だ。あいつの頑強な体を貫くにはそれしかねえ」

有効打を与えない限り、この戦いに終わりはない。

時間が経過するほどに環境はあちらにとって有利になる。ゆっくり時間をかける暇はない。

「いいじゃろう！　やってみよ！　我もその攻撃とやらが気になる！」

アルミラはバサリと竜の翼を広げて舞い上がると、キングシザーズの鋏をかいくぐりながら攻撃を仕掛け始めた。

俺が攻撃をするための時間を稼いでくれるらしい。

「ルード！　魔法行くわよ！」

「ああ！」

エリシアがこちらに向けて氷柱を射出する。

暴食魔剣がエリシアの放った氷柱を吸収。

魔法を取り込んだことによって俺のステータスが上昇した。

高揚感を抑えながら冷静に大剣に魔素を纏わせる。

この状態で魔素撃を放てば、キングシザーズに【鋼身】を発動されようがダメージを与えることはできるだろうが致命傷にはならない。

こちらの体力と魔素を大幅に消費することを考えればマイナスだ。

だから俺が一手で戦況を変えるほどの一撃を望む。

俺は魔素を纏わせた大剣にさらに魔力を流し込んでみる。

やってみるとかなり難しい。

大剣には既に魔素という大きな力が宿っている。

そこに別の力を宿すのが非常に困難だ。

生半可な魔力だとあっという間に魔素に流されてしまう。

これは生半可な魔力では無理だ。俺は体内にあるすべての魔力を注ぎ込んだ。

刀身に宿る魔素と魔力がぶつかり合う。紫の光と青の光が入り乱れて拡散する。

暴食魔剣がガクガクと揺れていた。

このまま刀身に留めておけばマズいことになる感覚がある。具体的には少しでも力の引っ張り合いに失敗するとエネルギーが肉体へと逃げて爆散するような。

暴食魔剣がしっかりしろと叱咤するように唸り声を上げる。

やべえ。荒れ狂う二つの力を留めることで精一杯だ。

この力を一つに纏めてキングシザーズへと叩きつけなければいけないのに、一ミリも身体を動かす余裕がない。

中々力を一つに纏められないせいか大剣から魔力が拡散していってしまう。

「やべえ、魔力が足りねえ」

魔力量が減っていくことによって魔素の力が強まり、パワーバランスが崩れてしまう。

「なら私の魔力を使って！」

体内から魔力が枯渇しそうになったタイミングでエリシアがやってきて魔力を注いでくれる。

「エリシア！」

「私が魔力を放出し続けるからルードは力を纏めることに集中して！」

エリシアが膨大な魔力を注ぎ込むことによって魔素と魔力の強さが均一になる。

均一になることで力は安定し始めた。

「ちょっ、これ、マズいかも！　私の魔力量でもそう長くは保たないわ！」

グラムが魔力を吸い上げる量は彼女の想定を遥かに上回っていたようだ。

彼女が焦燥の籠った声を上げる中、俺は魔素を制御しながら二つの力を一つに纏めることに集中。

魔素と魔力はまったく異なる性質を持ったエネルギーだ。

無理矢理押し込むのではなく互いの性質を受け入れるようなイメージでゆっくりと混ぜ合わせていく。

すると、乱れていた二つの光が纏まり、綺麗な黄金色の粒子となった。

魔素と魔力をかけ合わせるとこんなにも綺麗な色になるのか。

すっきりと落ち着いた黄金色の光だが、こうして柄を握っているだけで膨大な力が秘められていると理解できる。

完成したのも束の間、すぐ傍でバシャッと水の音がする。

視線を向けると、エリシアが荒い息を吐きながら水へと落ちていた。

魔力欠乏症のせいか身体を覆う水膜すら維持できなくなったのだろう。

「エリシア！」

「わ、私のことはいいから！」

一人で浮いているくらいの力は残っているらしい。

そのことを確認すると、俺はグラムを手にして海面を駆け出す。

しかし、俺がグラムを持って近づくとキングシザーズが巨体を海へと沈めた。

「こやつ潜りおった！」

「追いかけるぞ！」

こういった状況に対応できるように魔物を喰らってスキルを獲得してきたんだ。

俺は水中に必要なスキルを行使すると、大剣を手にして海に潜る。

俺とアルミラは海中へと潜るとキングシザーズの姿を探す。

ここは階層主の部屋なので、どれだけ深く潜ろうが出口はない。

どこかに潜んでいるはずだ。

【立体視覚】を発動し、視界の範囲を拡大。

さらに【熱源探査】と【電流感知】を平行して発動すると、後方にある岩陰からキングシザーズが忍び寄ってきているのを知覚。

「後ろだ！」

声を上げてすぐに離れると、俺たちのいた場所でガチンガチンッと音が鳴った。

奇襲による挟み攻撃が失敗したと悟ると、キングシザーズはすぐに後退していく。

「よっぽどお主のそれが怖いらしいの」

俺の暴食魔剣は海中でも金色の粒子を纏っていた。

キングシザーズが露骨に距離を取るようになったのはこれが完成してからだ。

「なんとかしてこれを叩き込んでやるまでだ！　協力してくれ！」

「いいじゃろう」

俺はグラムを握り締めると、アルミラは翼を広げて海中を前進していく。

すると、キングシザーズが四本の鋏をこちらに向けてきた。

鋏をパカッと開くと、奥から噴出口みたいなのが出てきて、こちらに向けて水弾を撃ち出してきた。

俺とアルミラは左右に動きながら水弾を回避。

しかし、キングシザーズはすぐに鋏を動かして軌道を修正してくる。

こちらの進行方向を予測してか徐々に水弾が身体の傍に飛んでくるようになった。

「突っ込むぞ！」

俺が【高速遊泳】を発動して加速すると、アルミラも翼を推進力にして一気に加速。

距離が二十メートルほどに縮まると、キングシザーズの周囲に突如として海流が渦巻いた。

恐らく水流操作によって海流を生み出しているのだろう。

通常なら海流に阻まれるところであるが俺にはスキルがある。

ソードフィッシュから獲得した【シャープ】というスキルは、身体にかかる水圧や摩擦といったものを極限まで低下させるもの。

それらの影響を受けなくなった俺はさらに加速する。

海水を切り裂く一本の剣のようになった俺は、キングシザーズの生み出した海流を一気に突破した。

海流を突破すると、キングシザーズが四本の鋏を振るってきた。

その鋏は鋼色に染まっておりスキルによって強化されているようだ。

すぐ傍を通り過ぎるだけで海流が発生し、身体が流されそうになる。

一度、キングシザーズの攻撃手段を削るために斬り落とすか？

しかし、未だに不安定なこの力を維持できるかは不明だ。

腕を斬り落とした瞬間にエネルギーが霧散するなんていうこともあり得る。

あと少しの距離を詰めることができず歯噛みしていると、アルミラが赤い炎を纏わせて右手だけを巨大化させた。

「炎竜爪！」

災害竜の腕を右手だけ具現化させたのだろう。

アルミラは荒々しい雄叫びを上げると、キングシザーズ目掛けて巨大な右爪を振るった。

キングシザーズは二本の鋏をスキルで強化して交差させることで防ぐ。

強烈な力同士がぶつかり合って火花が上がり――キングシザーズの鋏が粉砕された。

キングシザーズのもっとも強固とも言える鋏を二本も破壊するとは、とんでもない力だ。

「魔素を消費しすぎた。我はここまでじゃ」

そんな奥の手があれば始めに使ってほしいと思ったが、炎竜爪を使い終わったアルミラは竜の翼すら維持することができず、海流によって後方に流されてしまった。

本当に限界の一撃だったらしい。

遠くに流れていくアルミラから視線を切って、キングシザーズへの距離を詰めていく。

大きく体勢を崩したキングシザーズが二本の鋏を振るってくる。

「二本くらいなら俺でもどうにかなる！」

海中の中でも【立体視覚】があれば、距離感をしっかりと把握できる。

振るわれる鋏を紙一重で躱して接近すると、キングシザーズが口から勢いよく紫色の泡を噴き出してきた。

恐らくキングシザーズが所持している【泡毒】というスキルだ。

毒であれば、俺のユニークスキルで無効化できる。

しかし、奴の泡には強い衝撃波が込められている。

毒を無効化できても衝撃をなんとかしないと一撃を入れることができない。

俺は弾き飛ばされないようにシェルパの【ガードシェル】を発動。さらに岩蛸の【弾力皮膚】で肉体を弾力皮膚、脂肪、筋肉の三重構造へ変化させた。

防御力をアップさせると泡毒の中へ。

紫色の泡に身体が触れた瞬間、泡が弾けて衝撃が襲ってくるが、【ガードシェル】のお陰で怯むことがなく、【弾力皮膚】が衝撃を逃がしてくれる。

「悪いな。毒も効かねえよ」

俺は【瞬歩】を発動して泡毒の中を突っ切ると、キングシザーズの顔へと肉薄。

魔素と魔力が融合した金の光を帯びたグラムを力一杯振り上げると、加速分のエネルギーを乗せて上段から振り下ろした。

グラムはキングシザーズの脳天へと突き刺さり、股下まで切り裂いた。

キングシザーズの体だったものが二つに分かれて沈んでいくので俺は慌ててマジックバッグの中

へ収納した。

しばらく周囲を警戒するが、他の魔物が出てくる様子はない。

どうやらもう一体出てくるような仕掛けはないようだ。

その証拠にキングシザーズがいなくなると、激しく流れていた海流が緩やかになっていく。

先ほどの一撃で纏っていた魔素と魔力はすべて霧散したのか、グラムの刀身は元の禍々しいものへと戻っていた。

魔素と魔力を同時に込めるなんて無茶をやらかしてしまったが、グラムの刀身に傷のようなものは見当たらない。そのことに安堵する。

「そうだ！　エリシア！」

広間は既に海水で埋め尽くされている。

丈夫な肉体をしているアルミラはともかく、魔力が欠乏しているエリシアは水膜を張って肉体を守ることも呼吸することもできない。

泳いで戻っていくと、海中を漂っているエリシアがいた。

立ったままの姿勢でジーッとしている。

無理に身体を動かさないことで酸素を節約しているのだろう。

「エリシア、階層主を倒したぞ！」

トントンと肩を叩いて報告をするも、エリシアは少しだけ顔を上げるだけだった。

彼女の顔色は蒼白になっており、こちらを見据える目の焦点もどこか合っていないようでボーッとしていた。

酸素不足による意識の障害が起きているらしい。

状態を回復させるにはすぐに空気の吸える場所に向かう必要があるだろう。

しかし、広間を満たしている海水が排出される気配はない。

階層主を倒すと、迷宮の外に脱出するための転移陣が出現するらしいが今のところすぐに見つけることもできない。

あまり時間がかかるとエリシアが意識を失い、後遺症などを引き起こす可能性がある。

「すまん。ちょっとだけ我慢してくれ」

覚悟を決めると、エリシアの唇に自らの唇を重ねた。

それから体内にある空気を彼女の体内へと送り込む。

バルーンニードルから獲得した【空気袋】があるため、今の俺の体内には酸素を保持するための別の器官があるので酸素は潤沢だった。

何度か酸素を送り込むと、徐々にエリシアの顔色がよくなっていき目の焦点が合ってくる。

意識が戻ってきたことで状況を理解してしまったのか、エリシアが驚愕の表情を浮かべる。

「もがあっ!?」

キスという異常事態にパニックになってしまったのか大量の息を吐いてしまって、彼女は苦しむことになる。

俺は強引にエリシアを引き寄せると、もう一度唇を重ねて酸素を送り込んだ。

しばらく酸素を送っていると、エリシアは手足をばたつかせずに大人しくなる。

十分な酸素を供給できたと判断した俺は唇をゆっくりと離した。

「すまん。勝手な真似をした。後でぶん殴ってくれてもいい」

「……い、いえ。私の命を助けるためだってわかっているから」

エリシアは流されてしまった杖を回収すると、自らの身体を水膜で保護した。

「余計な手間をかけさせたわね。もう大丈夫よ」

「そうか」

エリシアが無事だったのならそれでいい。

というか、命を助けるための行動とはいえ、エリシアとキスをしてしまったな。

海中なので冷たかったけど、確かな柔らかさと温もりを感じた。

それだけでなく酸素を送り込むなんて生々しい行いをしてしまった。

罪悪感が半端ない。

チラリとエリシアの方を向くと、彼女もまたこちらを見ていたようで視線が合う。

「…………」

先にプイッと顔を逸らしたのはエリシアの方だった。

これは嫌われてしまったかもな。

無理もない。意識がはっきりしない内にこんなおっさんに唇を奪われたんだ。

とても嫌な出来事に違いない。

「ごめんなさい！　これは、その、恥ずかしかったからでルードを嫌いになったとかそういうんじゃないから！」

ショックを受けているとエリシアが察したのか顔を赤くして弁明するように言った。

「そうなのか？　海底迷宮を出たらパーティー解散なんてことは……」

「ないから！」

「そ、そうか……」

ショックのあまりエリシアからパーティー解散を切り出されることも覚悟したのだが、どうやら彼女にそのつもりはないようだ。

このパーティーが継続できることに俺は安堵する。

「そういえば、アルミラはどこに行ったのかしら？」

なんとも言えない無言の空気を払うようにエリシアが言う。

「確か後ろの方に流されて……あっ、いたな」

【熱源探査】を発動して見渡すと、後方にある岩の上にアルミラは横たわっていた。

俺は目をつぶって動かないアルミラに近づくと、綺麗な形をした耳を引っ張る。

「……おい。さっさと起きろ」

「どうして我のことはエリシアのように心配してくれぬのじゃ!?　海中で横たわっておるのじゃぞ？」

「【熱源探査】のお陰で元気なのが丸わかりなんだよ」

酸素が足りずに溺死しそうなら体温が低く真っ青に表示されるものだが、アルミラの肉体はとても真っ赤に表示されており健康体そのものだった。

「くあぁー！　つまらぬスキルじゃのぉ！」

アルミラはつまらなさそうな顔で言うと、すっくと起き上がってみせる。

「んん？　アルミラ、なんか身体が小さくなってねえか？」

「ほんとだわ！　ちょっと背丈が小さくなってる！」

起き上がったアルミラを見てみると、身長が少し縮んでいた。

少し前までは俺の胸元くらいまでの背丈があったのに、今はお腹くらいの大きさに縮んでいる。

「……魔素を消費したせいに決まっておるじゃろ。まったくただでさえ魔素が足りなくて困っておるというのに魔素を消費させよってからに……」

どうやらアルミラは海底迷宮内での完全竜化、部分竜化による攻撃によっていちじるしく魔素を消費し、その反動が人化のスキルにも影響を及ぼしているようだ。

「そういうわけか。それはすまんな」

アルミラがそのような負担をしたのは偏《ひとえ》に俺たちの実力が足りなかったからだろう。

彼女に無茶をさせないで済むほどの力をつけなければいけない。

「というわけで、我は腹ペコじゃ。外に出たらすぐに美味い料理を作るように」

「わかったぜ」

キングシザーズを倒すことができたのはアルミラの協力があってこそだ。

美味しい魔物料理をお腹いっぱいに食べさせるくらいのお礼はしなくてはな。

22話 蟹刺し・蟹しゃぶ・つみれ鍋

「にしても、階層主を倒したからって迷宮に変化はねえんだな」

「しばらく階層主は不在になるだけで迷宮そのものが破壊されるわけじゃないからね」

ちなみに迷宮は破壊することができる。

この先にある迷宮コアというものを破壊すれば、迷宮内の魔物は出現することも復活することもない。力の根源たる魔素を失って迷宮は瓦解を始めるのだ。

しかし、魔素が枯渇しない限り迷宮は無限に魔物を生み出してくれる資源だ。

イスキアのような街は、その迷宮がもたらす資源で潤っているので破壊されると逆に生活が困ってしまう。

そんな理由もあって迷宮は国や領主の許可なしに破壊することはできないのだ。

「転移陣を探しましょうか」

「ああ」

階層主を倒した以上、ここにこれ以上留まる意味はない。

休憩しようにも水没している広間ではエリシアが魔力を消費するし、おちおち調理をすることもできない。一度、外に出てしまった方がいいだろう。

「あれじゃな」

手分けして探すと、転移陣はキングシザーズが出現した奥のエリアにあった。

「あそこに乗れば迷宮を脱出できるんだよな？」

「ええ。迷宮の外の浜辺にでも出るはずよ」

階層主を倒したのは初めてなので転移陣で迷宮の外に出るのも初めてだ。

おそるおそる足を踏み入れると、俺の身体は粒子に包まれて視界が真っ白になる。

気が付けば俺たちは海底迷宮の外にある浜辺にいた。

ザザーンと波を打つ音が聞こえ、潮風が吹き込んで前髪を揺らす。

青い空には眩いばかりに輝く太陽が浮かんでいた。

「おー、久々の外じゃ！」

「無事に出られたわね」

アルミラが砂浜を無邪気に走り回り、エリシアが水膜を解除して伸びをする。

俺も迷宮の外に出たことにより緊張感から解放され、安堵の息を吐いた。

すると、俺の胃袋が音を鳴らした。

「安心したら腹が減っちまった」

「飯じゃ！」

「しょうがないわね」

食欲旺盛な俺とアルミラを見て、エリシアが苦笑する。

いつもの流れに彼女も大分慣れたようだ。

海底迷宮付近は冒険者も多いために北上して人気のない浜辺へと移動すると、俺はマジックバッグから今回の獲物であるキングシザーズを取り出した。

「こうやって近くで見てみるとデカいわね」

砂浜だけでは体が収まらず、腕や脚の半分ほどが海水に出ていた。

こんな巨大な化け物を倒したというのが今でも信じられない気持ちだ。

「ルード！　こいつはどうやって食べるのじゃ⁉」

アルミラが興奮した様子で尋ねてくる。

「刺身、焼き、しゃぶしゃぶ、味噌蒸し……とにかく色々な調理法をやるつもりだ」

「おお！　それは楽しみじゃの！」

なにせ大きさが大きさだからな。一つの料理だけで味わうのは勿体ない。

今日は蟹三昧だ。

「いいわね。あなたたちは美味しそうな蟹が食べられて。私は魔物を食べることができないから普通の蟹よ」

俺とアルミラが調理法で盛り上がる中、エリシアがひっそりと魔道コンロを並べて、その上で鍋を置いて普通の蟹を茹でようとする。

「なんじゃ？　拗ねておるのか？　エリシアもキングシザーズを食べればよいじゃろうに」

「──ッ！　魔物なんだから食べられないでしょ！」

「そんなことはない。人間でも魔物は食べられるぞ」

「それはルードのような特別なスキルがある人だけでしょ？」

「いや、ルードのようなスキルがなくても食べられる」

若干イラッとしながら言い返すエリシアだが、ごく自然に言うアルミラにからかっている様子はない。

もしかして、普通の人間でも魔物を食べる方法が本当にあるのか？

「それは本当なのか？」

「本当じゃ。人間が魔物を食べると身体に異変をきたすのは、魔物が肉体に宿す魔素を取り込むことによって体内にある魔力が拒絶反応を起こすからじゃ」

「ってことは、魔物の魔素を完全に取り除いておけば、拒絶反応が出ることはないってことか？」

「そういうことになる。じゃが、魔素を取り除くということは魔物の根源たる力を取り込むことができなくなるということ。我とルードが感じるほどの充足感の共有はできんし、こやつのようにスキルを獲得することはできん」

俺の肉体には魔素が既に馴染んでおり、なくてはならないものといったレベルにまで定着している。魔素を取り込むことで肉体が強くなるので魔素を摂取することに本能的な喜びを感じる。

しかし、魔素を宿していないエリシアにはそのような喜びなどはない。

「つまり、ただ美味しいだけの食材になっちまうってことか？」

「そうじゃな」

「いや、普通に美味しい食材ってだけでいいじゃない」

俺とアルミラからすれば、それは味気ないものになってしまうのであるが、エリシアとしては別に気にしていないようだ。

「アルミラなら魔素を抜くことができるの？」

「できるぞ」

アルミラがこくりと頷くと、エリシアは少し考える素振りを見せる。

キングシザーズと目の前にある蟹を交互に見て、彼女は覚悟を決めたように息を吐いた。

「だったらお願いしてみようかしら。やっぱり、皆と同じものを食べられないのって寂しいし」

「お、おお！　遂にエリシアが魔物食材を食べるのか！」

「ルード、なにかあったらすぐに【肩代わり】をお願いね！　魔物になって暴れて死ぬなんてゴメンだし」

「失礼じゃな。我がそのような雑な処理をするものか」

魔素の扱いに長けたアルミラがいること、仮にもし肉体に異常をきたしてもそれを無効化できる俺という存在がいること。この二つがあることによってエリシアの恐れを取り除くことができたようだ。

そうと決まれば、三人前の料理を作る準備だ。

キングシザーズのふんどしを外し、甲羅と肩肉を分離させる。

通常ならここから包丁を差し入れて半分に切るところであるが、既に俺がグラムで真っ二つにしているために不要だ。

次に甲羅から鋏と脚を外す。

鋏と脚は根元から外すと後の処理が面倒なので、三角になった関節に沿うように鉈《なた》で切断。

本来なら包丁を使うのだがサイズがサイズだけに解体する道具も大きい。

「大きいな」

イスキアの市場で売っている蟹だと五十センチにも満たないサイズなのだが、キングシザーズは鋏と脚の大きさだけで十メートルを超えている。

「ぎっしりと身が詰まっておるぞ！」

脚の断面を見ると、真っ白な身がぎっちりと詰まっていた。

「エリシアの食べる分だけ魔素を抜いてやってくれ」

「くう、せっかくの旨みを抜くなんて勿体ないのぉ！　まあ、味に反映されぬ分、我の糧にしてやろう」

アルミラはいくつかの鋏と脚に手で触れる。

すると、キングシザーズに宿っていた魔素がすべてアルミラへと吸収されていった。

「これで終わりじゃ」

「すげえ。本当に魔素がねえな」

「次からはルードができるように精進することじゃ」

アルミラの魔素操作を見ると、同じことができるような気がしないんだが……。

「あっ、グラムを突き刺せば勝手に魔素も吸ってくれるんじゃねえか？」

「どうじゃろな。もし、できたとしても、それは反則じゃ。お主の修行にならんからの」

「へいへい」

なんて会話をしながらすべての鋏と脚を外し終えると肩肉が残る。

肩肉は鋏や脚に比べるとても食べづらいのだが、いい出汁が詰まっているのでスープにするのがオススメだとバートンに習った。

だから、肩肉をざっくりと切ってしまうと大鍋に入れて出汁を取ることにする。

「アルミラ、こっちの肩肉から身を取り出してつみれにしてくれ」

「つみれとは？」

「手で肉をこねてお団子状にしてくれ」

「おお！　わかったのだ！」

さすがにこれだけ大きい食材となると一人で調理するのは大変なのでアルミラにも手伝ってもらう。

やり方を説明すると、アルミラは楽しそうに取り掛かり始めた。

「私にも手伝えることはある？」

「じゃあ、魔法で蒸し器を作ることってできるか？」

キングシザーズの半分の肩肉を丸ごと蒸したいのだが、大きさが大きさだけに普通の蒸し器では対応できない。ダメ元でエリシアにお願いしてみると、彼女は土精霊の力を使って巨大な木製の蒸し器を作成してくれた。

まさか本当にできるとは。

「他には？」

「じゃあ、キングシザーズの肩肉を蒸してくれ」

「任せて！」

エリシアは嬉しそうに返事して魔法で肩肉を蒸していく。

調理を魔法で手伝ってくれることはあるが、いつもよりもかなり気合いが入っているような気がする。やっぱり一緒に食べられるとなると気持ちも違うのだろうな。

肩肉の調理を任せている間、俺は甲羅の中にある砂袋を丁寧に除去。

本来なら上部についている牙も取り除くのだが、今回は甲羅を皿代わりにしたいために除去はしないでおく。

「うおお、味噌も大量に詰まってるな」

味噌をボウルへと移すと、お酒と水を入れて臭みを取ってやる。

切断されたキングシザーズの甲羅を【操糸】で縫い合わせて一つにすると、そこに洗い終わった味噌を盛り付けて焚火で焼いていく。

甲羅が大きく味噌も多いがじっくりと焼いていけば、いい感じの甲羅焼きができるだろう。

「鋏もついでに焼いておくか」

キングシザーズの中でも特に強固で発達した四本の鋏。

刺身やしゃぶしゃぶにするには大き過ぎて調理が難しいので、鋏で切れ目を入れると焚火の周りを囲うように配置しておく。ついでに太い脚も同じように配置したのでこちらも時間が経過すれば焼き上がるだろう。

焼きの処理が終わると、次は脚だ。

刺身にするにしろ焼くにしろ殻を剥いてやらないといけないからな。

脚の茶色い面に鋏を滑らせる。身を削らないように上面の殻だけを剥いてやる。

筋を切らないように殻の両端を鋏で切り、手で身を引っ張ってやる。

すると、殻から透明な白い身だけがでろーんと露出した。

あとは七本分これを繰り返すだけだ。

「エリシア、氷水を出してくれねえか？」

「いいわよ」

蒸し器の様子を暇そうに見ているエリシアに頼むと、大きな鍋を土魔法で作成し、そこに水を入れて大量の氷を落としてくれた。

「氷水なんてなにに使うの？」

「刺し身用のものを浸すんだ」

処理を終えたばかりの剝き身を氷水へと入れる。

「わっ、白い身が逆立った！」

つるりとしていた真っ白な身は繊維ひとつひとつが逆立っているかのように変異している。

「こうすると見栄えがよくなるだけでなく、臭みも落ちるんだ」

「へー！」

線維が逆立っているお陰で醤油もよく絡むし、濃厚な味噌も絡むといったわけだ。

「つみれはできたか？」

「うむ！　バッチリじゃ！」

アルミラの方を見ると、テーブルの上にはたくさんのつみれが並んでいた。

大鍋の方もぐつぐつと音を立てて、蟹の芳醇な香りを放っている。

「出汁の方もしっかり出ているな」

塩、胡椒で味付けをし、濾してやると立派な蟹汁の出来上がりだ。

あとはアルミラの作ってくれたつみれを入れて、白菜、ネギ、キノコといった根菜などを煮込んでいけばいい。

お皿などを用意しながら火にかけること三十分ほど。仕込んでいたすべてのキングシザーズ料理が出来上がった。

「これで全部できたぞ！　キングシザーズ料理のフルコースだ！」

「ふおおおお！　どれも美味しそうなのじゃ！」

「すぐに食べましょう！」

調理の最中からキングシザーズのいい香りをかがされていた俺たちは胃袋が限界だ。

綺麗に盛り付けられた料理を鑑賞する暇もなく、目の前の焼き料理に手をつけた。

真っ白な身に鮮烈な赤い色が浮かんでいる。

焼かれたことによって香ばしさが増しており、堪らない。

殻の熱さを感じながらもキングシザーズの身を引っ張り出し、俺とアルミラは大きく口を開けて頬張った。

「うめえええええええええ！　なんだこりゃ！」

「ほくほくじゃ！」

水分がなくなって凝縮された身にはキングシザーズの旨みがギュッと詰まっている。

歯を突き立てるだけで線維の一本一本が解け、旨みのエキスが大波のように押し寄せてくるようだった。

俺とアルミラがキングシザーズの美味しさに悶える中、エリシアだけはまだ口にしていない。

今まで食べるのを避けてきたものだけあって緊張しているのかもしれない。

なにせ普通の人は食べちゃいけないものだからな。

「エリシアも食べてみろ！　美味いぞ！」

「え、ええ。私も食べてみるわ」

安心させるように笑いかけると、エリシアは覚悟を決めたのか大きく口を開けて頬張った。

「お……」

「お？」

「お、美味しいいいい！」

目を大きく見開かせて驚愕の声を上げるエリシア。

「ハハハ、そうだろう？」

「えっ、なにこれ？　旨みと甘みがとんでもないんだけど……えっ？　魔物ってこんなに美味しいの？」

「ああ、美味いんだよ」

俺が初めて魔物料理を食べた時もこんな風に驚いていたっけ。

「ちなみに体調とかは問題ないか？」

「──あっ！　特に異変はないわね」

ばくばくと食べ進めるエリシアの体調を心配したが、特に身体の方は問題ないようだ。

魔物料理の美味しさにエリシアも吹っ切れたのか、自ら二つ目の脚を食べ始めた。

頬いっぱいにキングシザーズの身を含んでとても幸せそうだ。

「次は刺し身を食べてみるか」

「刺し身って、イスキアの高級レストランなんかであった生で食べるやつよね？」

「ああ、生が気になるなら違う方法で食べてもいいぜ？」

「……食べる。ここまできて弱腰になりたくないもの」

別の調理法を提示すると、エリシアはむっとしつつも刺し身を手にした。

好奇心旺盛で負けず嫌いな彼女の心を刺激してしまったらしい。

大皿に醤油を垂らすと、そこにキングシザーズの身を浸す。

花開いた線維のひとつひとつに醤油を絡みつかせると、ぱくりと口に含んだ。

ねっとりとした食感と濃厚な甘みが口の中に広がった。

咀嚼する度に旨みと甘みが舌に絡みつき、さっぱりとした醤油が清涼感を与えてくれる。

「やっぱり美味しい！　口の中でとろけるわ！」

「濃厚な甘みがいい……ッ！」

焼きだけでなく刺し身の方もキングシザーズは最高だった。

「ルード、こっちにある甲羅の中身はどうやって食べるのじゃ？」

「ああ、ミソな。そのまま食べてもいいが、もっと美味しい食べ方がある」

「美味しい食べ方とな!?　それはどうやるのじゃ!?」

「刺し身をミソにしゃぶしゃぶして食べるんだ」

キングシザーズの甲羅に近寄ると、刺し身を垂らしてとろとろのミソへとくぐらせる。

花開いた身はたっぷりとキングシザーズのミソが絡まり、豪快な旨みと甘みを吐き出した。

「……くううう、うめえ」

あまりの美味しさにため息が出た。

「我もしゃぶしゃぶするぞ！」

「私も！」

俺がミソしゃぶを食べていると、アルミラとエリシアが競うようにして刺し身をミソにくぐらせる。

それぞれが好きな火加減で引き上げると、ふーふーと息を吹きかけて口に含んだ。

「ああ、これも最高だわ！」

食べた瞬間にエリシアの頬がだらしなく緩んだ。

凛としたエルフも美味しい食材を前にして醜態を晒してしまうようだ。

「ねっとりとした刺し身の甘みとミソのクリーミーな甘みが堪らないのじゃ！」

一方、アルミラは一心不乱に刺し身をミソにしゃぶしゃぶして食べる機械と化している。

それほどに気に入ったようだ。

次々と刺し身がアルミラの胃袋に消えてしまうが、キングシザーズを討伐することができたのは彼女の貢献がかなりデカいので好きに食べさせる。

「エリシア、そろそろ蒸し器を開けてくれるか？」

「そうね！」

既にキングシザーズの肩肉は蒸しあがっている。

エリシアに魔法で蓋を開けてもらうと、こんもりとした白い湯気が立ち上った。

熱々の肩肉をエリシアが魔法で浮かせて、砂浜の上に広げたシートの上に置いてくれる。

「うおお、こっちも美味そうだな！」

「私が精霊魔法で直々に蒸し上げたんだから美味しいはずよ！」

スプーンで豪快に身を削ると、俺たちは口へと運ぶ。

熱の通った白い身は口の中であっさりと崩れた。

キングシザーズの潮の香りが口内に広がり、焼いたものとは違った上品な旨みと甘みがじんわりと広がる。

普通の蟹だと肩の身は非常に小さくて食べづらいのだが、キングシザーズはそんな部位でもたっぷりと肉厚だった。殻から身を取り出すことでイライラすることがまったくない。

ストレスなく蟹を食べられるとはなんて贅沢で幸せなことなのだろう。

「最後はキングシザーズのつみれ鍋だな」

それぞれの具材を茶碗によそって手渡すと、皆で鍋を食べる。

「キングシザーズの出汁がしっかりと出てるわね」

「我が作ったお団子も美味いのじゃ！」

スープを口にすると、キングシザーズの力強い風味が広がる。

それらが白菜、ネギ、キノコ、根菜などに染み込んでおり、他の具材を食べるだけでも美味しい。

アルミラが作ってくれたつみれは身を贅沢に使用しており、美味しさが一点に集中しているかのようだった。

刺し身や焼き、しゃぶしゃぶに比べると決して鮮烈とは言えないが、食べるだけで心が落ち着くような味だ。

「ルードたちって今までこんなに美味しい料理を食べてたわけ？　ズルいわよ！　私もルードたちが食べた料理をもっと食べたい！」

「わ、わかった。今まで食べられなかった分の料理も今度作ってやるから」

「本当？　約束だからね？」

「あ、ああ。だから今は目の前の料理を楽しもうぜ」

「そうね！　こんなにも美味しい食べ物があるんだもの。美味しいお酒と一緒に呑まないと勿体ないわ」

エリシアがマジックバッグから景気良くエールの詰まった樽を取り出した。

「おお、酒か！　我も呑むぞ！」

「おいおい。気持ちはわかるが、ここはまだ街の外だぜ？」

「これしきの量で我が酔うわけがないじゃろ？」

「それになにかあったら【肩代わり】してくれるんでしょ？」

いや、それはエリシアが魔化しないように守るって意味だったんだが……二人の無邪気な笑みを見ているとどうでもよくなってきた。

「……しょうがねえな」

結局、全員分の酒杯にエールが注がれることに。

俺たちはキングシザーズの討伐と迷宮の制覇を祝って改めて乾杯する。

キングシザーズをつまみにした大宴会は浜辺が茜色に染まるまで続けられるのだった。

海の幸!!
これを描き終えたら
カニ食べようかなと
思います。
かいわく

メイドなら当然です。
万能メイドさんの
異世界紀行!!
濡れ衣を着せられた万能メイドさんは旅に出ることにしました
三上康明
Illustration キンタ

俺は全てを【パリイ】する
～逆勘違いの世界最強は冒険者になりたい～
鍋敷 著
カワグチ イラスト
I WILL “PARRY” ALL
「才能なしの少年」
そう呼ばれて養成所を去っていった男・ノールは一人ひたすら防御技【パリイ】の修行に明け暮れていた。
そしてある日、魔物に襲われた王女を助けたことから、運命の歯車は思わぬ方向へと回り出す。
最低ランクの冒険者にもかかわらず王女の指南役となったノール。
だが…その空前絶後の能力を、いまだノールだけが分かっていない…。
コミックアース・スターでコミカライズも好評連載中！
作品情報はこちら！
EARTH STAR NOVEL

才能がないと言われ、
磨き上げた最底辺スキルの
防御技【パリイ】で
無自覚最強は
危機に陥った王国を救えるか!?

転生した大聖女は、
聖女であることをひた隠す
戦国小町苦労譚
即死チートが最強すぎて、
異世界のやつらがまるで
相手にならないんですが。
領民0人スタートの
辺境領主様
ヘルモード
～やり込み好きのゲーマーは
廃設定の異世界で無双する～
三度転生した少年は
Sランク冒険者として平穏に過ごす
～前世が賢者で英雄だったボクは
来世では地味に生きる～
反逆のソウルイーター
～弱者は不要といわれて
剣聖（父）に追放されました～
俺は全てを【パリイ】する
～逆勘違いの世界最強は冒険者になりたい～
毎月15日刊行!!
最新情報は
こちら!

EARTH STAR NOVEL

魔物喰らいの冒険者②

発行 ―――― 2024年1月17日　初版第1刷発行

著者 ―――― 錬金王

イラストレーター ―――― かわく

装丁デザイン ―――― AFTERGLOW

発行者 ―――― 幕内和博

編集 ―――― 今井辰実

発行所 ―――― 株式会社アース・スター エンターテイメント
〒141-0021　東京都品川区上大崎 3-1-1
目黒セントラルスクエア　7F
TEL：03-5561-7630
FAX：03-5561-7632

印刷・製本 ―――― 図書印刷株式会社

ISBN 978-4-8030-1896-7